書下ろし

紅《くれない》の馬

浮かれ鳶《とんび》の事件帖③

原田孔平

祥伝社文庫

目次

「紅の馬」の舞台
吉原
入谷
浅草寺
常陸屋本店
神田佐久間町
田宮道場
花川戸
吾妻橋
蔵前
長命寺
向島
渋江村
源森川
本多家
横十間川
北割下水
竪川
柳橋
柳原
新シ橋
両国橋
回向院
亀沢町
小城家
亀戸村
横川
大川
日本橋橘町
日本橋
八丁堀
小名木川
永代橋
深川
片岡家
伊勢屋

北
東
南
西
下谷広小路
根津権現
不忍池
湯島天神
伝通院
小石川養生所
万年堂
神田明神下
おかめ
控次郎の長屋
昌平橋
和泉橋
神田川
神楽坂
雑司ヶ谷
江戸城
赤坂御門
四谷大木戸
南町奉行所
溜池
渋谷川
六本木
増上寺
広尾原

地図作成／三潮社

序章

草原を吹き抜ける風に雨の匂《にお》いが混じった。白濁していた空が、みるみる黒雲で覆《おお》われて行く。一滴二滴で始まった突然の雨は、瞬《またた》く間に三春《みはる》領葛尾《かつらお》郡の牧草地を叩《たた》きつけるまでになった。

「ひひーん」

激しい雨音に交じって、雌馬《めすうま》の嘶《いなな》きが木霊《こだま》した。

突然の変化に怯《おび》えたのだろうが、雌馬は柵《さく》で囲われた牧草地の中をやみくもに走り回り、雷鳴が轟《とどろ》く度《たび》に立ち上がって嘶き続けた。

だが、柵は高く、雌馬の跳躍力では飛び越えることができない。

暗い草原に、雌馬の救いを求める悲しげな嘶きだけが幾度となく響き渡った。

「兄ちゃん、蘭《らん》が怯えているよ。助けてくれって、おらを呼んでいるよお。可哀想だよお」

馬場から離れた厩《うまや》の中で、少女が悲鳴にも似た声を上げた。

少女は涙で顔をぐしょぐしょにしながら、自分と同様、馬場の様子を窺《うかが》っていた若者の手を摑《つか》みながら言った。

「まだだ、小春《こはる》。出ちゃあならねえ。堪《こら》えるんだ」

「だども、蘭がおらを呼んでいるんだ。おら、天神《てんじん》の仔馬なんかいらねえ。蘭の元へ行くだあ」

今にも厩から飛びだして行きそうな少女を、若者は力ずくで押さえ込むと、少女同様、悲痛な声で言った。

「小春。おめえは、お父《とう》の恨《うら》みを晴らしたくねえのけ。お父がどんな思いで天神の仔を欲しがったか、忘れたわけじゃあんめえ」

「でも、兄ちゃん。蘭はおらを呼んでいるだ。あんなにも悲しげな声で、おらを呼んでいるんだよお」

少女は泣き叫び、若者の胸を叩くようにして縋《すが》りついた。

「おめえの気持はわかる。だが、辛抱するだ。天神は必ずやってくる。だから待つんだ。これまでも蘭が発情すると、天神はやってきたじゃねえか」

兄ちゃんと呼ばれた若者は、少女に言い聞かせるため、板壁の隙間《すきま》から目を離した。その時だ。

兄妹が言い争っている間も、板の隙間から食い入るような目で外の様子を窺ってい た老人が、二人を制するように叫んだ。

「来たぞ」

その声に反応した若者が、外の様子を見ようと近づいたが、老人は、若者が少女に向き直った瞬間に専有した隙間の前からどこうとはしなかった。

「音爺《おとじい》、見えるだか」

はやる気持を抑《おさ》え、若者は場所を譲らぬ老人に向かって訊《き》いた。

「待てえ。もうちょっとだ。天神は柵のすぐ外までやってきているだあ。畜生、今一度稲光が走りゃあ、わかるのによう」

板壁にへばりつきながら老人がそう言った途端、またしても厩を揺るがさんばかりの雷鳴が轟いた。

同時に、老人は弾《はじ》かれるように板の前から遠のいた。

老人の目が信じられぬものを見たとばかりに、大きく見開かれていた。

「音爺、どうしただ。天神が柵を飛び越えて馬場内に入ってきただか」

若者が訊いても、老人は答えなかった。代わりに場所を若者に譲った。

老人は若者の目が天神を捉《とら》えるのに十分な間をおいてから言った。

「宗助《そうすけ》、あの馬が天神で間違《まちげ》えねえか」

「間違えねえ。天神だ。第一、天神以外にあの柵を飛び越える馬なんていねえだ。音爺、見てみろ。天神が柵内に入ったぞ」

宗助は、目を見開いたままの音爺に向かって言った。

「……」

「音爺、見ねえのか」

再度呼びかけた。

老人はようやく反応した。そして、我に返ると、誰に言うでもなく、まくしたてた。

「なんてことだ。天神は鳳凰《ほうおう》だったたってことか。おら達はなんてえことをしてしまったんだ。おら達は馬喰《ばくろう》の面汚《つらよご》しだ。馬の善《よ》し悪《あ》しもわからねえ穀潰《ごくつぶ》しだ。お咎《とが》めが怖くて、鳳凰を野に放っちまった。宗助、おめえの親爺だけが、鳳凰の凄《すご》さを見抜いていただ。だから、お咎めを恐れず、おめえの親爺は蘭を手放さなかっただ。おら達は、馬っこにそんな情があるなどとは、思ってもいなかったんだ」

「音爺、お父が蘭を手放さなかったってのはどういうことなんだ。それに、情だの、天神が鳳凰だってえこともさっぱりわからねえ。おら達にもわかるよう、説明してくれ」

　摑みかからんばかりの勢いで詰め寄る宗助に、老人は見る影もないほど疲れ切った表情になった。だが、再度宗助に尋ねられると、観念したように話し始めた。

「宗助、鳳凰と蘭は、元々老中田沼《たぬま》様が、異国から献上された馬を南部《なんぶ》に預けたものなんだ。それが、田沼様の失脚により、関わりを恐れた南部の殿様の命《めい》で、三春に下げ渡された。蘭とは別々にな。なのに、おら達ときたら、そんな鳳凰を野に放ってしまったんだ。お咎めが怖くてよお。意気地《いくじ》がねえったらありゃあしねえ。それにくらべ、おめえの親爺は偉かった。ずっと、蘭を育て、鳳凰と掛け合わせることを考えていたんだ。今にして思えば、そんな親爺の執念が鳳凰と蘭を引き合わせ、風神《ふうじん》と水神《すいじん》を造り上げたってことだ。宗助、きっと蘭は天神の仔を授かる。おめえたちの親爺の執念が、そうさせるんだ」

　老人は、まるで何かに取り憑《つ》かれたごとく、喚《わめ》き散らした。

三頭の駿馬《しゅんめ》

一

長雨が続いた割には、大川《おおかわ》の水嵩《みずかさ》はさほど増えてはいなかった。それでも、平常よりは流れが速くなっているだけに、今夜辺りは釣りをする人間も少ないだろうと、本多控次郎《だこうじろう》は鰻《うなぎ》を狙《ねら》って夜釣りにやってきた。だが、控次郎の狙いとは逆に、大川端一帯は、竿《さお》を出す場所もないほど釣り人で賑《にぎ》わっていた。

――昨今の鰻人気には呆《あき》れるぜ。ちいっとばかり前にゃあ、気持悪がって食わなかった連中までもが、鰻を食うようになりやがった

川岸を埋め尽くす提灯《ちょうちん》の列を見ながら、控次郎が腹の中で毒づいた。以前は屋台で売られていた鰻が、武士や裕福な商人どもを相手にする高級料亭の出現で、今では

庶民の口に入りづらくなっていた。その結果、鰻食いたさに釣りをする人間で、大川端一帯は、提灯行列となっていた。

釣り人は、釣っている間も提灯を点《とも》しておく。月の出ている晩は、鰻が用心深くなる為、闇夜を選んでやってくることが最大の理由だが、もう一つの狙いとしては、後から来た釣り人達に、自分の釣り座に近寄るなという意味合いが込められていた。

そんな釣り人達の多さと自分の読みの甘さに腹を立て、吾妻橋《あずま》までやってきた控次郎だが、以前ならまばらであった両国橋《りようごく》から吾妻橋の間もずらっと提灯が居並んでいた。わずかに今戸《いまど》辺りの岸辺に竿を出す余地があるくらいだ。

——仕方がねえ。もう少し上流へ行くか。今日ばっかりは、手ぶらで帰るわけにゃあいかねえからな
控次郎は、餌桶《えさおけ》に活《い》かしてある白魚と泥鰌《どじよう》が弱らないかと気にしながらも、以前弟の片岡《かたおか》七五三之介《しめのすけ》と夜釣りに来たことのある橋場《はしば》町まで足を延ばすことにした。

鰻釣りには実績のある場所だが、活き餌《え》を弱らせない為、早いところ水を汲《く》み換えなければならない。それゆえ、提灯の切れ目を頼りに釣り場所を選び、まずは桶の水を新鮮なものに汲み換えたのだ。ところが、いざ釣り座に戻って支度を始めると、暗がりの中、川上には三本の竿を出した武士が座っていた。しかも、かなり身分の高い

武士らしく、警護の者が周りを固めている。

——提灯の数が少なかった訳はそういうことかい。随分と高そうな印籠継《いんろうつ》ぎを使っているが、それにしても三本とはちいっとばかり図々しいぜ。込み合っているんだから、ちっとは遠慮しねえかい
安い延べ竿しか持っていない控次郎には羨《うらや》ましい限りだが、警護の者を立たせてまで、十分な釣り場を確保している武士の態度が、控次郎には、初めから気に入らなかった。

餌桶は紐《ひも》がついており、岸からでも水が汲めるようになっている。しかも、中にいる泥鰌と白魚は、仕切られた網のせいで逃げ出すことが出来ない。餌を取り出す時は、桶の中程を回して取り出すという優れ物だ。

出がけに立ち寄った、居酒屋「おかめ」の親爺、政五郎《まさごろう》が餌ごと貸してくれたものだが、いつもは小さな甕《かめ》にどば蚯蚓《みみず》を入れている控次郎にしてみれば、餌桶を川に落としでもしたらと、気になって仕方がない。そこで先程も、

「とっつあん、こんな立派なものを借りて行ったんじゃあ、気になって釣りどころじゃねえぜ」

と一応は断ったのだが、川漁師から情報を聞きつけていた親爺は譲らなかった。

「先生。鰻だって、蚯蚓ばっかりちらつかされたんじゃあ、気分を損ねますぜ。漁師が言うには、鰻の腹ん中にゃあ、鮎《あゆ》や白魚、海老《えび》などが詰まっているってことです。生憎《あいにく》、活きた鮎はおりやせんが、白魚三匹と泥鰌二匹を入れておきやした」

餌としては少ない気もするが、白魚を弱らせない為にはこのくらいが良いと親爺は見たようだ。しかも、一緒に入れたのが泥鰌というのも心憎い。万一、白魚が弱っても肺で息をする泥鰌なら大丈夫ということなのだろう。


控次郎はびた銭を錘《おもり》代わりにし、白魚の口に針を通すと、いつものような置き竿ではなく手持ちで釣りを開始した。針にしっかりと刺す蚯蚓とは違い、活き餌の白魚は食い取られやすいからだ。

魚信《あたり》は竿を出してすぐにあった。

「ごつっ」という前魚信に続き、鋭い引きが竿を通して伝わってきた。

素早く合わせた控次郎が、竿を溜めて鰻の引きを躱《かわ》す。

抵抗する鰻を弱らせる為時間をかけて岸に寄せてきたが、それでも最後の抵抗をみせる鰻は水面をばしゃばしゃと叩いた。

その音を聞きつけ、近くにいた釣り人が一斉に立ち上がった。どうやらこの日の鰻は食い渋っていて、釣り人達は半《なか》ば諦《あきら》めかけていたようだ。それが、控次郎の釣り上げた一匹の鰻によって、俄然《がぜん》やる気になったのだ。

控次郎は腰に縛《しば》り付けておいた魚籠《びく》を取り出すと、その中に鰻を入れ、手拭《てぬぐい》で厳重に蓋《ふた》をした後、逃げ出されないよう紐で魚籠の口を縛り上げた。

魚籠の中では、鰻がいつまでも暴れていたが、それには構わず、控次郎は二匹目の白魚を餌に、釣りを開始した。

竿を出したばかりの控次郎が鰻を釣り上げたことで、釣り人達は自分の竿先よりも控次郎の動向の方が気になっている様子だ。そんな釣り人達の視線を知らぬげに、控次郎は竿先に集中した。

「ごつっ」

二匹目の白魚こそ鰻に食い逃げされたが、最後の白魚で控次郎が鰻を釣り上げた時には、川上の武士がわざわざ近寄ってきて、控次郎に声を掛けてきた。

「お主、餌は何を使っておるのじゃ」

他人が釣り上げているのを見ると、餌や仕掛けを訊きたくなるのは釣り人の特徴といえたが、それにしてもこの武士の物言いは横柄《おうへい》で可愛げがない。

しかも、武士は控次郎が脇に吊るしておいた提灯を取り上げ、餌桶の中を勝手に覗《のぞ》き込んでいる。

「おお、泥鰌か。なるほど、その手があったか」

聞きようによっては、感心しているふうにも聞こえるが、こういった手合いは控次郎の好むところではない。それゆえ、無視した。

置き竿で釣りをしていることからして、この男は蚯蚓を餌にしているはずなのだ。それを、いかにも釣りを熟知しているかのような言い草が、初めの印象と相まって、此処《ここ》までは控次郎も気に入らなかった。

ところが、武士はなかなか控次郎の傍《そば》から離れようとしない。

うっとうしさを感じた控次郎が知らぬ顔を決め込み、一匹の泥鰌を取り出し、口に針を通しても、黙ってその様子を見ていた。

こう出られると、控次郎は弱い。

相手が横柄な態度を取り続ければ、強くも出られるが、このようにおとなしく見ていられては、突き放すことが出来ない性質なのだ。

「泥鰌は、一匹しか残っちゃいねえが、使ってみるかい」

すると、武士はみるみる相好《そうごう》を崩し、一匹だけ残った泥鰌を、両掌で包むようにして受け取った。

「お主、一見すると浪人者のようにも思えるが、二匹しかいない泥鰌を分けてくれるというのは、なかなか釣り人にはできぬことじゃ。何かの力になれるかもしれぬ。名を聞かせてくれぬか」

よほど嬉《うれ》しかったのか、武士はそう言った。だが、控次郎から返された言葉は、武士の予想を超えていた。

「おめえさんは、夜だというのに顔を隠している。つまりは正体を明かしたくないってことじゃあねえのかい。だったら、こっちの名を聞こうってこと自体、おかしな話に思えるがねえ」

すでに相手が、かなり身分の高い武士であると気づいていながらも、控次郎の物言いは無礼極まりない。武士は気にも留めなかったが、警護の者達は頬《ほお》をひきつらせ、今にも刀を抜きそうになった。

「気に障《さわ》ったみてえだな。お忍びでやって来たと思ったから、敢えて敬意を払わなかったんだ。俺はこれで帰るから、勘弁してくんな」

控次郎は立ち上がると、左手で餌桶と魚籠を摑み、右手で竿を担いでその場を後にした。

暫《しばら》くして、一向に鰻からの魚信がないことに焦《じ》れた武士が、ようやく釣りを諦めた時、

「御前《ごぜん》、先程の浪人者のことですが」

それまで、武士の傍《かたわ》らで沈黙を守っていた用人風の男が、初めて口を開いた。

「別所《べっしょ》、あの浪人が何かしたのか」

「いえ、特別何をしたというわけではございませぬが……」

「はきとせぬのう。申してみよ」

「はっ、実はあの浪人、後ろ姿に一分《いちぶ》の隙もございませんでした」

「まことか。わしも食い詰め浪人とは思っていなかったが、お前が申すなら、間違いあるまい。やはり名を聞いておけばよかったかな。だが、釣りをする以上、またどこかで会うこともあろう」

控次郎が立ち去って行った吾妻橋付近の提灯行列に目をやりながら、武士は別所某《なにがし》に向かって語り掛けた。

二

徳川《とくがわ》幕府は八代将軍吉宗《よしむね》の次男宗武《むねたけ》、四男宗尹《むねただ》、そして九代将軍家重《いえしげ》の次男重好《しげよし》を別家《べっけ》させて、田安《たやす》、一橋《ひとつばし》、清水《しみず》のいわゆる御三卿《ごさんきょう》と呼ばれる三家を設けた。

お家の格式としては従来の御三家、紀州《きしゅう》、尾張《おわり》、水戸《みと》より劣るが、将軍吉宗が傾きかけた幕府財政を立て直したことで、他の御三家からの将軍擁立が事実上難しくなったと判断し、将軍職を継ぐ家柄として作られたものであった。

一般の大名とは違って、御三卿は直接統治する領地を持たない。知行地《ちぎょう》こそ与えられているが、実質は幕府から俸禄を受けているのと変わらなかった。

それゆえ、家臣と呼ばれる者は少なく、家老も旗本の中から出向する、いわゆる附《つけ》家老《がろう》という形がとられていた。ちなみに家老の役料は二千俵、これは百石百俵の原則で言えば、二千石でしかない。それでも、その格式は勘定《かんじょう》奉行、町奉行より上位とされていた。

この日、一橋家家老である西尾頼母《にしおたのも》は、江戸城内一橋邸で、当主徳川治済《はるさだ》に謁見《えっけん》していた。

　平伏する頼母の前に現れた治済は、不機嫌そうな顔で簾台《れんだい》に座った。

「大殿様には、ご機嫌麗《うるわ》しゅう、お慶《よろこ》び申し上げます」

　頼母は、型通りの口上を述べた。無論、治済の機嫌が悪いことは承知の上だ。

　案《あん》の定《じょう》、返事も返してこない治済を、頼母はさも驚いたような目で見詰めると、身の置き所もないかのごとく、打ち震えて見せた。

　こうすることが、治済という人間の自尊心を満足させる上で、効果があることを頼母は知っていた。

「頼母、我が憂《うれ》いを知っておりながら、追従《ついしょう》を口にするか」

　だが、案に相違して、この日の治済は治まりが悪かった。自分の悩みを承知していながら、はぐらかすような態度をみせる家老に憤《いきどお》りの目を向けた。

「恐れ入りましてございます。実を申せば、すでに大殿の憂いは取り除いたも同然と考えておりましたゆえ、某《それがし》の方から手柄顔でお答えすることは差し控えただけのことにございます」

　頼母は治済の眼を見ながら、臆《おく》することなく言った。

　先程の卑屈な態度など、まったくの偽《いつわ》りであることを頼母自身が証明していた。

「ならば、小城《おぎ》の馬に勝る名馬を探し出したということか」

「いえ、探し出したのではございませぬ。取り返したのでございます」

「なに。今、取り返したと申したか」

意外な言葉に、治済が思わず訊き返す。

「左様にございます。彼の馬は名を水神と言い、風神の弟馬に当たりますが、某が手の者に命じて探らせましたところ、小城の馬風神もその弟馬にあたる水神も、元々は田沼意次《おきつぐ》公が異国から献上された馬の血筋でございました。かような馬を白河様（松《まつ》平定信《だいらさだのぶ》）信奉者である小城主水丞《もんどのじょう》が所持していること自体、ありうる話ではございません」

「なるほど。それで取り返したという訳か。確かに、意次めの馬を定信の息が掛かった者が所持していること自体、けしからぬ話だ。頼母、仮に小城が騒ぎ立てたとしたなら、この事実を天下に広めてやれば良い。意次が持ち込んだ馬を定信が身内に与えたと知れれば、定信めは飛んだ笑いものになる。だが、頼母。その水神とやらはまこと風神に勝てるのか」

「風神は十歳。すでに老齢期に入っております。対する水神は六歳になったばかり。しかも、今回は乗り手を小城同様、旗本の中でも屈指の責め馬上手といわれる八重樫《やえがし》隼人《はやと》に任せております。八重樫の話では、百に一つも敗れる可能性はないとのことにございます」

「相わかった。ここ数年、早駆け競争のたびに、定信めの喜ぶ顔が頭に浮かび、見に行くことさえ気が進まなかったのだ。これで、ようやくわしも、思う存分早駆け競争を楽しむことが出来るということか」

「御意」

「とはいえ、水神という名のままでは、あまりにもあからさまじゃ。その方、その点についても何か考えておるか」

「はっ。僭越《せんえつ》ではございますが、すでに馬の名は決めております。眉間《みけん》に白い星がくっきりと浮かび上がっていることから、『一つ星』と名付けました」

「なるほどのう。心憎い仕置きじゃ。一橋と一つ星、何とも良い命名である。勝ち馬の名が、一つ星と聞かされた時、果たして定信めがどのような顔をするか、今から楽しみというものじゃ」

「御意」

諂《へつら》いとも思える言葉を二度までも聞かされ、満足そうに頷《うなず》いた治済であったが、去り際に今一度頼母を振り返った顔には、笑いはなかった。

「早駆け競争は大名・旗本にとって関心の高いものだ。それゆえ、一つ星を探し出したことは褒《ほ》めておく。だが、頼母。その方が定信派の重鎮どもを一掃できなかった咎《とが》を忘れてはならぬぞ。そのせいで、意次派残党どもへの根回しが必要になってしまったからな」

「はっ、某、しかと肝《きも》に銘じましてございます」

自分を見下ろす治済の傲慢な視線を感じつつ、頼母は額《ひたい》を畳にこすりつけた。意次派への根回しという言葉が、金を工面《くめん》せよという治済の明白な意図であることがわかっていたからだ。卑屈とも思える平伏は、これまでにも度重なる金の工面を要求してきた治済に対し、ことさら自分を小さく見せることで、金蔓《かねづる》としての限界を示《し》唆《さ》するものであった。

八朔《はっさく》（八月一日）。

江戸城内では、白帷《かたびら》に長袴《ながばかま》で身を固めた大名・旗本が、将軍に太刀馬代を献上する為、それぞれが身分に準じた控えの間で、謁見の順番を待っていた。

一橋家家老である西尾頼母もまた、控えの間で同じ御三卿の附家老達と謁見の時を待っていたのだが、なかなかその順番は回ってこなかった。やがて待ち続けることに飽いた他の附家老達が談笑を始めた。

家中のことについては迂闊《うかつ》に話せない彼らの話題は、今注目を集めている早駆け競争に向けられた。

武士である以上、馬術に関心があるのは当然のことだが、彼らの話は次第に熱を帯び、ついにはその勝敗にまで言及するようになった。

「小城主水丞が勝つに決まっておる。前回の馬比べを見たか。奴の馬が水戸屋敷前に着いた時、相手の馬はまだ五町（約五百メートル）も後ろを走っていたではないか。それもふらふらになってだ。あの馬は稀代《きたい》の名馬だ。わしが乗ったとしても、あの馬なら勝てる」

「それほどの名馬か。ならば一度見てみたいのう」

「まさに旋風と言ってよい。あっという間に目の前を通り過ぎるのだからな」

「ならば、今回も小城が栄誉を手にするということか。しかし、いくら馬に恵まれていようとも、五戦五勝となれば、将軍家馬術指南の座は手に入れたも同然だ。確か小城の家は五百石取りと聞いていたが、主水丞はまさに出藍《しゅつらん》の誉《ほま》れと言ったところかな」

「それがそうとも言い切れぬのだ。小城が白河公の信奉者であることは夙《つと》に知られておる。そんな男を、将軍家が馬術指南役に選ぶと思うか」

「それもそうだ。将軍家斉《いえなり》公よりも……」

と口にしたところで、急に二人の附家老は口を噤《つぐ》んでしまった。話に夢中になってしまったとはいえ、これ以上は口にできない。

それほど大名・旗本達にとって、将軍家斉の実父治済と松平定信の確執は、周知の事実であったからだ。

本所《ほんじょ》にある屋敷に戻って来た頼母は、先程の附家老達の会話から、早駆け競争に賭《と》博《ばく》を持ち込む算段を模索していた。一つ星の存在を知らぬ附家老達が風神の勝利を予言していたように、頼母の目から見ても早駆け競争に関心の高い大名・旗本達が、風神の勝利を確信していることは明らかであった。それゆえ、賭博を行うことが出来れば、主君治済から要求された金の工面も出来るし、さらには、度重なる治済の要求に対する備蓄も可能になる。頼母としては何としても賭博を成立させる方法を見つけ出したかったのだ。

一橋家の家老になったものの、頼母は自分が期待した以上の見返りを受けていないと捉えていた。町奉行や勘定奉行を凌《しの》ぐ格式を与えられながらも、その立場を利用しての旨味《うまみ》は、未だ堪能《たんのう》するまでには至っていない。それだけに、こんなところで主君の要求に応えられぬ無能の烙印《らくいん》を捺《お》される訳にはいかなかった。

障子から差し込む陽が時間の経過を告げるとともに、頼母にこの難題の解決法が、自身の能力を超えていることを知らせた。

幕府が博打《ばくち》を禁じている以上、いくら思案を巡らそうとも有効な手だてなどない。少なくとも自分には無理だ。諦めた頼母は、藁《わら》にも縋《すが》る思いで、自らが家臣に取り立てた別所格《かく》を呼びよせた。

廊下を小走りに駆け寄る足音に続き、部屋の前で止まる別所の様子が頼母に伝わる。

「御前、お呼びと伺《うかが》いましたが、手前でお役に立てますでしょうか」

廊下に跪《ひざまず》いた別所が、襖《ふすま》越しに声を掛けてきた。頼母から目を掛けられているにも拘《かか》わらず、この男の控えめな物言いはいつもと変わらなかった。

「別所、お主は最上《もがみ》流の和算に通じておったな」

「はっ、些《いささ》か学びは致しました」

「左様か。ならば同じ最上流の数学者上原如水《うえはらじょすい》を存じておるな。聞くところによると、随分な変わり者だという話だが」

「如水先生ならば、私が江戸に出て来てすぐ、同じ最上流として指南を仰《あお》いだことがございます。変わり者というよりは、卓越《たくえつ》した頭脳の持ち主といった方がよろしいかと」

「構わぬ。この際変わり者の方が何かと都合が良いのだ。これから如水の所へ行って、この書状を渡してもらいたいのだ。もし、書状に書かれている件に見事答えたならば、礼金として五十両を支払うと伝えてまいれ」

「直《ただ》ちに参るのでございますか」

「そうだ。事は一刻を争うのだ。ところでその如水だが、変わり者だけに、金で釣られることを嫌いはせぬかな」

「格別、金を嫌うような方ではないと心得ますが」

「それなら話は早い。金をちらつかせ、明後日までに回答するよう申し伝えよ」

一刻を争うと言った割には、頼母は如水に考える時間を与えた。それほど、書状に記した案件が、今まで幾度となく奸計《かんけい》を弄《ろう》してきた頼母をもってしても、答えに辿《たど》り着くことが出来ぬ難題であることを知らしめていた。

別所を如水の元に遣わした頼母だが、正直この件に関しては、好ましい回答が得られるはずはないと見ていた。いくら知恵者と評判の高い男でも、案件が公儀の禁ずる博打となれば、関わりあうこと自体嫌うはずであった。

――わしとしたことが、いらざる真似《まね》をした

頼母は自嘲《じちょう》した。いくら自分の頭脳で処理しきれなかったとはいえ、会ったこともない人間に託《たく》すこと自体、自分でもどうかしているとしか思えなかった。

――やはりこのところのわしは、ツキに見放されているようだ

頼母の胸中には、一橋治済に言われた、松平定信派の追い落としに失敗した一件が未だ燻《くすぶ》り続けていた。その上、治済には知られていないが、重大な禍根《かこん》ともなりかねない一件も抱えていたからだ。

頼母の脳裏に、以前使っていた勘定吟味《ぎんみ》役の顔が浮かんだ。勘定奉行久世広民《くぜひろたみ》を陥《おとしい》れるべく利用した男だが、あと一歩というところで町奉行所によって取り押さえられ、陰謀の実態を記した瓦版《かわらばん》の原稿だけが、一橋家の門内に投げ込まれていたのだ。

――いったい、何者の仕業なのだ

頼母には、瓦版を投げ入れた人間の心当たりがなかった。

自分に結び付く証拠など一切残していないと思っていたし、手駒として使った勘定

吟味役は何者かに惨殺《ざんさつ》され、瓦版屋に原稿を持ち込んだ小者も遠島になっていた。どう考えても、自分が関与していることを知る人間などいるはずがないのだが、現実に瓦版は投げ込まれていたのだ。

——ならば、再び敵が現れるのを待つしかあるまい

これまで幾度となく嘯《うそぶ》いてきた言葉を、頼母は繰り返すしかなかった。

別所格が戻って来たのは、出かけてから二刻（四時間）程経《た》ってのことだ。

頼母の前に進み出た別所は、上原如水から預かったという書状を差し出して言った。

「これが、如水先生のお返事にございます」

「なるほど。確かに変わっておるな。承知か否《いな》かを告げるのに、わざわざ書面を用いるとは」

頼母が書面を検《あらた》めもせずに言うと、

「いえ、左様ではございませぬ。そこには殿がお知りになりたい回答が記されております」

意外な返事が返ってきた。

驚いた頼母が、書面を検めると、学者とは思えぬ下手糞《へたくそ》な字で、長々とした文章が書かれていた。

初めは顔を顰《しか》めながら悪筆と闘っていた頼母も、暫《しばら》くすると、食い入るように書面を見詰めだした。そして唸《うな》り声をあげた。

「このような方法があったのか。それにしても誰がこのようなことを即答できるというのだ。確かに変わり者だ。如水という男の頭脳は、人智を超えている」

三

湯島横町《ゆしまよこ》にある「おかめ」という飲み屋は、常連が足繁《あししげ》く通うと評判の店だ。

丸太を半分に割った卓が四卓置かれているだけのこぢんまりとした店だが、どこか色香のある女将《おかみ》お加代《かよ》と、適度に可愛げのある二人の娘お夕《ゆう》とお光《みつ》が醸《かも》し出す雰囲気《ふんいき》が、この店を訪れる客達を虜《とりこ》にしていた。

店で出される肴《さかな》は、毎朝日本橋《にほんばし》の魚市場から仕入れてくるのだが、大体において蛸《たこ》を扱った料理が多かった。理由は、この店の親爺が釣り好きで、船頭に勧められるまま、鉄製のてんやを買ってしまったのが始まりだそうだ。

だが、この時代のてんやはすべてが特注品であり、値段も恐ろしく高かった。そこで、女将に無断で買ってしまった親爺が、苦し紛れに釣った蛸を客に饗応《きょうおう》するようになったという話だ。

「先生、何とか言ってやってくださいな。あたしはどうせ釣り上げられちまった蛸ですから仕方がないけれど、娘達は今が盛りなんですよ。余所《よそ》様の娘同様、着物の一つでも買い与えてやらなきゃあ可哀想ってもんです。なのに、うちの人ときたら、この間も、釣りに使う餌桶なんてものに、一日分の売り上げを使っちまったんですよ」

一番奥の卓で、一人酒を飲んでいる控次郎に向かって、女将がぼやいた。

「そりゃあいけねえな、お夕やお光もそうだが、この店は女将も含めた三人の女達で成り立っているんだ。そいつは誰が聞いてもとっつあんが悪いや。もうちっとばかり前に聞いていたら、俺もあんな餌桶を借りたりはしなかったんだがな」

先日、その餌桶のお蔭で鰻を釣ることが出来た控次郎が、面白がって女将に加勢した。たちまち、板場から親爺が顔を覗かせる。

「勘弁してくださいよ、先生。そうじゃなくても、ここんとこ毎日文句を言われっぱなしなんですよ。その上先生にまで寝返られたんじゃ、あっしもどうしていいかわからねえ」

泣きつくように言った親爺だが、その割に顔は笑っていた。

なんだかんだ言ったところで、この家族がお互いを思い合っていることは、疑いようもない事実なのだ。そこへ、

「いらっしゃい」と客を招き入れるお光の声と共に、二人の男が入ってきた。

一人は、一目で町方とわかる羽織に着流し姿の同心。もう一人は町人だが、妙に腰の軽そうな男だ。

同心は、黙って控次郎の前の席に座ると、もう一人の腕を摑み、半ば強引に自分の隣に座らせた。

「どうしたんだい、双八《そうはち》、また辰《たつ》が何かを仕出かしたとでも言うのかい」

控次郎が先んじて訳を尋ねる。

「そうじゃありませんよ。私は先程、こいつが人相の悪いやくざ者風の男から、富くじらしきものを受け取るのを見たんです。それで、見せてみろと言ったんですが、この野郎、俺に取られるとでも思ったのか、見せもしねえんですよ。挙句《あげく》が、こいつは富くじじゃあねえの一点張りで。おい、辰蔵《たつぞう》。てめえ、先生の前でもしらを切り通すつもりか」

すると、富くじと聞いたことで、もしや当たったのではないだろうかと、女達や常

連達の目が一斉に、辰蔵に注がれることとなった。

「ち、違いやすよ」

慌てて両手を突き出し、懸命に誤解を解《と》こうとした辰蔵だが、自分に向けられたやっかみ半分の視線は、ちょっとやそっとのことで収まるとは思えなかった。

そこで、辰蔵は止《や》む無く懐《ふところ》から富くじのような札を取り出し、同心の前に置いたのだが、その物言いは、多分に思わせぶりであった。

「高木《たかぎ》の旦那《だんな》。わちきは、旦那の立場を考えてこの札を見せなかったんでござんすよ」

「ふざけるんじゃねえぞ。てめえに気遣って貰《もら》ったなんて世間に知れてみろ。俺は恥ずかしくて、町を歩けなくならあ。おい、辰。さっさと吐《は》いちまいな。一体、その札は何なんだ。見たところ質札のようにも思えるが」

札を手に取った高木が、辰蔵の眼前にちらつかせる。

「ぞんざいに扱っちゃいけやせんって。その札一枚いくらすると思っているんですか。一分（約二万円）ですよ。一分」

慌てて高木の手から札を取り上げた辰蔵が言うと、周りで聞いていた常連や店の者達までもが、一様に驚きの声を上げた。一分の札など、その日暮らしの町人が容易《たやす》く買える代物《しろもの》ではないからだ。

「一分だと。大工のような稼ぎの良い職人ならまだしも、版元の手代であるてめえが、どうしてこんなものを買えたんだ」

「嫌でござんすねえ。わちきはこう見えても、播州屋《ばんしゅうや》の屋台骨を支えている男でござんすえ。余所の地本問屋から連日のお誘いを受けながら、播州屋に義理立てる男の中の男でありんす。そんな訳でござんすから、わちきを気に入ってくれる女衆は引きも切らず、お小遣いなんかを。あっ、痛っ」

まだ話し終わらないうちに、辰蔵が悲鳴を上げた。

いつの間に板場から出て来たのか、親爺が手に持った十能《じゅうのう》で辰蔵の頭を叩いたのだ。

「与太《よた》ばかり喋《しゃべ》ってんじゃあねえ。女に貢《みつ》いでばかりのてめえに、小遣いをくれる物好きがどこにいるっていうんだ。さっさと、高木の旦那にお話ししねえか」

これは効いた。辰蔵にとって、おかめの親爺ほど苦手な者はいないのだ。

今は飲み屋の親爺でも、以前は腕利《うでき》きの目明しであっただけに、睨《にら》まれた時の眼力には凄《すご》みがある。辰蔵は、犬が股座《またぐら》に尻尾を挟み込んだごとく、樽《たる》に座ったままの両膝《ひざ》をぴたっと張り合わせた。

「すいやせん。お話しいたしやす。ですが、こいつは大っぴらには見せられねえ代物でして、先程申し上げた通り、高木の旦那のお立場からして、そのう……」

「いいから言ってみな」

「へい、では申し上げますが、皆さんもあまり人には喋らないでくださいましね。これは売れっ子の浮世絵師から聞き込んだ話でして、近々行われるお旗本同士の早駆け競争の賭け札なんでござんす」

辰蔵は、親爺と高木の反応を窺うように喋り始めたが、

「ちょっと待て。早駆け競争については聞いているが、賭け札が売られているなどとは、俺の耳には入っていねえぞ」

すぐに、高木によって話の腰を折られた。

定廻《じょうまわ》り同心である高木には、賭け札が売られているなど、見逃せることではなかったからだ。

「そうなんでござんすよ。ですから、わちきは初めに旦那には知らせたくなかったと言ったんでござんす。その絵師が言うには、今回の賭け札は寺社奉行様もお認めになっているとかで、しかも従来の博打とは趣《おもむき》が違うとのことでして」

「馬鹿野郎、趣も糞もあるもんか。そいつは間違いなく博打じゃねえか」

「ところがですね、旦那。今までの博打ってえのは、チョボイチや丁半《ちょうはん》博打のように、当たった者が外《はず》れた者の金を分けるというものじゃねえですか。それも胴元に寺銭を取られるから、博打をする人間は必ず損をする仕組みになっておりやす。それで御公儀も博打を禁じたってわけなんでしょうが、今回の早駆け競争では、賭ける前から払い戻し額が決められているんです。つまり、賭けようによっては、胴元が大損をする可能性がありやす。それゆえ、こんなことをするのは金持ちの道楽と見たらしく、しかも従来の博打のように、頻繁《ひんぱん》に行われることもない一度きりのものだからと、寺社奉行様もお目こぼしをされたらしいんで」

辰蔵からの説明を受けた高木は、まだ何か言いたそうであったが、相手が寺社奉行とわかるや、急に弱腰になった。

すると、此処まで黙って聞いていた控次郎が、徐《おもむろ》に口を開いた。

「おかしくねえかい。寺社奉行ともあろう者が、自分の落ち度となりそうな賭けを認めるなどとは到底思えねえがな。町奉行なんかとは違って、行く行くは老中に上ろうっていう譜代《ふだい》大名の集まりだからな。それに、双八の耳に入っていねえことも気になる。辰、確か賭け札は一分だと言ったな。その札は誰でも買える代物なのかい」

「買えませんよ。絵師の話では、大名やお旗本、それと大店《おおだな》の商人でも大名屋敷にお出入りが許されている者しか買えないということですから」

「そういうことかい。となると、寺社奉行が認めたってえ話も眉唾《まゆつば》だな。いざとなりゃあ、賭けに加わった連中が一斉に口を噤みゃあいい話だ。辰、おめえ、旨い話に乗せられたんじゃねえのかい」

「違いますよ、先生。わちきだって、そんなに馬鹿じゃあござんせん。絵師に聞かされるまでもなく、昨年の早駆け競争で小城様の風神ってえ馬が勝ったのを知っていたんですよ。それも相手の馬を五町も引き離してですよ。あの馬の速さはけた外れでありんす。なのに、その風神が勝った場合の払い戻しが、六割増しになって戻ってくるんです。こいつは買わねえ手はありませんぜ」

「ふうん。六割増しかい。で、相手方の馬が勝った場合はどうなんだ」

「その時は二倍になって戻ります」

「なるほどな。同じに売れれば、胴元が損をする場合も考えられるという訳か。賭け札を作るにも金が掛かるしな」

「でも、風神が負けるなんてことは考えられませんよ。ですから、こんな旨い話に乗らない手はねえってことで」

辰蔵は自信ありげに言った。

　この夜は、珍しく用事があるとのことで、辰蔵は先に店を後にした。

　常連客もいなくなった店内には、どこか浮かない顔の高木と控次郎だけが残っていた。

　そこへ、徳利《とっくり》と湯呑を提げた親爺が、板場の縄暖簾《なわのれん》を掻《か》き分けて現れた。

「先生、高木の旦那。あっしもお相伴《しょうばん》させてくだせえやし。お二人と御一緒に酒を飲めるのが、あっしにとっちゃあ何よりも至福の時でござんして」

　親爺は言ったが、高木が看板まで飲むことなど数えるほどしかない。

　それでも満足そうに頷いた高木に親爺は尋ねた。

「先程辰が言っていた件ですが。本当に町奉行所では、そんな話が出ていねえんでござんすか」

「あたりめえだ。そんな話がありゃあ、真っ先に上が騒ぎ立てる」

「ですが、辰の話では、大名やお旗本、それに大名屋敷にお出入りを許された商人までもが加わっているそうじゃねえですか。旦那は定廻りですから仕方がねえとは思いやすが、絵師でさえ知っている話を隠密廻《おんみつ》りが知らねえってのは、あっしにはどうも」

「政五郎、おめえ何が言いてえんだ。隠密廻りが知っていることを、定廻りの俺達が知らされていねえとでも言いてえのか」

「いえ、そんなつもりじゃあ」

親爺の政五郎にしてみれば、未だ言いたいことの半分も口にしていなかったのだが、いざ高木に睨まれてみると、口を閉ざさぬわけにはいかなくなった。

見かねた控次郎が、親爺の意図を汲み取り、代わりに続けた。

「双八、とっつあんが言いてえのは、そういうことじゃねえんだ。辰の言う寺社奉行が黙認しているって話が事実だとしたら、町奉行所も目を瞑《つむ》っちまったんじゃねえかと、とっつあんは言いてえんだよ。町奉行所も寺社奉行のすることには口出しできねえからな。それに池田筑後守《いけだちくごのかみ》様が役替えになった今、同じように気概のある人物がそうそう出てくるとは思えねえや」

「まあ、前のお奉行に気概があったかどうかは別として、確かに今度の坂部能登守《さかべのとのかみ》様は与力、同心に対する労《いたわ》りってものが欠けている気もしますねえ。前のお奉行が就任された時には、ご自身で与力、同心の控えの間まで足を運んで挨拶《あいさつ》をされたもんでしたが、今度のお奉行ときたら、内与力を差し向けて来ただけですからね。しかも、その大竹《おおたけ》という内与力が矢鱈横柄《やたらおうへい》で。あれなら前の中田《なかた》の方が遥かに可愛かったというもんですよ」

どうやら高木には、今度の内与力も印象が悪いらしく、政五郎が言わんとした意味を控次郎から聞かされても、最後は内与力に対する愚痴《ぐち》に終始した。

四

毎月三日は、控次郎が娘の沙世《さよ》に会うことを許されている日だ。

亡き妻お袖《そで》の父親、つまり舅《しゅうと》である薬種問屋万年堂《まんねんどう》の長作《ちょうさく》に娘の養育権を取り上げられてしまって以来、控次郎は月に一度しか沙世に会えなくなっていた。すべては長作の誤解から始まったことなのだが、控次郎は一切弁解をすることもなく、舅の言い分を受け入れていた。

妻のお袖を亡くしてからというもの、控次郎は乳飲み子の沙世を抱え、乳貰いに駆けずり回りながら田宮《たみや》道場の師範代を続けていた。そんな控次郎を世間は痛ましげに見ていたが、それでも所詮《しょせん》は他人事《ひとごと》であり、積極的に手を貸そうとする者はいなかった。そんな中、縁もゆかりもない通りすがりの芸者が声を掛けてきた。それが柳橋《やなぎばし》で売り出し中の乙松《おとまつ》であった。

浪人者とはいえ、武士の控次郎が乳飲み子を抱えて走る姿に、乙松は、自身が置かれた幼い頃の境遇から、その事態を他人事とは思えなくなった。

乙松の父親は、酒飲みで博打に明け暮れた挙句、方々に借金をして、最後は女房子供を捨てて別の女の元へと走った男だ。

それゆえ、泣き叫ぶ乳飲み子を大事そうに抱えて走る控次郎の姿は、それまで、男とは所詮身勝手な生き物でしかないと思ってきた乙松の目には衝撃的な光景として映った。

「可哀想に。こんなにお腹を空かせているじゃないですか。お武家様、もっと早く気づいてあげなくちゃいけませんよ」

置屋から遣わされた手代が止めるのも聞かず、乙松は控次郎から赤子を取り上げた。さらに手代に向かって尋ねた。

「信《しん》さん。あんたなら子供を産んだばかりの女の人を、何人も知っているだろう。その中で、一番滋養が足りているのは誰だい」

「えっ、子供を産んだばかりの女ですか。でしたら、胸のでかさから言っても古本屋のお銀《ぎん》さんが適任でしょうが、乙松姐さん、まさか今から行く気じゃあ」

「そのまさかだよ。いくら赤子を抱いているからといって、いきなりお侍さんに乗り込まれたんじゃ、お銀さんだって吃驚《びっくり》する。信さん、その家がどこにあるのか教えておくれ」

「待っておくんなさい。乙松姐さん、お座敷はどうするんですかい」

「馬鹿だねえ。あんたが先に行って、あたしが遅れることを伝えてくれればいい話じゃないか」

とはいえ、乙松に言われた手代が口籠《くちごも》り、戸惑《とまど》っている様子を見ると、流石《さすが》に控次郎も遠慮しないわけにはいかなくなった。

「乙松姐さんと言ったな。気持は嬉しいが、稼業の邪魔をするわけにはいかねえや。娘のことなら、俺が何とかするから、姐さんはお座敷に向かってくれ」

控次郎は言ったが、正直なところ、乳貰いも連日となると先方もいい顔をしないのだ。それでも乙松の手から沙世を受け取ろうとした控次郎に、乙松はきつい目を向けた。

「お武家様はそれでいいかもしれないけど、もしお乳を貰えなかったら、この子はどうなるんです。赤ん坊に意地や遠慮なんてことは通じませんよ。困っている時は、素直に人の助けを借りたっていいじゃありませんか。それにね、あたしはもう御節介を焼いちまってるんです。お武家が乳貰いに行くのを、黙って見ていたんじゃあ、恥ずかしくってお天道様の下を歩けやしませんよ」

乙松は沙世を抱いたまま、手代に教えられた古本屋へと向かった。しかも、自ら世話焼きだと言ったこの女は、翌日以降も控次郎に代わって乳貰いに行くようになった。

それくらい、子供を思う控次郎のことが気になったらしいのだが、その乙松が度々長屋を訪れたことが、舅の誤解を招くことになった。

「控次郎さん、あんたはお袖が死んでいくらも経たないというのに、芸者衆を家に引き入れているそうじゃないか。私はねえ、一人娘を喪《うしな》ったんだ。この上、孫娘まで、淫《みだ》らな人間によって汚《けが》されたくはないんだよ」

乙松を淫らな人間と言い切った舅の言葉には、正直腹が立った。だが、その言葉に異議を唱《とな》えたりすれば、より乙松に迷惑をかけてしまう恐れがある。お袖の実家万年堂が代々薬種問屋を許された大店である以上、下手な噂《うわさ》が出ると、乙松の立場が悪くなるからだ。さらには、控次郎には一人娘のお袖を死なせてしまったという負い目がある。舅の悲しみと孫娘に対する気持を忖度《そんたく》した控次郎は、沙世を自分の手元に置くよりも、万年堂に引き渡した方が幸せと、無理やり理由づけ、手放すことにしたのだ。

「父上、沙世です」

控次郎の長屋にやって来た沙世は、今までの「父様《ととさま》」という呼び方ではなく、「父上」と呼びかけてきた。

「入んな」

なんとなく寂しさを感じつつ控次郎が答える。

暫しの間をおいて、腰高障子を開けて入って来た沙世は、付き添ってきた女中から風呂敷《ふろしき》包みを受け取ると、女中に向かって丁寧《ていねい》に礼を述べた。

祖父の長作から、店の為に働いている人間が、仕事以外のことでわざわざ付き添ってくれることを有難く思わねばなりませんよ、と常々言われていたからだ。

誰にでも丁重に頭を下げる沙世の仕草は、今日に始まったわけではなかったが、控次郎は、このところの沙世に微妙な変化が生じたことに気付いていた。

その変化は三月《みつき》ほど前、控次郎が死を覚悟した頃に始まっていた。別れの言葉こそ口にしなかったが、控次郎はお袖の形見の簪《かんざし》を沙世に手渡した。その時以来、沙世は異様なまでに控次郎の身を案じるようになった。

持参した風呂敷包みをほどくと、沙世は前掛けを取り出して腰に締めた。さらに、襷《たすき》がけとなり、真新しい雑巾《ぞうきん》を取り出した。

「父上、沙世はこれから家のお掃除をいたします。ですから邪魔にならない場所に居てくださいね」

そう言うと、八歳の子供とは思えぬ慣れた手付きで、柱から畳をごしごしと磨《みが》き始めた。

「へえ、そんなことまで出来るようになったのかい」

控次郎には驚きだ。その上、

「そうですよ。今の沙世は、毎日塾のお掃除をしていますから」

とも言った。控次郎が訊き返す。

「塾って、おめえ。山中《やまなか》さんは亡くなったじゃねえか。てえことは、親父殿の周作《しゅうさく》先生に習っているのかい」

「いいえ。秀太郎《しゅうたろう》先生が亡くなられて、周作先生は塾を畳んでしまわれました。そこでお爺様の言いつけで、沙世は上原如水先生のところへ通うことになったのですが、沙世は未だに算法を教わるどころか、算盤《そろばん》も触らせて貰えないのです。そんなわけで、沙世はお掃除が得意になったのです」

「そうなのかい。でもお爺様が言われることなら、間違いはないいぜ。なんたってお爺様は、沙世のことを第一に考えるお人だからな。それに如水先生なら、俺の兄上も師事したことがあるんだ。良かったじゃねえか」

沙世を気遣って控次郎は答えた。だが、舅の長作が真っ先に選んだのは山中算学塾であり、今は亡き山中秀太郎の人柄を知る控次郎にすれば、内心では長作も仕方なく上原如水に任せたのだとしか思えなかった。

そんな思いが顔に出たのかもしれない。

沙世はこれ以上控次郎に心配をかけては、と思ったのか、笑顔で言った。

「郷に入っては郷に従えです。如水先生の門下生は、珠算も同じ時期に入塾されていますし、算法を始める時期も皆十歳と決まっているのです。ですからあと一年と少しの間、沙世はお掃除の腕を磨きます」

「一年以上もかい。折角珠算が達者になったのだから、掃除しかしねえっていうのももったいねえ気がするがなあ」

控次郎は首を傾げながら言った。

だが、本当のところは、珠算合戦で年上の子供達を押しのけて二種目を制した沙世だけに、疑いたくはないが、他塾から来た沙世の実力を脅威に感じた如水が、自塾の門下生と一緒に算盤をさせたがらないのではないだろうかとも感じていた。

それから数日して、沙世のことが気になった控次郎は浅草《あさくさ》平《へい》右衛《え》門《もん》町にある上原算学塾の様子を見に行った。

門弟が多いとは聞いていたが、まさか自分の屋敷だけでは収容しきれず、通りの向かい側二軒の商家を買い取るほど手広くやっているとは思わなかった。その威容を目《ま》の当たりにした控次郎が呆れ返ったその時だ。

背後からいきなり声を掛けられ、控次郎は振り向いた。

そこには普段着姿の乙松が、嬉しそうに立っていた。

「乙松姐さんじゃねえか。売れっ妓の姐さんが昼間っからこんなところを出歩いているとは驚きだぜ」

「何言っているんですか。此処は平右衛門町ですよ。そこを右に曲がればあたしの家。先生の方こそ、こんなところで何をしているんですか」

逆に、乙松に問われる形となってしまった。

乙松では隠し事はできない。控次郎は沙世が如水の塾に通い始めたこと、十歳になるまで沙世が掃除ばかりをさせられそうであることを乙松に話した。

「やっぱり先生も父親なんですねえ。お沙世ちゃんのこととなると、周りが見えなくなっちゃうんだもの。直心影流《じきしんかげりゅう》免許皆伝が、あたしみたいな者に呼び止められるまで気づかないんじゃ、師範代の名が泣きますよ」

「面目《めんぼく》ねえ。返す言葉もありゃあしねえぜ。だがなあ、一年以上もの間掃除ばかりさせられるっていうんじゃ、いくら何でもあいつが可哀想だ」

「だったら、直接当人に訊けばいいじゃないですか」

「当人？」

「如水先生ですよ。今頃なら、母屋にいるはずだから、呼んできてあげましょうか」

どうやら乙松は如水と顔見知りのようだ。それも口振りからして、かなり近しい間柄に思えた。

乙松は、如水が家にいるはずだと言った。しかも、如水が教えるのは午前中の珠算と、夜になってからの大人相手にする算法の講義だけだということも知っていた。

「じゃあ、ここで待っててね」

控次郎の役に立てることが嬉しい乙松は、早速呼びに行こうとした。だが、案に相違して控次郎の様子はどこか煮え切らなかった。

沙世のことが気になって様子を見にやって来たものの、思いがけず乙松と出会ってしまった。それゆえいきなり如水に会う覚悟は出来ていなかった。下手をすれば沙世の立場を悪くしないとも限らない。控次郎は乙松に如水の為人《ひととなり》だけを聞き、会うのはまたの機会にすると断った。

乙松は一瞬がっかりしたような表情になったが、惚れている控次郎が相手とあっては、無理強いも出来ず、結局は笑顔で頷かざるを得なくなった。

「如水先生の為人？　そうねえ。一言で言えば、変わり者ってことかしら」

五

元禄《げんろく》の頃、造り馬と呼ばれる、足や尾の筋を一部切ることで見栄《みば》えだけを良くした馬がもてはやされた。このことは、当時の武士がすでに馬を戦《いくさ》の道具として見なくなったことの証《あかし》でもあった。その後、この風潮に反発した馬術家達が、馬本来の能力を高めるべく遠駆けによる責め馬を始めると、剛毅《ごうき》を好む旗本達の間で瞬く間に遠駆けが流行するようになった。当初は連れ立って走っていたものが、やがて競い合うようになり、ついには街道を疾駆する早駆け競争へと発展した。腕に覚えのある馬術家達はこぞって速い馬を買い求めた。南部や三春といった馬産地に人を送っては、良馬を物色した。

早駆け競争は各地で行われるようになったが、なんといっても大名・旗本に人気が高かったのは、旗本同士が威信をかけて戦う、川越《かわごえ》道上板橋《かみいたばし》から水戸屋敷前までを走る早駆け競争であった。

この走路は、約一里（四キロ）の行程を駆け抜けるばかりか、坂の上り下りが激しく、馬にもまして騎手の腕が勝敗の鍵を握るとも言われていた。

そんな中、百戦負け知らずとも謳《うた》われる名手が誕生した。今回風神の手綱を取る小城主水丞の父兼房《かねふさ》だ。幾多の競争に勝利を収めた兼房は、三年前に無敗のまま倅《せがれ》主水丞に後を託した。その兼房の後を継いだ主水丞も名馬風神を駆り、後継者の名に恥じぬ連戦連勝の活躍を見せていた。

早駆け競争の日を十日後に控え、此処まで強気一辺倒であった西尾頼母も、さすがに不安を覚えるようになった。

それまでの頼母は、水神こと一つ星が風神に負けるはずはないと確信していたのだが、何時の間にか賭け札を購入する者が増え、しかも風神側の札ばかりが売れてくると、水神が後《おく》れを取った時のことが矢鱈案じられるようになった。

頼母の不安は募るばかりだ。何かの拍子で、競争の途中、水神が脚の骨を折ったり、騎乗する八重樫が落馬するかもしれないなど、不吉なことばかりが、頼母の胸中を占めた。

懐刀《ふところがたな》である別所格が頼母の部屋を訪れたのは、まさに頼母が不吉な思いを振り払おうとしていた時だ。頼母に向かって一礼した別所は、いつもと変わらぬ控えめな態度で用向きを述べた。

「お言い付け通り、御庭番《おにわばん》に命じた件のご報告に参りました」

「八重樫の様子はどうであった。よもや体調を崩したりはしておらぬであろうな」

「はっ、八重樫殿のことでしたら、変わりないようにございます」

頼母に問われた別所はそう答えた。だが、その後で不自然な間が空《あ》いたのを頼母は見逃さなかった。

「どうした。なにか気になることでもあったのか」

いつになく煮え切らない様子の別所に、頼母が重ねて訊くと、

「出過ぎたことをすると、お咎めを受けるかもしれませぬが、もしや御前のお役に立てるかもしれぬと、伊賀《いが》者を使いました」

「伊賀者か」

「はい。御前は伊賀者を嫌っておられますゆえ、申し上げにくかったのですが、八重

樫殿の奥方は不義密通をしております」

「密通とな。何ともあきれ果てた女じゃが、今はそれを咎め立てする気も起こらぬ。そんなことを暴いたところで、八重樫を動揺させるばかりではないか。当方にとっても何ら利のない話だ」

「手前もそのようには思いましたが、その密通相手というのが、もしかしたら利用できるやもしれぬと思い、手前の一存ではございますが、伊賀者に命じ、その後の成り行きも調べさせておきました」

別所が此処まで言い切るのはよくよくのことだ。それゆえ、頼母は訊き返した。

「ほほう。わざわざ密通現場まで出向かせたのか」

するとㅤ、

「密通相手は、常陸屋《ひたち》という鰻屋の主《あるじ》で、八重樫殿とは正反対の優男《やさおとこ》にございます。年の頃はまだ三十半ばといったところで、二人は三日に一度の割合で不忍池《しのばずのいけ》の畔《ほとり》にある出会い茶屋で情を交わしております」

他人の秘事をこまごまと報告する自分を恥じているのか、別所は下を向きながら答えた。

「鰻屋か。優男とはいえ、八重樫の女房はそのような手合いと目合《まぐわ》っておったか。して、その鰻屋をどう利用するというのじゃ」

「御前のように高貴なお方からすれば、取るに足らぬ商人でございますが、常陸屋というのは、日銭百両を超えると噂の高い人気店にございます」

別所は、ようやく自らが言うところの、出過ぎた真似について口にした。

「なるほど、読めたぞ。お前は、その常陸屋を賭けの補塡《ほてん》役にしてはどうかと言いたいのだな」

「はっ、某風情《ふぜい》が御前の御心を推し量ることなど、出過ぎた振る舞いであるとは重々承知しておりますが、ここ数日御前が憂えておられる姿をみるに及び、伊賀者に調べさせたのでございます」

別所の言葉を聞くや、頼母は大きく頷いた。

「わしは今、己《おの》が目に狂いがなかったことを痛感しておる。お前の才を見込み、我が帷幕《いばく》に引き入れたことは間違いではなかった。わしが嫌う伊賀者や御庭番を手のうちに入れたことも賞賛に値《あたい》するが、それにも増して八重樫の妻が密通していると知り、そのことでわしの憂いを取り除こうとしたことが、わしにとってはこの上なく喜ばしいことだ。別所、お前は我が胸中を手に取るがごとく把握しておる。ならば、次なる手段もわかっておろう」

これにより、一切の悩みが解消された。頼母に以前と同じ不敵さが蘇《よみがえ》った。

「あれ、次郎左衛門《じろうざえもん》殿。もう仕舞いかえ。一日中でも一緒にいたいと願うこなたの気持を少しは酌んでくれりゃ」

あられもない姿で、次郎左衛門にまとわりつきながら女が甘えた声で言った。

「奥方様、このところ三日にあげずに会《お》うておりまする。いくらなんでもこう頻繁では、旦那様に気づかれましょうぞ」

すでに着物をまとい終えた次郎左衛門が、帯を結びながら言った。

役者を思わせる色白の顔に、うっすら興醒めの感を漂わせていたが、女は気がつかない様子だ。

「何ゆえ、そのようなつれない言葉を吐くのじゃ。気づかれたところで、あんな男に何ほどのことが出来るというのじゃ。所詮は婿養子、いざとなればこちらから離縁するだけのこと。これ次郎左衛門殿、今一度閨《ねや》に入らぬかや」

そう言いながら、次郎左衛門の手を取った女が布団に誘った時だ。

「ほうー」

という梟《ふくろう》を思わせる鳴き声が天井から響き渡った。

俄《にわ》かに次郎左衛門の表情に緊張が走る。

「どうしたというのじゃ」

奥方が訊き返すのを、次郎左衛門は口に指を立てることで制すると、天井に向かって訊いた。

「虎見《とらみ》、何が起きた」

「武士が二名、こちらに向かって参ります」

間を置かず天井からの声が戻って来た。

次郎左衛門は、暫時《ざんじ》思案をした後、天井に向かって訊き返した。

「武士が二人か。もしや八重樫様に命じられた者達かもしれんな。虎見、そいつらの様子はどうだ。いきなり刀を抜いて飛びかかってきそうかい」

「そんなふうには見受けられませんが、万が一旦那様に危害を加えようとするなら、私が始末いたします。念の為、奥方様はお逃がしになられた方がよろしいかと思います」

虎見という者の言い様はかなり自信に満ち溢《あふ》れていた。

次郎左衛門は、奥方の手を取り奥座敷に誘《いざな》うと、壁の一部に力を込めた。

間髪《かんはつ》入れず、壁が音もたてずにくるりと向きを変え、半開きとなった。

「奥方様、今日はこれにてご免被《こうむ》りまする。常陸屋次郎左衛門、またの逢瀬《おうせ》を楽しみにしております」

こんな時でも歌舞伎《かぶき》の口上を真似てみせる次郎左衛門に、一瞬だけ艶《つや》めいた奥方も、さすがに揉《も》め事は好ましくないのか、急かされるまま壁穴に身体を潜り込ませた。

別所格が御庭番の組頭を連れて部屋に押し入った時には、奥方はおらず、煙草《たばこ》をくゆらせながらの次郎左衛門が端座していた。それでも、部屋の中に漂《ただよ》う奥方の残り香《が》を嗅《か》ぎ分けた別所は、次郎左衛門に向かって言った。

「見事なものだな、常陸屋。我々が来ることを察知し、いち早く奥方を逃がすなど、並みの商人に出来ることではない」

「お褒めの言葉と受け取っておきましょう。とは言え、いくらお武家様でも、いきなり寝間に乗り込まれては、愉快な話ではございません。まずはそちら様のご素性を明かしていただきたいものでございますな」

「ほほう、開き直ったか。その様子だと、お主はこちらの素性に心当たりがあるようだ。だが、安易な思い込みは時に身を滅ぼす」

「この常陸屋が身を滅ぼすですと。どこのどなた様かは存じませぬが、私どもにはお旗本衆や公儀のお役人など、懇意《こんい》にさせていただいている方が、数多くおられます。大抵の脅《おど》しには屈する必要もないかと」

「残念だな、常陸屋。このような出会い方をしなければ、お主とは気があったかもしれぬに。ところで鰻の血には少なからず毒が混じっていると聞く。万が一客の中に、お主の店で中毒を起こした者がいたとして、それが町奉行所に伝わったとしたならどうする。しかも町奉行所はお主の言い分を聞かず、一方的にこちらの主張を認めるのだ。先程の妻女との密通をも含めてな」

感情を表に表さぬ、淡々とした物言いで別所は言った。そうすることが手っ取り早く常陸屋次郎左衛門を交渉の場に着かせる近道であることを別所は心得ていた。

次郎左衛門はしげしげと別所の顔を見詰めた後で、徐《おもむろ》に態度を変えた。

「そちら様の要求をお伺いいたしましょう。手前は商人でございますから、損得で判断いたします。仮にそちら様の要求が、手前どもにとって命取りとなるなら、たとえ殺されようとも、断固お断りをいたします所存」

「それはあるまい。おそらくお主は損害を被るどころか、かなりの利益を得るはずだ。では常陸屋、近々我が主の元へ案内する。その時は高貴なお方ゆえ、御前とお呼びするように」

言い終えると、別所は立ち上がった。その後ろ姿からは、すでに交渉が成立したと確信している様子が窺えた。茶屋の出口に佇《たたず》む番頭風の男の顔など、一瞥《いちべつ》もくれず立ち去って行った。わずかにお供の組頭だけが、その男の顔を見ていた。

六

江戸市中には鰻を専門とする店がそこかしこに見られるようになったが、中でも味がいいと評判の常陸屋は、連日客が押し寄せ、今では西仲町《にしなか》にある本店のほか、上野《うえの》不忍池や深川一色町《ふかがわいっしき》にも出店を置いていた。

この日、常陸屋の主次郎左衛門は、珍しく深川の出店に居た。

傍らには、番頭の身形《みなり》をした男が控えていたが、その目配り、立ち居振る舞いといい、世間一般の番頭とは趣を異《こと》にするものがあった。

「虎見、先日のお武家から、何か言って来たかな」

あの時の様子では、すぐにでも使いを寄こしそうな勢いであったが、三日経った今も連絡がなかった。浮かぬ顔で首を横に振る虎見に、次郎左衛門は重ねて言った。

「ああいう手合いは厄介《やっかい》だ。なかなか感情を表さない上に、妙な落ち着きがある。お前は連れの男を御庭番だと言ったが、本当にそうなのかい」

「間違いありません。私が以前御庭番であった頃に、幾度か見かけたことがございます」

「ふうん。でも、正直あまり気持の良いもんではないねえ。勿論お前は別だよ。お前は私にとって命の恩人だし、これまでも幾度となく危ない連中から店を守ってくれたんだから」

「旦那様、そのことなら、もうお忘れになって結構です。旦那様は命を救われたようにおっしゃいますが、あの時のやくざ者達には命まで奪う気はなかった気がします。その後、旦那様のお情けで、私は番頭に取り立てていただきました。ですから店を守るのは、当たり前のことでございます」

「そうかい。先程はうっかり口を滑らしてしまったが、私が心底お前を頼りにしていることだけは忘れないでおくれよ。ところで、お前はあのお武家の後を尾《つ》けたそうだが、あのお武家の正体もわかったのかい」

「いえ、そこまでは。ですがお武家の戻られた屋敷だけは確かめてまいりました。一橋家附家老西尾頼母様の御屋敷でございました」

虎見は、事実のみ伝えた。だが、その言い方には、明らかに一橋家を強調する響きが感じられた。それゆえ、気になった次郎左衛門は訊き返した。

「一橋家とは関係なく、西尾様お一人が勝手になさったと考えることはできないかい」

「私が御庭番であった頃から、一橋様は御庭番を掌握されておりました。ですから、あのお武家が御庭番を引き連れていた以上、一橋様が絡んでいるという意識は持たれていた方がよろしいかと」

「だったら一橋様は、評判通りの策略家ってことになる。そうなると、あのお武家が言った、損をさせないという言葉も疑ってかかる必要があるね」

「旦那様、そのことなのでございますが、あのお武家は、元々一橋様の御家来ではないように思えるのです」

「どういうことだい」

「私は忍びでありましたゆえ、役目柄各地に出向き、その国の言葉を耳にしておりました。それゆえわかるのです。間違いなくあのお武家には下野訛《しもつけなま》りが感じられました」

「ということは、新たに仕官したお人ということになる。そうか、一橋家を始めとする御家老方は附家老と言って、お旗本衆から指名されるという話を耳にしたことがあるよ。虎見、その辺りを探ることができるかい」

「容易いことにござります。それで、もし一橋直属の家来ではなく、附家老様のお身内であることがわかった時には、どのように」

「どのようにかい。仮にも相手は一橋家家老だからねえ。私達が敵対できる相手ではない。とはいえ、見縊《みくび》られたままでは、これから先の折衝《せっしょう》にも影響するし、第一癪《しゃく》じゃないかい。ここは当方にもそれなりの力があることを見せつけてやろうよ。差し詰め、お前の素性を知る御庭番辺りが適当ではないかい」

常と変わらぬさりげない口調で、次郎左衛門は言った。


西尾頼母は、十万坪《じゅうまんつぼ》にある一橋家下屋敷を訪れるついでに、深川八幡《はちまん》(富岡《とみおか》八幡宮)近くにある菓子舗伊勢《いせ》屋を訪れた。供は別所の他に警護の武士が三人。

頼母が自ら下屋敷に足を運ぶ理由は、早駆け競争を間近に控えたことで、一つ星をこれまでの八重樫の屋敷から、十万坪で調練が出来る下屋敷に移し替えた為だ。そして、その途中の伊勢屋にわざわざ頼母自身が立ち寄るのは、別所に懇願されたことによる。

別所は常陸屋次郎左衛門と八重樫の妻女が密通している現場を取り押さえることに

は失敗した。だが、同行させた組頭の証言で、番頭風の男が以前徒目付まで務めた伊賀者であると聞かされ、その手配りの見事さから、自分の知る御庭番とは比べ物にならぬ伊賀者の力を思い知らされた。それまでの別所は伊賀者も御庭番も同じ公儀隠密であると捉えていた。それゆえ、公儀に仕え、重要な秘密をも知る御庭番が、一介の商人の下《もと》で働くとは考えてもいなかったのだ。

組頭に理由を質《ただ》すと、御庭番というのは、将軍吉宗が紀州から連れて来た隠密組織のことで、それにより従来の隠密であった伊賀者や甲賀《こうか》者は重用されなくなったとのことだ。

別所は、初めて腕の良い忍びの必要性を感じた。それも常陸屋に雇われた伊賀者に匹敵する忍びでなくてはならないとも感じていた。

そんな折、伊賀者の長老から、御庭番を統括する元締めならば、忍びがどこにいようとその所在を把握しているはずだと聞かされた。意外なことに、その元締めがいる場所は、深川八幡の菓子舗伊勢屋だという。そこで別所は、自分のような軽輩が単身乗り込んだところで、元締めが会ってくれるとは思えず、止む無く一橋家附家老である西尾頼母に直々のお出ましを願ったのだ。

御庭番の元締めが菓子屋の主をするにはそれなりの理由がある。一見、繋《つな》がりがなさそうに思える両者だが、御庭番が情報を得る上で、菓子屋の存在は欠かせなかった。

というのは、砂糖を輸入に頼っていたこの時代、砂糖の消費量は毎年一定であり、それが全国の菓子屋に割り当てられていた。その為、菓子屋は株仲間の中でも一際規制が厳しかった。その為、一度営業を許された菓子屋は、代々替わることなく存続する。それが公儀御庭番に格好の情報網として使われるようになった。

人が出入りする店先を避け、頼母は別所と共に店の裏手へと回った。

そこには前掛け姿で小豆《あずき》を研ぐ、まだ幼さが残る十五、六の少女がいた。

頼母に気づいた少女は、すぐに店の中へ人を呼びに走った。

代わって頼母の前に現れたのは、あでやかな小袖に身を包んだ妖艶《ようえん》な美女であった。その女の口から、

「西尾様、ようこそおいでなされました」

と名を呼ばれたものだから、頼母は思わず別所の顔を見てしまった。

——わしが今日来ることを、事前に喋ったのか
とでも言いたげな眼だが、睨まれた別所の方も吃驚《びっくり》した顔をしている。

「どうやら、この店にはとてつもない化け物が住んでいるようじゃな」

自らの早合点と気づいた頼母は、ことさら別所に言って聞かせた。


奥座敷に通された頼母と別所の前に、主の妻女と思われる老女が茶を運んできた。老女は丸々と肥えた身体に似合わぬしなやかな手つきで茶を差し出した後、一旦後ろを振り返り、主の到来を告げた。

頼母と別所が見守る中、襖が音もなく左右に開かれ、その中央で平伏していた主がゆっくりと顔を上げた。

若い。どう見ても三十前後の若さだ。

今しがた茶を運んできた老女をてっきり妻女と思い込んでしまっただけに、頼母も唖然《あぜん》とし、言葉が出てこない。そんな二人に向かって、

「豪放磊落《ごうほうらいらく》で知られる西尾様も、流石《さすが》に驚かれたご様子。ご無礼のほどお許しくださりませ。私が主の菊右衛門《きくえもん》にございます」

主は見かけとは違う、年齢を重ねた声で言った。

「いや、まさにそなたの言うとおりだ。この店に来てからというもの、驚きの連続だが、まずは訊こう。何故、今日わしがこの店に来ることを予期しておった」

「忍びでございますゆえ」

主は一言そう答えた。

多分に謎めいた受け答えだが、忍びの力を知らぬ頼母には、未知のものに対する畏怖が、逆に説得力を高めることとなった。

「菊右衛門、そなたに尋ねたいことがあって参った」

気持を切り替えた頼母が用向きを告げる。

「一橋様には、配下の伊賀者を庇護《ひご》していただいている御恩がございます。なんなりとお申し付けくださりませ」

「左様か、ならば尋ねる。実はここに控えている者が、元徒目付であった伊賀者が、一介の商人に雇われていると申すのだ。公儀御用を掌《つかさど》る忍びに限って、そのようなことがあるはずはないとわしは思っておるのだが」

頼母は常陸屋の名を伏せた。得体のしれぬ者に手の内を晒《さら》すことを危ぶんだためだが、聞いている菊右衛門はわずかに口元を緩めた。

見ようによっては、未だ自分たちの力を把握しきれぬ頼母を侮っているかのように思える。やがて、いつまでも相手の名を告げようとしない頼母に焦れたか、菊右衛門の方から名を告げた。

「虎見佐平治《さへいじ》のことですかな」

「なにっ」

「常陸屋が抱えている用心棒でございます。西尾様がお知りになりたいのはこの男でございましょう」

「名は知らぬ。だが、そなたは今常陸屋と言った。何故、当方が知りたい情報をかくも摑んでおるのじゃ」

「忍びでございますゆえ」

またしても菊右衛門はそう答えた。

しかも頼母の感情を逆撫《さかな》でするごとく、あらぬ方向に目をやったままだ。

あまりの無礼さに、傍に控えていた別所も気が気ではない。思わず腰を浮かせかけた時だ。意外にも頼母が感嘆とも思える言葉を口にした。

「菊右衛門、忍びとは恐ろしいものよう。わしは間違っていたようだ。忍びなどという者は、所詮他人の秘事を暴き立てる卑《いや》しき集団と見下していた。だが、今思い知った。忍びとはかくも統率が取れ、且つ張り巡らされた情報網を有する組織であることがはっきりと分かった。隠し事をしたまま頼みごとをするなど、さぞかし不快であったことだろう。これ、この通りじゃ」

頼母は頭を下げ、素直に詫《わ》びた。その潔《いさぎよ》さは、別所も目を見張るほどだ。

「そのように出られるとは、思いもしませんでしたな。西尾様と言えば、これまでもご自身の思う通りに事を運ばれた方でしたからな。さすれば、当方も腹を割ってお話ししなければなりませんな。まずは、虎見佐平治の処分から始めることにいたしましょう」

「……」

「私は御庭番を取り仕切ってはいますが、元は甲賀者でございます。吉宗公により、従来の伊賀、甲賀者は疎外されてしまったとはいえ、今も伊賀者の多くは一橋様の庇護を受けております。それゆえ、西尾様に害を為《な》す虎見佐平治を許すわけにはいかないのですが、私が直接手を下しては伊賀者達からの信頼を失いかねません。そこで、西尾様にお薦めしたい者達をご用意しております」

「ほう、そなたが薦める者か。ならば、余程使える者達よのう。やはり伊賀者か」

「いえ、伊賀者ではございませぬ。甲賀でございます。それも今では残り少なくなった百舌鳥《もず》一族、妖《あやかし》の四人衆と呼ばれる者達でございます」

「妖の四人衆、さても面妖な輩《やから》じゃな」

「彼ら、いえ一人は女人でございますが、七方出《しちほうで》と声を真似ることが出来ます。ちなみに七方出とは、いろいろな職業に姿を変えたり、化けたりする技でございます」

「はて、姿を変えるくらいなら、取り立てて薦めずともよいのではないか」

菊右衛門の真意がわからず、頼母はそう言ってしまったが、その言葉を菊右衛門は予期していた。

「西尾様は、私に会われるまでに三人の女子に会《お》うておられます。一人目は小娘、次いで妙齢の美女、最後は老女です。ですが、この女達が同一人物であることはお気づきにならなかったようです。七方出とは斯《か》くのごとき技なのです。とはいえ、この者達をお雇いになられるからには、それなりの金子《きんす》を御用意いただかねばなりません。この者四人まとめて二百両、ばら売りには応じかねますので、よしなにご検討のほどを」

言い終えたところで、菊右衛門は手を叩いた。

すると、先程の前掛け姿の少女が姿を現し、奥へ消えたと思う間に妙齢の美女が登場した。最後の老女が現れた時には、身を乗り出すようにしてその顔をしげしげと検めた頼母であったが、いくら見ても同じ女であるとは思えなかった。

七

「先生、もうお帰りですか」

　このところ控次郎の酒量がめっきり減ったことで、もしやどこか悪いのではと、心配した女将が顔色を窺うようにして訊いた。

「済まねえな、女将やとっつあんには気を使わせちまったようだな。別にどこが悪いという訳じゃねえんだ。でもな、娘に意見されちまうと、おいらはどうにも逆らえなくなっちまうんだよ」

　店の売り上げを減らしていることもあり、控次郎が頭を掻きながらぼやいた。

「そうなんですか。お沙世ちゃんもそんなことを言うようになったんですね。だったら良かった。実を言うと、うちの人も心配していたんですよ。どこか悪いんじゃないかってね。何しろ、おっちょこちょいなもんですから」

　後ろには、遅れて見送りに来た親爺がいるにも拘わらず、女将は臆することもなく言った。

　かたや親爺の方は慣れているのか、はたまた口では敵《かな》わないとでも思っているのか、相手にはせず、暖簾を掻き分けたまま外の様子を見やった。

店の外で七輪を使うため、中で働いている女将や娘達より、いち早く空模様の変化に気がつくのだ。親爺が懸念したとおり、雨は提灯の仄《ほの》かな灯りを受けて、糸状の斜線を描いていた。

すかさずそれに気づいた下の娘お光が店の奥から傘を持って駆け寄り、暖簾を押し上げるように開いて控次郎に手渡す。いつものことだが、この親子の情の深さは、互いの気持を思い合うところから成り立っているようだ。

「ありがとうよ、お光坊。折角だから借りて行くぜ」

そう言って控次郎はおかめを後にした。背中に感じる視線が何時《いっ》までも離れないことを、有り難いと感じながら。


控次郎が長屋の木戸口を潜ったところで、大家が顔を出した。

江戸は町ごとに木戸があり、通常四つ（午後十時）頃に閉められるが、長屋の木戸は暮れ六つ（午後六時）頃に閉められた。それでも、その開閉は大家に任されていたので、夜遅くに帰ることが多い控次郎や朝の早い豆腐屋がいるこの長屋では、木戸口が閉じられること自体、珍しいことであった。

「お帰りなさい、先生。先程からお客様がお見えになっておりますよ」

控次郎が住むようになったお蔭で、地廻りが寄り付かなくなったと感謝しているだけに、大家の物言いは丁寧だ。

「客？　こんな時間に珍しいな。大家さん、どんな奴だね」

「お武家様でございますよ。それもかなり素性の良さそうな」

「そうかい、それを言う為に待っててくれたのかい。面倒をかけちまったな。ちっとは酒を控えちゃあいるんだが、とても六つには帰れそうもねえ。勘弁してくんな」

「いいんですよ。木戸の番は私の役目ですから。それにね、先日引っ越してきたばかりの易者さん、どこで何を占っているんだか、何時だって帰りが遅いんですよ。ですから気にしないでくださいな。いつだって、先生は特別ですよ」

話好きの大家が立ち去ったので、控次郎はゆっくりと腰高障子に近づき、中の様子を窺った。灯りが灯っているだけでなく、何やら薪《まき》が焚《た》かれている臭いがする。

がっ、がら
建て付けの悪くなった戸を開け、中へ入ったところで驚いた。なんと、そこには襷がけになり、竈《かまど》から下ろしたばかりの鍋を提げた木村慎輔《きむらしんすけ》が立っていた。慎輔は、勘定奉行根岸肥前守《ねぎしひぜんのかみ》の家臣だ。以前、勘定吟味役が己の出世のために奸計を用いた事件で、彼らの不正を控次郎が暴いた時、その手伝いをした男だ。

「おめえ、何をやっているんだい」

控次郎が吃驚眼《びっくりまなこ》で叫んだ。舅の長作に誤解されてからというもの、女が料理を作りに来ただけで慌てる控次郎だ。ましてや、男が襷がけで鍋を提げていては、狼狽《うろた》えるのも無理はなかった。

そんな控次郎とは対照的に、慎輔は久しぶりに会えたことが嬉しい様子だ。

「遅かったじゃないですか。控次郎殿と一緒に食べるつもりで、軍鶏《しゃも》を用意したんですが、何時まで経っても帰ってこないものですから、鍋だけ作って帰るつもりでした」

「そいつはすまなかったな。例によっていつもの店で飲んでいたもんでな。ところで何鍋だい」

「常夜鍋です。木戸番や自身番のように、夜を徹して働く者達が食する鍋です。軍鶏の他には小松菜しか入っておりませんが、これがなかなかいけます。肥前守様の大好物でもあります」

「またあの爺《じじい》、いや、肥前守様かい。勘定奉行ともあろうお方が、こんなものを食うとはねえ」

そう言いながら鍋の中を覗き込む控次郎であったが、意外にも立ちこめた湯気に交じって、旨《うま》そうな匂いが漂ってきた。腹の虫も何やら喜んでいるような。

「晩飯は酒だけと決めていたが、この匂いを嗅いだら、妙に食いたくなってきたぜ。正直なところ、俺は常夜鍋なんてえものは見たことも聞いたこともなかったんでな。遠慮なく馳走《ちそう》に与《あずか》るぜ」

気が付けば、目の前には箸《はし》と椀が置かれている。慎輔の勧め上手も手伝って、控次郎は瞬く間に二杯目をお代わりしていた。

「こいつは旨《うめ》えぜ。軍鶏と小松菜だけだというのに、飽きるどころか次から次へと後を引きやがる。慎輔、おめえ武士を辞めて小料理屋を始めた方がいいんじゃねえか」

「そう言っていただけると、私も作った甲斐《かい》があるというものです。控次郎殿、この鍋は肥前守様に教わったものです。そして、今召し上がった鍋の材料は、肥前守様自らが商人に用意させたものなのです」

「そんなことは聞いちゃあいねえよ」

「わかっていますよ、それでも控次郎殿は二杯も食べましたよね」

「確かにな。おめえに勧められて」

「でも、食べましたよね」

「おめえ、割とくどい性格だねえ。俺はさっきから食ったと認めてるじゃねえか」

控次郎が呆れ顔で答える。それを木村慎輔は待っていたらしい。

改まったように座り直すと、手を膝に置き、控次郎の目をまっすぐに見つめて言った。

「実は肥前守様が、これを持って控次郎殿に詫びて来いと仰《おお》せになられたのです」

「詫び？」

「はい。勘定吟味役岩倉正海《いわくらまさみ》の一件では、町方や控次郎殿に断りなく、肥前守様が独断で行ってしまったことがあったのです。それを肥前守様は未だに憂慮なされておいでなのです」

「いったい何をしたんだい」

「岩倉が久世様を誹謗中傷《ひぼうちゅうしょう》する瓦版を市中にばら撒《ま》こうとした時のことです。幸い町奉行所によって瓦版屋は押さえられましたが、その原本ともいうべき書面を、肥前守様が一橋家門内に投げ込むよう指示されたのです」

「ということは、肥前守様は黒幕が一橋様所縁《ゆかり》の者だと見たわけかい。まあ、それも間違っていないのなら構わねえんじゃねえか」

「そうです。肥前守様は決して間違っておられません。何故ならば、肥前守様は疾《とう》の昔に、黒幕の正体を見抜いておられましたから」

肥前守に心酔しきっている木村としては、そうありたいところだろうが、どっこい、控次郎の見方とは微妙に違っていた。

「あの時の様子では、そうは思えなかったがなあ。第一初めて料亭で会った時に、俺に手の内を明かすよう迫ったじゃねえか」

「あれは言葉の綾《あや》という奴でございます」

「そうかい、まあいいや、こうして旨い鍋が食えたんだ。文句なんぞを言っちゃあ申し訳ねえや」

控次郎が承知してくれたことで、木村はひとまず安堵《あんど》の表情を浮かべた。だが、未だ緊張の糸が解《ほぐ》れていないことからして、他にも話すことがあるようだ。

「それとですね。もう一つお話ししておいた方が良いと……」

木村は控次郎の様子を窺いながら言った。どうやらこちらはかなり言いづらい話らしく、木村はもぞもぞと尻の辺りを動かし始めている。

そんな変貌ぶりに気付かぬ控次郎ではない。

「言っちまいな。話し始めたんだ。ここでやめるわけにもいかねえだろう」

と催促されてしまった。木村は覚悟を決めると、一気に告げた。

「実は肥前守様から託されたお詫びというのは、その黒幕が再び策略を巡らし始めたらしく、この度新たに南町奉行となられた坂部能登守様の内与力を懐柔する動きが出て来たのです」

途端に控次郎の手が止まった。左手の椀を置き、次いでその上に右手で持っていた箸を置いた。控次郎の顔が徐々に引き締まって行く。

「慎輔、話の続きによっちゃあ、先程言った『構わねえ』って言葉を撤回するかもしれねえぜ」

木村は焦った。聞き慣れたべらんめえ調の物言いにも、凄《すご》みが感じられる。

「申し訳ございませぬ。あの時は肥前守様も黒幕がこれ以上策略を用いないよう釘を刺したつもりでいたのです。ですが、その後も追及の手が及んでこないことで、その者は再び鎌首をもたげ始めたのです。控次郎殿、もしもその者がこれ以上の権力を得るようになれば、天下は乱れ、罪なき者達にも謂《いわ》れなき罪状が下されることにもなりかねません」

「……」

「控次郎殿、あの時は肥前守様も、釘を刺すだけでおとなしくなるだろうと思われたのです。まさか町奉行交代の時期を狙って、奉行所に圧力をかけようとは思いもしなかったのです」

「もしかして、おめえが言いてえのは、その内与力が七五三《しめ》に嫌がらせをする可能性があるってことなのか」

「まだわかりません。南町奉行所の与力衆に仲間意識があれば、そうやすやすとはご舎弟七五三之介殿に辿り着けぬかと思います」

「なるほどな。よくわかったぜ。事が起きるかどうかもわからねえのに、前もって詫びを入れてくるとは、気が利いているじゃねえか。慎輔、肥前守様にお伝えしてくれ。岩倉の一件も、事の起こりは薄汚《ぎたね》え悪を見逃せなかった俺から始まったことだとな」

「では、控次郎殿は了承していただけたということですか」

「俺だけじゃあねえ。弟の七五三之介も悪い奴は許せねえようにできているのさ」

「かたじけない。今のお言葉をお伝えすれば、肥前守様がどれほどお喜びになるか。控次郎殿、肥前守様は全力を挙げてご舎弟殿を守り抜くと仰せになられておりました」

「それも無用だ。七五三《しめ》は俺が命に代えても守り抜く」

八

道行く人々が、一様にその馬の見事な馬体に目を奪われた。

若い兄妹に手綱を取られたその馬は、まるで夕陽を浴びたように赤い馬体をしていた。余程手入れが行き届いているのだろう。毛艶の良さもさることながら、鬣《たてがみ》をなびかせ、大きく左右に振った尾の動きには、馬とは思えぬ気品さえ感じられた。

「雷神《らいじん》、もうすぐ郡山《こおりやま》だ。三春とも暫しお別れだよ」

兄に手綱を任せた妹が、雷神の傍らに寄って言った。

娘の名は小春、すでに十八になっていた。

「小春、本当は、おめえの方が寂しいんだべ。何しろ、おめえも宗助も三春から出たことがねがったもんなあ」

兄妹から離れて歩いていた老人が、小春を気遣って言った。この老人には、小春が孫娘のように思えるらしく、話しかける言葉の端々に馬喰とは思えぬ情愛が感じられた。

「音爺、もう郡山に入ったぞ。もう少し行けば、三春領から出ちまうぞ」

「わかってらあ、宗助。でも、やっぱり郡山の宿場までは一緒に行くだあ」

二人の会話は相反しているようにも取れるが、間違いではない。何故なら、この頃の三春領は今とは比較にならないほど広く、阿武隈《あぶくま》川以東から相馬《そうま》にかけて、そして郡山の一部まで領地としていたからだ。

「道中手形はどうするだ。まさか持ってるなんて言わねえべなあ」

宗助が尋ねると、音爺は笑いながら頷いた。

「しょうがねえ爺様だ。膝が悪いんだからついてくんなと言ったのに」

「おめえ達のお父《とう》が殺されたのは、郡山の宿場だ。だから、こんなことは言いたくねえだが、おめえ達にもしものことがあっちゃあいけねえからな」

膝が悪いというのに、音爺は兄妹から遅れることなく、懸命に歩き続けた。

宿場町には、馬喰専用の宿がある。馬が盗まれないよう、馬房の近くに部屋が設けられていた。馬の臭いが漂ってくるため、一般の旅人には嫌われるが、馬が命の馬喰には願ってもない間取りになっていた。

それでも、馬泥棒による被害は後を絶たないらしく、宿に着いた三人が雷神の傍を離れないうちに、宿の者が宿場役人の到来を告げた。

馬房にやって来た役人は雷神を見るなり驚きの声を上げた。

「すんげえ馬だな、こりゃあ。うほん。これ、お前達。宿の者から江戸まで行くと聞いたが、三人だけで行くつもりか」

役人は雷神の見事さに盗難の危険性を感じたらしく、人数の少なさを気遣ってくれた。さらには、

「江戸へ行くのは、おらと妹だけです」

宗助が答えた途端、吃驚するほど大きな声で窘《たしな》めた。

「馬鹿を言うでねえ。馬盗人《ぬすっと》共が、これだけの馬を見逃すと思ってんのか。しかも、こんなめんこい娘を連れてちゃあ、襲ってくれと言っているようなもんだ。三人でも少ねえと思っているのに、二人だとこきやがるか」

四十がらみの役人は、時折お国言葉を交えながら言った。懸命に兄妹に注意を促す口振りが、役人とは思えぬ優しさを感じさせた。

「お役人様、馬盗人はそれほど頻繁に出るんですか」

「いや、さほどではねえ。だが、この馬は別だ。近頃は大掛かりな馬泥棒がいなくなったとはいえ、いつ何時、二年前の連中が現れねえとも限らん。そいつらは馬を盗んだばかりか、追いかけていった馬喰まで惨《むご》たらしく殺しおった」

小春の問いかけに役人が答えた時だ。

「お父だ」

宗助が低い声で呟《つぶや》いた。

役人はその時の状況をしっかりと覚えていた。

無論、役人が駆け付けたのは盗難に遭った後だが、その場に居合わせた者の話を、逐一覚書に残していた。

黒ずくめの集団が馬を盗み、それに気づいた馬喰が「水神」と叫びながら後を追ったこと、そして身体中刺し傷だらけになった馬喰だけが、戸板に乗せられて戻って来たことを、役人は気の毒そうに話した。

その後も、役人は江戸行きを考え直すよう再三にわたって説得したが、親父の無念を晴らす為だという宗助の固い決意の前に、最後は気をつけて行けという言葉を残して立ち去って行った。その寂しそうな後ろ姿は、引き留めることが出来なかった己の無力さを嘆いているようにも見えた。

だが、すべてが無駄という訳ではなかった。役人の人を思いやる心は音爺の心を変えさせていた。

「宗助、小春。俺は決めたぞ。やっぱり江戸まで付いて行く。あのお役人も言っていたじゃねえか。俺みてえな年寄りでも、一人でも多い方がいいだ。俺は身体を張ってでも、おめえ達を守ってみせる」

「音爺。そんなこと言わねえでけろ。おら、音爺に自分の身代わりになどなってほしくねえ」

「小春」

泣きながら縋《すが》りつく小春を腕に抱き止めながら、音爺は自分に誓いを立てた。たとえ、どんなことが起ころうとも、今自分が誓った言葉に背《そむ》くまいと。

本所と深川を分ける竪川《たてかわ》を、六間堀《ろっけんぼり》へと入ったところに直参《じきさん》旗本西尾頼母の屋敷がある。三河《みかわ》以来の名家に相応《ふさわ》しく、公儀より千百坪の敷地を賜《たまわ》っていた。

屋敷の裏手に水路が通るこの辺り一帯は、比較的禄高の少ない旗本が多く、西尾頼母の屋敷は一際異彩を放っていた。とはいえ、それも良いとばかりは言っていられない。幕府からの借りものである以上、手入れはきちんとしなくてはならないからだ。

禄高に見合った家臣数を抱え、その上使用人まで増やされては、昨今の旗本はやって行けない。畢竟《ひっきょう》、安い給金で働く家来を残すことになるのだが、この屋敷では、主頼母が一橋家附家老を仰せつかったのを機に、その陣容を刷新していた。

頼母が御先手組《おさきて》であった頃に仕えていた倹約だけが取り柄の老臣達を、無能を理由に罷免《ひめん》し、礼儀作法以外には取り立てて価値が認められない腰元達を、行儀見習いの名目で、金を出してくれる商家の娘達と取り換えた。

と、ここまでは人員整理とも倹約策とも思えるが、実際頼母は思い切った転換を図っていた。内に秘めた野望を達成するため、新たに別所格を始めとする有能な士や、剣術に長《た》けた警固の武士を家来に取り立てていた。

西尾頼母が、朝の日課で池の鯉に餌《えさ》をやっていると、別所が小走りに近寄ってきた。この男にしては、珍しく慌てている様子だ。

「どうしたのだ。まさか今頃になって、常陸屋が返事を渋っているのではあるまいな」

頼母の方から先んじて訊いた。

別所の話では、常陸屋は承諾したとのことであったが、未だ約定書を交わしていない。それゆえ、いかに豪胆な頼母といえども内心は不安であったからだ。

「由々《ゆゆ》しき事態が起こりました。常陸屋へ使いにやった御庭番組頭が帰って参りません。昨夜のうちに知らせてくるはずが、今朝になっても現れませぬ。そこで別の者を組屋敷へと向かわせたところ、家に戻った形跡がないのです」

「それだけのことで、由々しき事態と言えるのか」

「御庭番には、約定書を交わす日時と場所を記した書状を持たせております。それが戻らぬということは……」

「常陸屋が雇っている伊賀者の仕業《しわざ》だと言いたいのだな。なれど、お前は、そのことも予期していたのであろう。何故、そんなに慌てるのだ。お前らしくもない」

「予期はしておりました。ですが、未だ妖の四人衆なる者の力が如何様《いかよう》なものかはわかっておりません。七方出などと申しておりましたが、所詮は人に化けるだけのこと。そのような忍びでは、頼りなく思えてなりません」

「そう思っておるのか。では、今一度菊右衛門に会って参れ。あ奴の恐ろしさを、身をもって味わってくるが良い。わしにとって、妖の四人衆を二百両で買えることぐらい安い買い物はない」

　頼母から預かった二百両を手にして、伊勢屋を訪ねた別所だが、生憎《あいにく》主人の菊右衛門はおらず、応対に出たのは先日の老女であった。

今度は別所も警戒しているから、自分に向けられた笑顔などそっちのけで、老女の顔の皺《しわ》や、ふくよかな体型の方に注目した。

――このたるんだ肉をどこに回せば、あの妖艶な美女に化けることが出来るのだ。あり得ん。俺も御前も、菊右衛門に謀《たばか》られているのだ

と、そんなふうに考えた途端、

「別所、失礼じゃぞ」

背後から頼母の声がした。慌てて振り返ったが、そこには誰もいなかった。幾度も周囲を見回した別所が、諦めて今一度老女の方に目をやった。

「えっ」

別所が驚きの声を上げるのも無理はなかった。ほんのわずかな間に老女は妖艶な美女に成り代わっていたのだ。先日とは違い、女は髪を片側に垂らしていたが、男を刺激する挑発的な眼は健在であった。

さらに、女は狼狽する別所の顔を楽しむかのように見つめると、赤い唇をかすかに開き、思わせぶりに舌をちらつかせて言った。

「貴方様は、女人に接したことがないご様子。それゆえ、私が入れ替わったことのみに囚《とら》われ、私共が百舌鳥一族と呼ばれていることを忘れておいでです」

女は、頼母の声を真似たことよりも、自分が入れ替わったことばかりに気を取られている別所を咎めて言った。

「そんなことはないと言いたいところだが、お前の言う通りだ。私は七方出ばかり気にして、肝心なことを見落としていた。それにしても、あれほどまでに御前に似せた声が出せるとは」

「ほほほ、可愛いお方じゃ。その素直さには女も食指が動きまする。なれど、仕事とあらばそれも我慢するしかあるまい。別所殿、これが百舌鳥じゃ。一度聞いた声は、瞬時に真似ることが出来る。金子を持参されたからには、虎見佐平治を討ち取れとのことでございますね。いつまでに仕上げればよろしゅうございますか」

「約定書を交わす日までいくらもないのだ。早い方が良い」

「では、今日のうちに」

女の赤い唇の動きが、別所にはそれ自体が生き物であるかのように思えてならなかった。

「あっ、番頭さん、旦那様がお呼びですよ」

二階へ上りかけたところで、番頭の佐平治に気づいた仲居が呼びかけた。

昼を過ぎているにも拘わらず、鰻を食べに来る客は後を絶たず、いつもは主の次郎左衛門に付き従っている佐平治も配膳に回っていた。

急いで階段を駆け下り、帳場に入る直前で前掛けを外した佐平治が、次郎左衛門に用向きを尋ねた。

「私がかい。別に呼んだ覚えはないがね。あっ、でも、来たのなら丁度良かった。実はお前に聞き忘れたことがあったからね」

佐平治が傍に寄ると、次郎左衛門は急に辺りを見回し、今少し近くに寄るようにと手招きをした。

「虎見、お前のことだから間違いはないと思うけど、昨日使いに来た男の始末は本当に大丈夫なんだろうね。あの男に紐がついていて死体が見つかりでもしたら大事だからね」

「その心配はご無用にございます。あの二人が茶屋に乗り込んで来て以来、私は手代に命じて、お武家のいる屋敷を見張らせておりました。もしや数を恃《たの》んで押し寄せるかとも思いましたが、幸いなことにあの男は一人でした」

「しかし、男が戻ってこなければ、私が疑われる。お武家が乗り込んできたらどうする気だい」

「それも考えております。もしお武家がお見えになったら、それこそ死人に口なしでございます。使いの方に二十両工面しろと言われたので、その通りお金を渡したと言えばよいのです」

「なるほどね。使いの者が金を持って行方をくらました。うちとしては、お約束通り金は支払いましたと突っぱねろということだね。お前がいてくれて助かったよ。ああいった連中は、弱みを見せれば益々《ますます》図に乗るからねえ。でも、死体は何処に隠したんだい」

「本来ならお知りにならない方が良いのでございますが、旦那様は一度気になると、訊かずにはいられない御気性。仕方がありません、お話しいたします。あの死体は、とある大名屋敷に投げ込んだのでございます」

「大名屋敷に投げ込んだって。虎見、お前何ということをしてくれたんだい」

「ですから先程も大丈夫だと申し上げました。死体を投げ入れた屋敷は不忍池の畔にある喜連川足利《きつれがわあしかが》様のお屋敷でございます。貧乏大名が見栄を張って買い求めたのはいいが、二千坪ほどの敷地に常駐している家来はたったの四人。となれば簡単には見つかりませんし、仮に見つかったとしても、御公儀のお咎めを恐れてどこかに埋めてしまうはずでございます」

た。

「お前という男は、頼りになる男だねえ」

思わず恐ろしいと言いかけた言葉を、次郎左衛門はすんでのところで言い換えていた。

「それでは、旦那様。私は配膳の方を手伝って参りますので」

帳場を後にした佐平治は、満足げな笑みを浮かべた。

死体の捨て場所を聞いてしまった以上、もう主は自分と同じ舟に乗ったも同然である。これまでは言葉を濁しながら指示を出していた次郎左衛門も、秘密を共有したからには、自分を一介の使用人として扱えなくなるからだ。

佐平治がそんな銭勘定をしていると、当の次郎左衛門が自分を呼ぶ時の「虎見」と言う声が聞こえた。

「旦那様、何でございましょう」

帳場に戻った佐平治が、先程よりは若干馴《な》れ馴れしい口振りで尋ねると、意外にも次郎左衛門は「えっ」と訊き返してきた。

「今、確かに旦那様のお声が」

「お前、さっきもそんなことを言っていたね。私は呼んじゃあいないよ。疲れているんじゃないかい」

そう言われて、再び配膳の仕事に戻った佐平治であったが、異変はそれだけで終わらなかった。

「番頭さん、お隣のお客さんが先ですよ」

仲居の声につられて、隣の客に鰻の竹を差し出すと、

「私が頼んだのは竹ではなくて松じゃないか。しっかりしておくれ」

と怒られてしまった。

佐平治は、その度に声の主を捜したが該当する者はなく、首をひねるしかなかった。だが、そんなことが幾度となく続くと、仲居や手代達の佐平治を見る目も変わってくる。

初めは遠慮がちに見ていたものが、どうしたのかと確かめるような視線に変わり、終いには気持ち悪いものでも見るような目つきになった。

客も気づき始めた。ひそひそと耳打ちしながら佐平治を見る目つきが、まるで狂人に対するものだ。とはいえ、客が相手では弁解することも出来ず、佐平治は自分の失態が幻聴によるものだと言わぬばかりに、両手で耳を覆い、階下へと駆け下りた。

正直、自分でも訳がわからない。

佐平治は人がいない廊下の隅に身を寄せると、何度も落ち着け、落ち着けと自分に言い聞かせた。そんな佐平治に、またしても仲居からの呼び声が届いた。

「番頭さん」

慌てて振り向く佐平治。だが、今度はいた。見たこともない仲居が薄気味悪い笑いを浮かべていた。

「誰だ、お前は」

佐平治は殺気立った目を仲居に向けた。すると、仲居は佐平治の剣幕《けんまく》に怯えたように背中を向けた。その顔を確かめるべく、佐平治は仲居の顔を覗き込んだ。

見慣れた仲居の顔がそこにあった。

「どういうことだ。これは夢か。いや、そうとしか思えぬ」

もはや佐平治にも、自分が正常であるとは思えなくなった。仲居の前から逃げ出すと、唯一、この状況を知らぬ次郎左衛門を頼って走り出した。

その様子を仲居は見ていた。そして、小さく呟いた。

――行け、そのまま常陸屋次郎左衛門がいる帳場へ行くのだ

不思議な声を聞きつけ、次郎左衛門は帳付けの手を止めた。「虎見」と呼ぶ声が、

自分に似ている気がしたからだ。

訝《いぶか》しさを感じ、次郎左衛門は立ち上がった。帳場から廊下へと続く暖簾を掻き分け、何事かと廊下に出た。

同時に、何かが自分に向かってもたれかかって来た。それが佐平治であると気づいた驚きもさることながら、それ以上に次郎左衛門を襲った驚愕の光景は、自分と瓜《うり》二つの男が血にまみれた匕首《あいくち》を握りしめ。こちらを睨みつけていたことであった。

がちがちと歯の根も合わない次郎左衛門に、男は言った。

「常陸屋、お前が頼みとしていた虎見佐平治は死んだ。お前もこのような目に遭いたくなければ、こちらの申し出を受けることだ。今お前が目にしたように、俺達は誰にでも成り代わることが出来るのだ。拒《こば》んでも良いが、その時はお前の周りにいるすべての人間が刺客《しかく》となる」

九

乙松から、出来れば昼前に平右衛門町の蕎麦《そば》屋「力水《ちからみず》」に来てもらえないかと誘われたことで、控次郎は佐久間《さくま》町にある道場を早めに抜け出して平右衛門町に向かっかなかった。

「控次郎先生が稽古《けいこ》を早めに終えるのは、よほどのことなんでしょうね」

と冷やかされたが、乙松の誘いとあっては、何を差し置いても行かないわけにはいかなかった。

蕎麦屋に入ると、控次郎の風体を見た小女《こおんな》が頷きながら二階へ案内してくれた。

「お連れ様が参りました」

小女の呼びかけに応えるように襖が開かれ、乙松が顔を出した。

「よかった。先生、来てくれたんですね。ご紹介しますよ。こちらが先日お会いしたがっていた上原如水先生です」

そう言って、乙松は痩《や》せぎすの数学者を控次郎に引き合わせた。

乙松に勧められるまま、控次郎は如水の正面に座った。

控次郎が会釈《えしゃく》をした。ところが、それに対する如水の応対は、高名な数学者とは思えぬ突拍子もないものであった。

「あれえ、私はてっきり乙松姐さんに口説かれるものだと思っていたのに、こんないい男を呼び寄せたんじゃあ、私の早とちりだったのかねえ」

如水は涼しい顔で冗談を口にした。

「またそんなことを言って。奥様に、いえ、美佐江《みさえ》さんに申し上げますよ」

乙松が睨《ね》めつけながら言うと、如水は大げさに驚いて見せた。

「そいつは勘弁しておくれよ。うちの奥様は私に惚れきっているから、一切文句など言やあしないが、娘となるとまるっきり手加減がないからねえ」

どこまでがすっ惚《とぼ》けなのか見当もつかない。見かねた乙松が如水に控次郎が沙世の父親であることを告げた。すると、

「へえ、あんたはお沙世の父親だったのかい。ということは、もしかして私の指導法にけちをつけに来たってことかい」

言葉とは正反対に如水は笑顔で言った。

「誰も文句をつけに来たなんて言っていないじゃありませんか。如水先生、こちらの先生はねえ、お沙世ちゃんのことが心配で、如水先生に訳を訊きに来たんですよ」

乙松が懸命に二人の間を取り持つ。だが、それに対する返答も変わっていた。

「なんだか面白くないねえ。私を呼ぶ時は如水先生で、そちらの方はただの先生じゃないか。余計なものがついていない分、そちらの方がより親密に聞こえるよ。乙松姐さん、こう見えても私は結構傷つきやすい質《たち》なんだよ。おそらく今日の蕎麦は旨くないと思うから、勘定は姐さん持ちだよ」

「はいはい。わかりました。芸者風情が、天下の数学者に奢《おご》らせていただきます」

いつの間にか、乙松も如水の調子に乗せられるようになった。

すると、如水は悪ふざけもこれまでといったふうに座り直した。控次郎をまっすぐに見据える。

どうやら、先程までのおちゃらけは、初対面の堅苦しさを解きほぐす如水ならではの手法であったらしい。

「私がお沙世に掃除ばかりさせている理由かね。それとも、算法を教えずにいる理由かね」

如水はそう切り出してきた。だが、控次郎は頷きもしなければ返事もしない。如水は一瞬おやっという顔で控次郎の出方を窺っていたが、相手の目が意外なほど涼やかであることに気づくと、「よしよし」と頷き、自分の方から口を利いた。

「厭《いや》だねえ、その落ち着き。なんとなく催促《さいそく》されているようで、喋るのが馬鹿らしく思えてくるじゃないか。ようし、こうなったら、あんたが参ったと言うまで喋りまくってやる。畜生、負けねえぞお。いいかい、お沙世のお父上。あの子はねえ、同じ年頃の子に比べ出来すぎているんだ。これは、お沙世にとっても、他の子供たちにとっても不幸なことなんだよ。まだ小さいんだ。自分が人より優れているだの、劣っているだの、そんなことに気づいてもいけないし、教える側も気づかせちゃあいけないんだ。だから、あんたがどう思おうと、私はお沙世が十歳になるまで、掃除をさせ続けてやるんだ。覚悟しな」

まるで喧嘩を仕掛けているような言い様だが、何故か控次郎には小気味よく聞こえた。

控次郎は初めて笑顔を見せた。

「如水先生。俺みてえな人間でも十分納得できる理由です。言われてみりゃあ確かにそうだ。珠算合戦で予想外の成績を収めたことで、親父の方が舞い上がっちまった。なのに、間抜け面して押しかけるなど、みっともねえったらありゃあしねえ」

さっきまで、一言も口を利こうとしなかった控次郎が、見るからに恥じ入っている。それを見た如水は、まるで不思議な生き物でも見たような顔になった。

「へえ、あんたはそんなことが言える人だったのかい。だったら、私の方も謝らないといけないねえ。てっきりあんたを恋敵《こいがたき》だと思い込んでしまったので、喧嘩を吹っ掛けるような真似をしてしまった。すまなかったねえ、お沙世のお父上。だけどねえ、本当を言うと、もうお沙世に算盤は必要ないのだ。お沙世はすでに、頭の中に簞《たん》笥《す》を三竿《みさお》もしまい込んでいるのだからね」

如水は自分にしかわからない意味不明の譬《たと》えを用いた。無論控次郎にわかるはずもなかったが、こういった機微《きび》にはめっぽう強い乙松が如水に食い下がった。

「何なんです。その箪笥っていうのは。如水先生とは懇意にさせていただいてますけど、やたら訳のわからない言葉を使いすぎますよ」

「あれえ、また敵側に回ってしまったよ。私も焼きが回ったねえ。常日頃、門弟達に、女なんてものは、入れあげれば入れあげるほど、こちらを邪険にするだけだと言って聞かせていたのに。こんな様《ざま》をみたら、きっとうちの門人達は、私の言うことを聞かなくなるよ」

「だからちゃんとわかるように話しなさいって言っているでしょ」

「厭だねえ、まるで娘の美佐江と話しているみたいだよ。私が箪笥と言ったのは、物事を整理して頭の中にしまい込む力のことなんだ。乙松姐さんも一応女だからわかるだろうが、着物なんかを数多く持っていると、箪笥がなければ、散らかる一方だ。この着物は何時着たか、なんてこともわからなくなる」

「一応は余計ですよ。全く、ちょっとしたところで憎たらしいんだから」

「へへえ、女の憎たらしいは、惚れたの裏返し。よし、だんだん調子が出て来たぞ。いいかい、算盤とはそれ自体計算道具に過ぎないが、暗算のできる子は、頭の中に箪笥が出来上がり、五玉と一玉の数だけ引き出しが増えるんだ。だから暗算ができる者は物覚えもいいし、記憶した知識を整理してしまえるから使いやすい。だがねえ、箪笥や引き出しばかり作りすぎても、そこにしまうものがなければ何にもならない。珠算は確かに優れた習い事だが、計算ばかりに興味を持ちすぎると、中身のない箪笥ばかりが出来上がるんだ」

「なんだかよくわからないけど、でも如水先生、本当にお沙世ちゃんが十歳になるまで、掃除ばかりさせる気なんですか」

「私はさせるよ。姐さんは、お沙世の出来が良いから、すぐにでも算法を教えてやれと言いたいのだろうが、私は先程も言った通り、自分が教える子供達には、極力行きすぎた自負や引けめといったものを持たせたくないのさ。お沙世のお父上、私の言うことは気に入らないかい」

　如水はひとしきり持論を展開した上で、控次郎に是非を問うた。

　乙松が控次郎の方に視線を向けた時、すでに控次郎は如水に向かって深々と頭を垂れていた。

　七五三之介と佐奈絵《さなえ》との間に生まれた子は、女の子であった。

この時代、乳幼児の生存率は低く、さらには天然痘《てんねんとう》など幼児期にかかる病気での死亡率も高かった。それが為に江戸時代の平均寿命は五十歳に届かなかったといわれている。

だが、生まれた子も佐奈絵もすこぶる元気であった。

控次郎が出産祝いにと、一か月遅れで片岡家を訪れたのは、出産したての佐奈絵と、赤子の体調に配慮してのことであった。

出迎えた母親の文絵《ふみえ》と次女の百合絵《ゆりえ》に導かれ、控次郎が居間へ通されると、七五三之介の舅で、元南町奉行所年番支配の片岡玄七《げんしち》が、愛おしそうに赤子を抱いていた。

惜しむらくは玄七が名前を付けたがったにも拘わらず、佐奈絵の強い要望で、七五三之介の一字を取り七絵《ななえ》と名付けられてしまったことだ。それでも初孫というのは格別のようで、玄七の顔は終始ほころびっぱなしであった。

「この子は佐奈絵が生まれた時の顔にそっくりじゃ」

と玄七が言えば、

「まあ、可哀想」

と百合絵が茶々を入れる。

「姉上、ひどい」

と佐奈絵が大袈裟に膨《ふく》れて見せるほど、この家族には和気《わき》あいあいとした雰囲気があった。

それでも、いつまでも赤子を抱いたまま離さぬ玄七に、文絵は自分も抱きたい気持を抑え、控次郎に抱いて貰うよう促した。

首の後ろに手をやりながら、控次郎が慎重に赤子を受け取る。

産衣《うぶぎ》にくるまった赤子は、玄七の言った通り佐奈絵に似て、黒目勝ちの大きな目をしていた。小さな口を開け、それ相応の小さな舌を絶え間なく動かしていた。

元気な赤ん坊だ。だが、そう思って見れば見るほど、控次郎の脳裏には、赤子であった沙世の顔が浮かんだ。母が死んだことも知らず、いつもお腹を空かして泣いていた沙世の顔だ。

あの時の控次郎は乳貰いに駆けずり回っていたから、自分の母親から乳を貰えぬ赤子の不憫《ふびん》さまでは考えが及ばなかった。だが、今にして思う。赤子は母親に抱かれ、その温かな胸の中で授乳されることを前提に生まれてくるのだ。

今、自分の腕に抱かれている赤子には、佐奈絵という母がいる。乳を吸う間も、愛おしげに見守る母がいる。それを思うと、控次郎は、今更ながら母の乳を吸えなかった沙世が不憫に思えた。

そんな控次郎の思いは、孫の誕生を喜ぶ玄七と文絵にはわからない。さらには初めての子を授かった七五三之介と佐奈絵も目を細め、控次郎が赤子を抱く様子を見ていた為、控次郎の思いに気づかなかった。

だが、百合絵は控次郎だけを見ている。控次郎の口元がわずかに揺れ動いた時、百合絵は控次郎の気持に気づいた。

「控次郎様、私にも抱かせてください」

そう言って赤子を控次郎から受け取ると、百合絵は立ち上がり、全員の視線を控次郎から離れた高い位置へと移した。


その夜、赤ん坊を間に挟み、床《とこ》に就《つ》いた七五三之介に佐奈絵が囁《ささや》いた。

「旦那様、姉上は余程義兄上《あにうえ》様をお好きなようです」

「そのようだな。私も先程そう感じた」

「やはりお気づきだったのですね。でも、義兄上様は未だに亡くなられた奥様を想っておられるのでしょう。それに沙世ちゃんのことも気になっているご様子です。となると、お二人の仲は、これからも同じ状態が続くのでしょうか」

姉妹だけに、佐奈絵は百合絵の将来が気になるようだ。口振りも、どことなく七五三之介に訴えかけていた。

七五三之介は、暫し間をおいてから言った。控次郎が置かれている立場を理解しているだけに、二人の仲が進展することは難しいと思っていたからだ。

「佐奈絵。お前が義姉上《あねうえ》のことを心配する気持はよくわかる。だが、兄上にお気持を伺うことは出来ぬ。兄上には沙世だけでなく、亡くなられた人への想いが未だに強く残っている。それを知りながら、お二人の仲を取り持とうとするのは、却《かえ》って兄上や義姉上を苦しめることになるかもしれぬからだ」

七五三之介は諭すように言った。だが、佐奈絵には言わなかったが、七五三之介には沙世を抱いて控次郎の長屋へ戻って来た時の乙松の幸せそうな顔が、脳裏から離れなかった。

十

夕暮れ時を迎えた小舟町《こぶなちょう》は、猪牙舟《ちょきぶね》で桟橋を下りてくる客で賑わう。

小料理屋の軒行燈《のきあんどん》、提灯が一斉に灯されるのを待って、客たちは思い思いの店へと繰り出して行くのだが、普段なら出の遅い、通人や大店《おおだな》の商人といった金持ち連中が

利用する料亭「澪木《みおき》」が、まだ日も落ちきらぬうちから盛り上がりを見せていることには驚いたようだ
「一体どうしたんだい。澪木ともあろう店が、こんな時分から」

他の店へ向かう客が、二階を見上げながら通り過ぎて行くほど、今宵の澪木は騒がしかった。

理由は、いつもなら三味線の音に合わせて、合いの手を入れるだけの芸者達が、この日は無礼講ということで、酒が入り、黄色い声を連発していたからだ。

だが、柳橋中の芸者を掻き集めたのではないかと思うほど、芸者で溢れかえった部屋には、この席を設けた主客の他は、わずかに四名の供しかいなかった。

これほどの豪遊をしてくれる客だけに、この店の女将も、挨拶に来たものの引き揚げ時を模索していた。そこへ、

「主様《ぬし》のお流れを頂戴したいでありんす」

芸も色気も今一つの若い芸者が、下手な花魁《おいらん》言葉で主客の機嫌を取ろうとしたものだから、芸者は澪木の女将から強烈な一睨《ひとにら》みを浴びせられてしまった。

一瞬座が白《しら》けかけたが、それでも主客の寛容さは、女将の顔も芸者の顔も立てた上で、その場の雰囲気をものの見事に収めてしまった。

「女将、流石《さすが》の貫禄だな。だが、今宵の無礼講はわしが認めたこと。あの芸者もわしの言うことに従っただけなのだ。とはいえ、いかなる時も客に無礼を働いてはならぬという女将の気持は、根岸肥前、嬉しく受け取ったぞ」

　さらに、緊張した面持ちで控えている家来達に向かって、

「これこれ、お前たちも遠慮はいらぬ。これだけの綺麗《きれい》どころを前にして、何を畏《かしこ》まっておるのだ」

　見るからに上機嫌の勘定奉行根岸肥前守は言った。

　女将もその機嫌の良さに安堵したのか、これを潮にと立ち上がりかけた。それを肥前守は制し、女将の耳元に顔を寄せた。

「女将、もう少し良いではないか。これからわしがしようとすることは店にとっても損な話ではない。ところで、乙松はどうしたのだ。少々遅すぎる気がするが」

　対する女将も肥前守に擦り寄り、小声で言う。

「あの子はご贔屓《ひいき》のお客様からのお呼びがかかってしまったんですよ。それで断るにしても、自分で理由を伝えないとご贔屓様に失礼だと言いましてね。お奉行様、そういう訳なので、許してあげてくださいな。きっと、すぐに来るはずでございます」

　乙松の律義《りちぎ》さが気に入っている女将はそう説明した。

やがて廊下を滑るような足取りと共に、衣擦れの音をさせ、乙松がやって来た。乙松は跪座《きざ》した状態で襖を開けると、両手をきちんと畳に突き、主客に向かって詫びを入れた。そして、目で女将に許しを乞うた。

その落ち着き、優雅さ、どれをとっても他の芸者とは一線を画していた。

乙松が座る場所を探していると、いち早くそれに気づいた女将が、肥前守の傍らへと手招きした。だが、その席には古参の芸者が陣取っている。

躊《ため》らう乙松に、気を利かせた木村慎輔が近寄ってきて、肥前守の前へと誘ったのだが、木村慎輔はその間にも乙松にこう告げることを忘れなかった。

「先日、控次郎殿の長屋で、一緒に常夜鍋を突《つつ》きました」

途端に乙松の顔が喜びを伝える。無論、それを狙って告げたことだが、今宵の慎輔には、もう一つ大事な仕事が控えていた。そこで、

「後ほど、面白い話をお聞かせいたします」

と付け加えたのだが、小声とはいえ話が長過ぎた。

「慎輔、何をこそこそと言い寄っておる。この不埒《ふらち》者めが」

早速肥前守が咎め立てた。だが、顔は笑っていた。場を盛り上げようとしたことは明らかで、その座の者達は、一緒になって木村慎輔と乙松をやんやとばかり囃《はや》し立て

た。まさか肥前守が慎輔に向かって目配せをしていようとはだれも気がつかない。

それを受け、慎輔も目で了解を告げると、一座の者に聞かせるような大きな声で、肥前守に訴えた。

「お奉行、何を申されますか。某は決して淫らな真似をしていたわけではございませんぞ。席に案内するついでに、もしや乙松なら例の話を聞いたことがあるのではと尋ねたのです」

「ほう、そう来たか、それで、乙松は知っていたのか」

「いえ、これから訊こうとするところをお奉行に邪魔されました」

主従とは思えぬ軽妙なやり取りと、思わせぶりな例の話とやらで、その場にいた者達は興味を持って木村慎輔を見るようになった。

徐《おもむろ》に、慎輔が懐から紙の束を取り出して言う。

「お奉行が申されました通り、常陸屋でも売り出されることになった早駆け競争の賭け札にございます」

途端に一座の者の目が、分厚い賭け札の束に集まった。

奉行は傍に控えた女将に尋ねた。

「女将なら、早駆け競争で賭けが行われることを耳にしておろう。なあに、咎め立てたりはせぬよ。その証拠に、わしも賭け札を買ったくらいだ」

女将は一瞬困惑の表情を浮かべたが、肥前守の顔が微笑みを湛《たた》えたままであることに気づくと、自分は買っていないと前置きした上で口を開いた。

「店においでになられたお客様から、話は伺ったことがございます。すでに一月《ひとつき》ほど前から売られていたようで、なんでも寺社奉行様もお認めになっているとかで。ですが、お客様の言われる従来の博打とは違うという意味は、私のように無学な者には、わかりかねる次第でございます」

「女将もそうか。わしも腑《ふ》に落ちないので、これなる木村に寺社方で訊いてくるよう命じたのだ。そうしたら、寺社方では与《あずか》り知らぬというのだ。その癖、木村に向かって言った言葉は、丁半博打のように、胴元が確かな寺銭を得るのではなく、場合によっては相当な被害を被ることがあるとのことだ。それに、めったやたらと行われるものではなく、一過性のものであるから、金持ちの道楽と考えよ、とまで付け加えたそうだ」

ここで肥前守は一旦言葉を切り、この場にいる者達の反応を窺った。

流石芸者達だ。誰もがぽかんと口を開けている。

早駆け競争などに興味はないし、どうせ自分達には賭け札など買えるはずもないと思っているようだ。

だが、肥前守が用意していた言葉は、そんな芸者達をも歓喜の渦に巻き込んだ。

「わしがお前達を借り切ってしまったことで、店やお前達の贔屓筋にも迷惑をかけてしまった。そこで、わしはお前達への詫びとして、座興を兼ねてこの賭け札を用意した」

予想だにしなかった展開に、芸者達は身を乗り出して、肥前守の次なる言葉を待った。

「まずは女将、わしが綺麗どころを借り切ってしまったことで、店に迷惑がかからぬとも限らぬ。そこで日を改めて、今度は静かな席を設けようと思い、この賭け札を買ってきたのだ。とはいえ、外れてしまったのでは意味がない。そこで、どちらが勝っても同額の金が戻るよう、両方の賭け札を買ったのだ。木村、仔細についてはその方から申せ」

命じられた木村は、懐から覚書を取り出すと、一同を見渡した上で、早駆け競争の賭け札について説明した。

「此度の早駆け競争における賭け比率は、昨年の勝ち馬風神が勝利した場合は賭け金が一・六倍、一方の一つ星が勝利した場合は二倍になって戻ってくる。そこで、お奉行が用意された百両のうち風神側に五十五両二分、一つ星側に残りの四十四両二分を買ったところ、どちらが勝っても約八十八両が戻ってくる計算となった」

さらに、木村は芸者衆に向かって言う。

「お前達には、双方の賭け札を一両分ずつ与える。一つ星が勝てば二両がお前達の懐に入る。だが、風神が勝った場合は、一両二分二朱弱が入る」

どちらが勝っても、芸者達の懐には一両二分以上の金が入るのだが、木村の説明を聞いた途端、芸者達は一様に不満の声を上げた。

「ええー、だったら賭け札などではなく、二両を頂きたかったわ」

肥前守の仕組んだ座興に対し、非難の声を上げた。

そんな中、以前控次郎を呼び寄せる為、肥前守のお座敷に呼ばれたことのある乙松だけが、一人冷ややかな目で見ていた。乙松にしてみれば、大事な控次郎を利用されそうになった、という思いがある。

——この爺、また何か企む気だね
思わず肥前守を睨みつけたところで、当の相手と目が合ってしまった。

すかさずにっこりと微笑むことで事なきを得たが、乙松は未だに肥前守が油断のならぬ人物であるという思いが払拭《ふっしょく》出来ていなかった。

賑やかな宴《うたげ》もいつしか終焉《しゅうえん》の時を迎えた。少々酒を飲み過ぎた感のある根岸肥前守がよろよろと立ち上がりかけたところで、すでに傍で待機していた供侍が身体を支えた。だが、肥前守は供侍の手をやんわりと撥ね除けると、

「無粋な奴等じゃ。これだけ女子がおるというのに、何故汗臭い臭《にお》いを嗅《か》がねばならぬのだ。これ、乙松、わしに肩を貸してはくれぬか」

数ある芸者衆の中から乙松を指名し、玄関までの介添《かいぞ》え役を命じた。

乙松に支えられ、肥前守がゆっくりと歩を進めると、その背後にいた木村慎輔がさらに速度を緩めることで供侍との距離を空ける。

見事なまでに、この主従の息は合っていた。

さればと、肥前守が乙松に語り掛ける。

「お前だけが、今宵わしが用意した賭け札の意味を見抜いたようじゃ」

「はて、何のことでございましょう。私にはとんと……」

「ほう、女は惚れた男に似てくるというが、食えぬところも控次郎そっくりじゃ。遠慮なく申してみよ。でないと、肝心の話が出来ぬ」

乙松は、腹の中で「この狸爺」と毒づいたが、肝心の話というのがある以上、答え

ぬわけにはいかなくなった。

「芸者風情が口幅《くちはば》ったいことを申しあげますが、お奉行様には、どんな理屈をつけようとも所詮は博打に過ぎぬというお考えがおありなのではないかと」

「その通りだ。お前はその限りではないが、芸者衆の中には口の軽い者もいるであろう。その者達の口から、今回の早駆け競争もまた博打に過ぎぬと言うことを世に知らしめる為、いらぬ散財をしてしまったのだが、実は今一つ狙いがあったのだ。それをお前に頼みたくてな」

「何でございましょう」

「控次郎に伝えてもらいたい」

「厭でございます」

乙松はきっぱりと言った。その声の大きさと剣幕のほどは、距離を置いていた木村慎輔にも届き、彼の者が首を竦《すく》める結果となったが、肥前守は気にすることもなく、話を続けた。

「お前に断ることは出来まい。何故なら、事は控次郎ではなく、その弟の身に及ぶからじゃ。乙松、控次郎には黒幕の存在までは知らせ、その者が誰であるかまでは伝えた。だが、そ奴が何を企み始めたかは知らせてない。何も摑めていなかったのでな。

そ奴は今回の早駆け競争で、莫大な金を手にするかもしれんのだ。何故なら表向きは金持ちの道楽を謳ってはいるが、今回の賭けには財政難に苦しむ大名、旗本達までもが相当数加わっているからなのだ。しかも、本来ならばそのようなことに関わりたくない寺社奉行が黒幕に気兼ねして、賭けを黙認しているのだ」

「そんな、寺社奉行ともあろうお方が、どうしてその黒幕に気兼ねするんですか」

「寺社奉行は、将来老中になる若手譜代大名の中から選ばれる。そんな連中が、将軍の御父君に逆らうと思うか」

「えっ、まさか、一橋様」

「その家老だ。だが、力はある。御三卿は家来が少ないとはいえ、いざとなれば大名を動かすこともできる」

「そのご家老様が、七五三之介さんにどんな危害を加えるというんです」

「まだわからぬ。だが、そのことで控次郎とは連絡を取り合わねばならぬのだ。その手始めがお前という訳だ。慎輔では説得できないことも、お前ならできると思うてな」

これで話は終わりさ、といった顔で肥前守は澪木を後にした。

十一

早駆け競争が行われるこの日、川越道は、寺社方が張り巡らした竹矢来《たけやらい》によって、一部通行が禁止されていた。場所は石神井《しやくじい》川を越えて一町（約百メートル）ほどにある上板橋の出発地点だ。天候に恵まれたとはいえ、朝早くから大名屋敷の家来衆が争って主君の席を確保した為、寺社方は急遽《きゆうきよ》その周囲を通行止めにしていた。

だが、それも到着地点の水戸屋敷前と比べると物の数ではなかった。水戸屋敷前は、すでに前夜からの場所取りが行われており、日が変わる子《ね》の刻（午前零時）にはすべての場所が大名・旗本達で占められていた。当然のことながら、こちらの方は竹矢来が張られた距離も長く、庶民達はその外に追いやられて勝敗の行方を見守らねばならなかった。

発馬《はつば》地点から到着地点までの道のりはおよそ一里（約四キロ）。その両端部分の警備を寺社方が請け負い、途中は町奉行所からの手勢が繰り出されていた。

そんな中、西尾頼母が一橋治済の為に用意した場所は、到着地点より二町（約二百メートル）ほど手前、すなわち竹矢来が途切れる直前の地点にあった。

頼母がこの場所を選んだ理由は、勝敗の行方が気になる治済に、途中経過を知らせる為だ。無論、頼母自身もこの一戦に勝つことで莫大な富を得られるかどうかが決まることにもあったが、坂のある街道では、どちらの馬が優勢であるかがわからない。そこで、要所要所に紅白の旗を持った家臣を配備しておけば、二頭の位置取りが手に取るようにわかると考えたのだ。

ついにその時はやって来た。

七つ半（午前五時）、太鼓の音とともに、勢い良く馬腹を蹴られた二頭の馬は飛び出した。

鼻息も荒く、ともに黒鹿毛の二頭は身体をぶっつけ合うようにして、川越道を辰巳《たつみ》の方角へと駆け抜けた。

先手を取ったのは一つ星。白鉢巻きに野袴姿の八重樫を背に、瞬く間に小城の乗る風神を引き離して行く。対する小城は、風神の絶対的能力を信じているのか、その差が十馬身と引き離されても慌てるふうはなかった。

一つ星の力量を確かめるかのように、前を行く一つ星の後肢を見詰めたまま、ぴったりとその間隔を保っていた。

一方、水戸屋敷前では、落ち着かない一橋治済が頼母にしかわからない旗の動きに気を揉んでいた。

「頼母、状況のほどは如何じゃ」

「今のところ、一つ星が十馬身ほど前に出ているようでございます」

「左様か。ならばよいが、わしはあの風神という馬の並外れた速さを目にしているのでのう。その方は心配いらぬと言うが、どうにも落ち着かぬ」

「実を申せば、某もそうなのでございます。殿には一つ星が勝つと断言いたしましたが、如何せん畜生のすること。万が一脚でも折りはせぬかと案じております」

言葉とは裏腹に、頼母は笑顔で応じた。その顔には、脚でも折らぬ限り、一つ星が負けることはないという自信が感じられた。

それを見た治済も、ようやく安堵の表情を浮かべるようになったのだが、暫くすると五町ごとに送られてくる旗の動きが、矢鱈《やたら》目まぐるしく感じられるようになった。

「頼母、何かあったか」

「はっ、連絡の者が、たった今風神が一つ星に並んだと知らせてまいりました」

「なんと、もう並ばれたと申すか」

治済が落胆の声を上げた。自らの不安が的中し始めたことに苛立ち、頼母を睨みつけるまでになった。

流石に頼母も落ち着かなくなった。

八重樫の言った、六歳の一つ星が十歳の風神に後れを取ることはない、という言葉が、妙に軽く感じられてきたからだ。

だが、それも一瞬のことで、頼母はすぐに頭を切り替えた。

八重樫の弁だけなら取るに足らぬが、別所格の言葉だけは信じられると気持を切り替えた。別所は言っていた。

「菊右衛門の申す通り、妖の四人衆の力は本物でした。万が一、風神が予想を超える力を秘めていたとしても、最後までその力を持続させることはできませぬ。たとえ途中まで一つ星が遅れていたとしても、御前はお心を安んじられませ。妖の者達が小城の小者に成りすまし、鞍《くら》に細工を施しておきました。鞍の下に潜ませた小さな棘《とげ》が、小城が鞍に腰を落とす度、風神の背に突き刺さるのです。その結果、風神は狂ったように走り出し、力を使い果たします」と。

二頭の馬が並んだまま上り坂に差し掛かった。

乗り手の二人は、馬に負担を掛けまいと腰を浮かせた。そして、下り坂になったところで、勢いを制御するために腰を下ろした。

突然、風神が猛烈な勢いで坂を駆け下り始めた。小城が懸命に手綱を引いて制御を試みるが、風神の勢いは止まらない。

みるみる両馬の距離が離れて行く。

その知らせを受けた一橋治済は、怒りで顔面を硬直させた。

「頼母、なんとしたことだ。半町（約五十メートル）ほども遅れてしまったではないか。もはや勝敗は歴然、その方の言葉を信じたわしが愚かであった」

そう言い放つや、治済は今にも席を立ち去ろうとした。だが、

「左様でございます。もはや勝負の行方は歴然となりました。間違いなく一つ星の勝利かと」

顔色一つ変えず、頼母は言い放った。

信じられぬといった表情の治済が頼母の顔を凝視する中、やがて次なる知らせが舞い込んできた。

急激に風神の脚力が衰え、一つ星に抜き去られたと。

水戸屋敷前は、騒然となった。

大名・旗本達ばかりか、遅れてその事態に気づいた町衆の怒号が風神に向かって浴

びせられた。

水戸屋敷前の到着地点を一つ星が駆け抜けた時、風神は凡馬の脚取りで一町ほど後ろをふらつきながら走っていた。

三《み》春《はる》から来た娘

一

江戸時代初期、大川を跨《また》ぐ橋は存在しなかった。それが次々と架けられるようになったのは、明暦《めいれき》三年（一六五七）の大火以降のことだ。十万人もの死者を出してしまった戒《いまし》めとして、幕府は単に橋を架けるだけでなく、すべての橋の東西両詰に、火除け地という広小路《ひろこうじ》を設けた。そして、その空き地を有効利用するために、瞬時に取り壊しが可能という条件の下《もと》、仮設小屋の営業を認めた。結果として、橋の周辺は人の集まる場所となり、とりわけ両国橋の広小路は、飲食店の他にも見世物小屋、芝居小屋などが立ち並ぶ一大盛り場に発展した。

大川沿いの道を、小春達一行は雷神を曳いて下ってきた。

人通りの多い道は、馬を連れて歩くにも気を遣う。その為、行き交う人々が怖がらないよう、小春は雷神の手綱を取って道の端を歩き、宗助と音爺は、雷神の両側を囲むようにして歩いて来たのだが、それでも、すれ違う人々は雷神を避けるように、道の反対側を通り過ぎて行った。馬の臭いを嗅ぎたくなかったのか、はたまた馬喰《ばくろう》風の薄汚れた身形《みなり》を嫌ったか、行き交う人々のほとんどが、小春達を見ないようにして遠ざかって行った。

確かに、三春からの長旅で、小春達の着物は埃にまみれていたし、曳いている馬も、農耕馬さながらの汚さであった。

だが、小春達の衣装はともかく、雷神の汚れは意図的なものだ。宿場役人の警告を受けた宗助が、雷神の身体に灰をかけ、さらにその上から泥を塗りたくることで、馬泥棒から雷神を守ろうと考えた為であった。

両国橋が近づくにつれ、人の波は一層激しさを増してきた。

「小春、そこの広場で、少し休むことにすべえ」

人々から向けられる非難の目に閉口した宗助が、広小路の中でも飲食店の少ない場所に雷神を誘導するよう小春に言った。

そこは見世物小屋からも離れており、商売をしているのは、人気のない易者と古物売りしかいなかった。

ようやく人の目から解放されたことで、小春達にも周囲を眺める余裕が生まれてきた。

「恐ろしいくれえの人の数だなあ」

三春では考えられない人の多さに、音爺も宗助も呆れ顔でその光景に目を奪われていた。だが、小春は別のことを気にしていた。

「みんな綺麗な着物を着ているね」

娘だけに、小春には自分が身に着けている衣装がみすぼらしく思えたらしい。口にした後も、どこか寂しそうに自分の着物を見詰めていた。

そんな小春の気持は、すぐに音爺の知るところとなった。

「だなあ、あんなへちまみてえな顔には、もったいねえほど綺麗な着物だ。だども小春、ちょっとばかり我慢しな。小城様に雷神を届ければ、金がもらえるだ。そしたら、おめえにもっと綺麗な着物を買ってやるだ。そうだろう、宗助」

小春を不憫《ふびん》に感じた音爺は、うっかりそう言ってしまったのだが、宗助は返事をしない、というよりは返事が出来なかった。

宗助には、雷神に対する小春の思いがわかり過ぎるほどわかっていたからだ。生まれると同時に、母馬の蘭と死に別れた雷神を、小春は自分に置き換えて世話をしてきた。その雷神を馬喰であるがゆえに手放さなければならない。小春が悲しみに耐え、江戸まで雷神を連れて来た気持を思うと、宗助にはかける言葉が見つからなかったのだ。

小春は母を知らない。生まれてすぐに母は死んだと言い聞かされていたからだ。だが、宗助にはわずかながら母の記憶が残っていた。

馬喰の暮らしが嫌で逃げ出した母を、まだ五歳であった宗助は泣きながら追いかけた。だが、追いついた宗助が母から受けた仕打ちは、力任せの平手打ちであった。その時の母の形相《ぎょうそう》が、今もはっきりと宗助の脳裏に焼き付いていた。

宗助は雷神の手綱を取ると、小春と音爺を励ましながら、広小路の隅に場所を移した。雷神を売るという音爺の一言によって、小春の悲しみの封印は紐解《ひもと》かれてしまった。そして、小春を悲しみの淵《ふち》へと追いやった音爺は、己の迂闊《うかつ》さを責め、身の置き場もないくらい悄気《しょげ》返っていた。

宗助は二人の気持が収まるのを待つことにした、すぐにでも馬を届けたい気持はあったが、こんな状態で旗本屋敷を訪れては、良馬の到着を待ち侘びる先方に、いらぬ疑いを生じさせることになると思ったからだ。だが、小春の悲しみは予想以上に深く、しゃがみ込んだっきり立ち上がろうともしない。宗助は大きく溜息をついた。

すると、思いもよらぬことが起きた。

宗助の背後にいた易者が、自分達の方に歩み寄って来たかと思う間に、いきなり小春の前にしゃがみ込み、話し始めたのだ。

「これこれ、娘さん。悲観することはないぞよ。まだまだこの馬とは別れぬ。わしの卦《け》にはそう出ておる」

白髭を垂らした易者は、まるで自分達の会話を聞いていたかのように、心の悩みを言い当てた。さらには、驚く小春に向かって、易者はこうも言った。

「お前さん達は、この近くのお旗本のところへ馬を届けに来たようじゃな。だが、旗本屋敷というのはわかりづらい。表札でも出て居れば話は別だが。それに、万が一捜し当てたところで、お前さん達が望んでいる通りに行くかどうか……」

頼みもしないのに、勝手にしゃしゃり出てきた易者は、旗本屋敷に届けることまで言い当てておきながら、最後は言葉を濁し、小春にしか聞こえぬ声で何事か囁《ささや》いた。

そんな易者を、音爺は胡散《うさん》臭そうな目で見ていた。易者なんて者は、悩んでいる人間の弱みに付け込み、見料《けんりょう》を得るためにはったりをかます輩にすぎねえといった目で見ていた。

それゆえ、小春が易者に向かって何かを言おうとした途端、

「宗助、もう行くべえ。この易者さんが言った通り、旗本屋敷は見つけにくいだ。こんなところで油を売っている暇《ひま》はねえ」

音爺は宗助に出立を促してしまった。

馬に付き添い、三人が遠ざかって行くのを易者はじっと見ていた。やがて、一行の姿が視界から消えた頃、易者は誰に聞かせるでもなく言った。

「さてさて、馬にも凶相《きょうそう》というものがあったとはのう」

二

三人は、泥にまみれた雷神を守るようにして竪川沿いの道を東へと歩いて行った。

やがて大横川《おおよこ》までの中頃に来たところで、宗助が手拭を取り出した。川っぺりに腹ばいになりながら、手拭を川の水に浸《ひた》した。宗助は水に浸した手拭を絞って小春に手渡すと、もう一本の手拭も川の水に浸し、今度は水浸しのまま引き上げて、雷神の身体

についた泥を拭い始めた。どす黒くなった水が雷神の身体から伝い落ちて行った。それを幾度か繰り返した後で、小春が水気を切った手拭でふき取ると、雷神の赤い毛並みが蘇《よみがえ》ってきた。

「済まねえな、雷神。おめえの綺麗な馬体を汚しちまってよお」

宗助は、雷神に詫びた。いくら馬泥棒から守る為だとはいえ、小春が丹念に手入れをした雷神を泥まみれにしてしまったという思いが、宗助の言葉となって現れていた。

宗助と音爺は、よれよれになった絵地図を取り出し、手分けして北に走る通りを彼方此方捜し回った。だが目指す屋敷は一向に見つからず、ついには音爺がその場に座り込んでしまった。

「音爺、大丈夫け。千住《せんじゅ》宿から歩き通しだもんな。そこへもってきて、元々膝《ひざ》が悪いんだ。おらが代わって捜すから、音爺は雷神と土手で休んでいろ」

見かねた小春が、雷神の引き綱を音爺に手渡して言った。

「すまねえな、小春。付いて行くのは三春領を出るまでと言ったはずだったのに、国境の郡山に着いた途端、親父さんの顔が浮かんじまった。大事に育て上げた水神を馬泥棒に盗まれ、必死で後を追ったものの無残に殺された親父さんの顔がよお。けんど、やっぱり歳には勝てねえな。今の俺は親父さんの願いを叶えるどころか、お前らの足手まといでしかねえだ」

己《おのれ》の不甲斐《ふがい》無さを嘆《なげ》き、音爺は涙ぐみながら小春に詫びた。

「音爺、そんなことは言わねえでけれ。国境の郡山で帰るはずの音爺が、おら達と一緒に江戸まで付いて来てくれたことは、兄ちゃんもおらも心から有り難《がて》えと思っているだよ。それに、馬を運ぶためにかかる金も音爺が出してくれたじゃねえか。頼むから、そんな他人行儀な言い方はしねえでおくれよ」

土手に座り込み、雷神の引き綱を握った状態で音爺は小春と宗助が戻ってくるのを待った。

――同じような屋敷ばかりだもんなあ、簡単にゃあ見つからねえべなあ

初めのうちこそ、そんなふうにのんびりと構えていた音爺も、一刻（二時間）経っても宗助と小春が戻ってこないと、流石《さすが》に不安を覚えるようになった。

この辺りは旗本屋敷が多い。馬を連れていれば向こうも馬子だとわかるが、そうでなければ得体のしれぬ者が様子を窺っていると、咎めを受ける場合も有り得る。

そう気づいた音爺が慌てて立ち上がった時、それはまさに小春に支えられた宗助

が、額を押さえながら路地から姿を見せた時でもあった。

「宗助、どうしただ」

急いで駆け寄る音爺の目に、棒を振り回す小者に続いて、抜刀した武士の姿が飛込んだ。

明らかに二人は小春と宗助を追っている。そう感じた音爺はわが身を顧みず、小春と宗助の背後に回り込んだ。そして抜刀している武士の前に立ちはだかった。

「お武家様あ、違うだあ。この者達は馬子でごぜえます。とあるお旗本の元へ馬を届けに来ただけなのでごぜえます。どうかお許しくだせえ」

音爺は必死で叫んだ。だが、その言葉は訛《なま》りが強すぎて武士には伝わらなかった。

逆上した武士の目が怒気を告げ、刀が上空で煌《きらめ》いた。

もし、武士の目が川沿いの通りを、自分の方に向かって歩いてくる武家の妻女を捉えていなかったなら、音爺はもちろんのこと、小春も宗助も斬られていたはずであった。すんでのところで、武士は刀を下ろした。そして、武家の妻女が通り過ぎるのを待った。

ほんのわずかな間だ。その間に音爺は地面にひれ伏し、宗助と小春にも跪《ひざまず》くよう促した。危機は去った。武士の目には未だ強い怒りが残っていたが、先程までの逆上ぶりは消えていた。

「命冥加《いのちみようが》な奴らだ。旗本屋敷を覗き込むなど、それだけで斬り捨てられても文句は言えぬところだ。さっさと立ち去れい」

武士は、血濡れた額を地面にこすりつけ、謝り続ける宗助をさも汚らしいといった目で睨みつけると、憤然とした面持ちのまま、屋敷へと戻って行った。

その姿が路地に消えると、小春は宗助に駆け寄った。

「兄ちゃん、酷《ひど》い怪我《けが》だよお。血がこんなに噴き出ている。お医者様に診《み》て貰わねえと」

「大丈夫だ。それよりも、早いとこ小城様のお屋敷を見つけなきゃあなんねえ。だども小春、こんな状況では、通りかかった人に訊くしかねえ。もしかしたら小城様を知っている人間に会えるかも知んねえからな」

心配そうに怪我の具合を気遣う妹に、宗助は言った。

音爺と宗助に雷神を託した小春は、通りかかった人間を見つけると、手あたり次第に声を掛けた。だが、誰一人小城の屋敷を知る者はなく、中には胡散臭そうな目を向け、小走りに駆け抜けて行く者もいた。

小春は尋ねることを止《や》めた。三春では困っている人を見れば、誰かしらが駆け寄ってくる。だが、江戸というところは自分達のような田舎者《いなか》は蔑《さげす》むばかりで、人間として見てはくれない。そうでなければ、宗助にあんな真似をすることが出来るはずがないのだ。小春は江戸者に失望し、優しい三春の人々を懐かしんだ。そして、出来ることならば、雷神を連れて三春に帰りたいと願った。

小春が易者の言葉を思い出したのはその時だ。小春が遠い空を眺め、三春がどの方角になるのか見定めようとしたところで、易者が別れ際に囁いた言葉が頭を過《よぎ》った。

「どうしても見つからない時は、ひたすら耳を澄ましなさい」

易者はそう言っていた。

今にして思えば、あの時の易者の目は、優しかった気がする。それに、見料も取らなかった。小春はこれまで出会った江戸者の中で、唯一人間らしさを感じさせた易者を信じることにした。

先程同様、路地を入ると、小春は周囲の物音に耳を傾けながら進んだ。易者の言った、耳を澄ませという言葉が何を指しているのかはわからなかったが、小春は全神経を集中させ、周囲から聞こえる物音に耳を傾けた。やがて川とも掘割ともとれる水の流れが聞こえ、ついで馬の鼻を鳴らす音が聞こえた。

これまで、旗本らしい屋敷は何軒かあったが、馬がいると思われる屋敷は見当たらなかった。

——ここに違いない

小春はそう確信すると、宗助達を呼びに戻った。

そして、雷神共々、今一度馬の鼻音が聞こえた屋敷を目指した。

そこは割下水《わりげすい》と呼ばれ、下級旗本や御家人が多く住む場所であった。路地も皆似かよっていて、一度や二度通っただけでは見分けがつかない。だが、小春に導かれ、馬の鼻音が聞こえた屋敷の前に来た途端、宗助は思わず声を上げてしまった。

小春は侍に追われた宗助が逃げてくる途中で出会った為、この屋敷の場所を知らなかった。まさか、覗いていた宗助を見咎め、こちらの言い分も聞かず、いきなり斬りつけて来たのがこの屋敷の武士であったとは思いもしなかった。

小春を見つけた先程の小者が、またお前らかと言わぬばかりに近寄ってきた。

「あの、こちらのお屋敷は小城主水丞様のお屋敷でございましょうか」

訛りが出ないよう、小春は恐る恐る訪ねた。

すると、いきなり主の名を告げられたことで、小者は首を傾げながらも屋敷の中へと駆け出して行った。そして先程の武士を連れて戻って来た。

「当家を訪ねて来たのなら、何故初めからそう言わぬか」

武士は横柄な態度を崩さなかった。

音爺が曳いている雷神だけは見たものの、手拭で傷口を押さえている宗助には、一《いち》瞥《べつ》もくれることはなかった。

三人は厩へと通された。

「殿はまだお戻りにはならぬ。それまで、お前達は此処で待つが良い。不浄の血でお座敷を汚すわけにはいかんからな。初めからこの屋敷を訪ねて来たと言えば良いのに、こそこそと立ち回るからこのような仕儀となるのだ。良いか、殿にはわしから事情をお伝えする。軽々しく口を利いてはならんぞ」

そう言うと、武士は小者を呼び寄せ、何事か囁いた。

厩には三頭の馬が繋がれていた。その中に風神の姿はなかった。

「どれも大した馬じゃねえ」

宗助を傷つけられているだけに、音爺の言は辛辣《しんらつ》だ。

「でも、此処のお殿様が風神を認めたんだべ。だったら、馬を見る目はあるでがんしょ」

小春は不安そうな声で言った。

小城家から、至急風神に代わる馬を連れてくるよう連絡を受けた時の感動は跡形もなく消えていた。この屋敷の住人、と言っても家来達しか会っていないが、あの横暴かつ冷酷な家来達を見る限り、この屋敷のお殿様だけが正常な人間だとは考えにくかった。加えて音爺が言ったように、此処の馬達は小春の目にも突出した名馬とは映らなかった。

「音爺、此処のお殿様は、雷神の良さをわかってくれるべえか」

宗助の傷口に当てていた手拭を、新しいものに代えながら小春は訊いた。

だが、音爺は首を傾げただけで何も語ろうとはしなかった。

三

宵闇《よいやみ》が辺りを包み込み、厩はすっかり暗くなった。

長旅で気持が昂《たかぶ》っている雷神を落ち着かせようと、小春は傍に付き添っていた。音爺は壁にもたれたまま、先程から何事か思案している。

そこへ擦り寄って行ったのが、傷口を手拭で押さえた宗助だ。

「音爺、おめえ、もしかして雷神が雌馬だから、小城様の目に適《かな》わねえとでも思っているだか」

小春に聞こえないよう、宗助は声を潜めて訊いた。

「だったら、おめえはここのお殿様が、本当に馬の善し悪しを見抜けると思っているだか」

今まで黙りこくっていた分、音爺の口調は強くなった。さらに、いつの間に見つけ出していたのか、数本の馬の毛を宗助に手渡した。暗くて見えないが、手にした臭いで馬の毛だとわかる。

「どうしただ、こりゃあ」

「風神の毛だ。他の馬とは、しなやかさが違う。厩に入るなり、この毛が目についた。宗助、どこにあったと思う。この毛は手を伸ばさなければ届かねえ羽目板に絡まっていただ」

宗助もようやく音爺が言わんとするところに気づいた。

その羽目板は風神が立ち上がらない限り届く場所ではない。

広い場所で思いっきり走り回っていた馬が、碌《ろく》に外に出してもらえず、狭い厩にとじ込められたため暴れて立ち上がるのだ。

「じゃあ、音爺はこの屋敷の殿様が風神を大事に扱っていなかったと」

「それはわからねえ。だが、風神は負けた。それで、扱いが雑になったのかもしんねえ。だがな、仮にも風神は小城様の名を世に知らしめた馬だ。一度くらい負けたからと言って、こんな扱いをしているようじゃあ、風神だって力を出せなくなっても仕方がねえ」

「だども、風神はもう十歳でねえか」

「冗談じゃねえ。九歳だった去年も、風神は相手の馬を五町も引き離して勝った。その噂が三春の馬市にまで伝わったくらい見事なものだったらしい。だからな宗助。俺は思うんだよお。並みの馬が本当にあの風神に勝てたのかなって」

「……」

「わからねえのか。俺が言いてえのは、この国中探し回ったところで、風神に勝てる馬など見つかりっこねえってことだ。もし、いるとすりゃあ、そいつは一頭しかいねえ。水神さ」

「まさか、じゃあ、あの馬泥棒が水神を使って」

「おそらくは売り飛ばしたんだろうがな」

「そ、そんな。音爺、だったら雷神では勝てねえかもしれねえ」

「おらが案じているのはそのことだ。小城様に馬を見る目があったとして、雌馬の雷神を買い取ってくれたとしても、雷神が負けでもすりゃあ、風神と同じ扱いを受けるだけだ。それは雷神を大事に育て上げたおめえと小春にしてみれば、負けるよりも辛《つら》いことじゃねえのけ」

音爺は宗助だけに聞かせるべく、小春の方を見ながら言った。いつの間にか雷神の傍にうずくまり、小春は寝息を立てていた。

ぬかるみをかき乱す物音に小春は目を覚ました。

いつの間にか外は雨が降っていた。

ぬかるみを駆けてきた小者は、厩に飛び込んで来るなり全身にまとわりついた雨粒を振り払うと、使い走りの悔しさをぶつけるかのように喚き散らした。

「殿様が帰ってこられた。おめえらを中間《ちゅうげん》部屋に通すようにってよ。お蔭で、俺の居場所がなくなっちまったじゃねえか。忌々《いまいま》しいったらありゃあしねえ。おい、さっさと行かねえか」

旗本屋敷に仕える小者は、短期間だけ金で雇われる者が多い。いわゆる流れ中間という奴だが、こういった連中は、自分より上の者や強い者には諂《へつら》うが、相手が弱いとみればとことん甚振《いたぶ》り抜く、やくざ者のような輩《やから》であった。

膝を痛めている音爺が、立ち上がるのに難渋しているのを見た小者は、いきなり音爺の腰の辺りを蹴り飛ばした。堪《たま》らず、音爺がもんどりうって倒れ込む。

「何をするだ。音爺は膝が悪いんだよ。やめてけれ」

小春が庇《かば》い立てをすると、今度は小春の髪を掴んだ上で、顔を二度、三度平手で殴った。留まることを知らぬ非道ぶりに、温和な宗助が怒りを露わにした。

「止めねえか、それでもおめえは人間か」

「何だと、この野郎。俺はわざわざ呼びに来てやったんだぞ。お殿様は気の短いお方だから、おめえらがもたもたしていてお叱りを受けねえよう気を使ってやったんじゃねえか。てっきり礼を言われるものと思っていたのに、文句をつけられるとは思いもしなかったぜ」

小者はそう言い残すと、一足先に母屋へ戻って行った。

中間部屋は、台所の土間から板敷きの間に上がってすぐのところにあったが、直参旗本小城主水丞が待っていたのは、そこではなく、板敷きの間であった。

小春達が土間に跪くのを見ると、主水丞はまず、年長である音爺に向かって尋ねた。

「馬を連れてまいったそうだが、よもや風神のような駻馬《かんば》ではあるまいな。あの馬はわしの顔に泥を塗りおった。突然暴れだし、これまで百戦百勝のわしに、唯一の敗北を味わわせてくれたのじゃ。今回、お前達がその詫びにと、代わりの馬を貢いでくれたそうだが、それを受け取るのは馬を見定めてからだ」

主水丞の物言いは、ただで雷神を貰い受けるとしか聞こえなかった。

「あの、恐れながら申し上げるでごぜえます。おら達が受け取った書面には、風神に勝るとも劣らぬ馬を買い求めたいとのことでごぜえましたが」

兄妹に代わって、音爺が訊いた。

「それはわしの父が遣わしたものだ。昔から頑固一徹な方でな。馬などというものは日本各地に居るというのに、どういう訳か未だに三春の馬に強いこだわりを持たれておる。それは早駆け競争で風神が敗れた今も、変わらぬままだ。だが、わしは違う。本当に速い馬だけを求めておるのだ。それゆえ、もしわしの目に適ったならば、輸送にかかった費用だけは支払ってやるから案《いた》じるではないぞ」

小城主水丞の言葉は、音爺と兄妹を甚く失望させた。

連れてきた馬はあくまでも風神が敗けたことの代償に過ぎず、輸送費は支払うが、馬の代金は支払わぬと言う理不尽極まりないものだ。

だが、それに対して音爺も宗助も異議を唱えることはできなかった。なぜなら、主水丞の傍には宗助に手傷を負わせた武士が控えていたからだ。

そんな中、小春だけが筋を通した。

「馬の代金も払っていただかねえと困ります。雷神はおらたちの家族も同然です。だから、本当は売りたくなどねえんです。だども、そんな雷神をこうして連れて来たのは、お父《とう》が小城様とのご縁を大事に思っていたからでごぜえます。今、お殿様のお話を伺うと、雷神はさほど必要ねえように聞こえます。でしたら、おら達は雷神を連れて帰ります」

途端に、主水丞の表情が変わった。まさか、こんな小娘が自分に対し口答えをするとは思っていなかったのであろう。

「おのれ、馬喰風情が生意気な口を利きおって。わしの元に馬を連れて来たのならば、わしの許しを得ずして馬を連れ帰るなど言語道断。これ以上、いらざることを申せば、そのままには捨て置かぬぞ」

今にも刀に手を掛けそうな勢いだ。

宗助は慌てて小春の身体を引き寄せると、主水丞に幾度となく頭を下げた。

そこへ、先程厩に向かった家来が戻って来た。

家来は主水丞の耳元に顔を寄せると、何事か囁いた。

不吉な予感に、兄妹と音爺は身を寄せ合った。

「なにっ」

聞き終えた主水丞の目が大きく吊り上がり、ついには刀に手を掛けた。

「貴様ら、よくもこのわしを愚弄したな。よりによって雌馬を連れてくるとはどういうことだ。作田《さくた》、この者どもを今すぐ屋敷から放り出せい」

「お待ち下せえ。確かに雌馬には違《ちげ》えごぜえませんが、この雷神は雄馬に負けぬ力を秘めておるんでごぜえます」

いくら音爺が食い下がっても、逆上した主水丞は聞く耳を持たない。

「無礼者」

居丈高に叫ぶや、思いっきり音爺の顔を足蹴にした。

音爺の老いた身体が、鞠《まり》のように転がって柱に激突したが、それでも主水丞の怒りは治まらず、止めに入った宗助と小春を幾度となく刀の鐺《こじり》で打ち据えた。

雨の中、屋敷を追い出された三人は、傷だらけの身体を労《いたわ》りあいながら竪川沿いの道脇に身を寄せた。雨はさらに勢いを増していた。

小春は、少しでも雷神が雨に打たれぬよう、自分が身に着けている蓑《みの》を雷神の背にかけた。兄の宗助は未だに額の傷が癒えておらず、もう一人の音爺も主水丞に顔面を蹴られていた。

雷神に蓑を被せてやれるのは、怪我の少ない小春しかいなかったのだ。

雨は蓑を着けていない小春の身体を、容赦なく打ち付けた。

小春は雨空に向かって、泣き叫んだ。

「なして、なして江戸者はこんなにも酷い真似をするだあ。みんな鬼だ。人間の皮を被った鬼ばかりだあ」

最後は声にならず、小春はただ泣き続けた。

翌日、ようやく雨が上がった日光《にっこう》街道を千住に向かう旅人に交じり、全身濡れ鼠《ねずみ》となった馬子二人と、生気を失い、足取りもおぼつかぬ娘の姿が旅人の目を引いた。一晩中、雨に打たれたことで、小春は熱を出していた。

「小春、辛抱しろよ。雷神を泊められる旅籠《はたご》まではもう少しだからな。旅籠へ着いたら、医者に診せてやっからな」

宗助はそう言って、何度も小春を励ました。だが、すでに小春の足取りは限界に来ていた。崩れるように地面に倒れ込むと、そのまま気を失ってしまった。

驚いた旅人や往来の者が心配して駆け寄ってきたが、折悪しくも、その中には性根の曲がった者達も含まれていた。

この辺りを縄張りとする地廻りだ。

地廻りは、心配して集まった者達を追い払うと、真っ先に倒れている小春の顔を覗き込んだ。

「かなりの上玉じゃねえか。それにこの馬も結構な値が付きそうだぜ」

地廻り達は、思わぬ拾い物とばかりに相好を崩すと、一転して凄《すご》みのある目を宗助と音爺に向けた。

「この娘さんは随分と弱っているようじゃねえか。俺達が医者へ連れて行ってやるから、おめえらは馬と一緒に後から付いてきな」

そう言うと、地廻りの一人が小春を担ぎ、残った者達で宗助と音爺の行く手を遮《さえぎ》るようにして歩き始めた。

「何するだ。小春はおら達が医者に連れて行くから、こっちさ寄こしてくれ」

相手の狙いを察知した宗助が地廻りの一人に駆け寄った途端、男達は荒々しい手段に出た。いきなり宗助を殴りつけると、ついには寄ってたかって宗助と音爺を足蹴にした。

「おめえらにゃ、用はねえんだよ」

勝ち誇った声で言い放った兄貴分の男が、今一度宗助の顔を蹴りとばそうとした。

だが、男は突然その動作を止め、代わりに甲高《かんだか》い悲鳴を上げた。

振り上げた男の腕が逆方向へと極限まで曲がり、その手首を握った浪人者が閻魔《えんま》もかくやという形相《ぎょうそう》で立っていたからだ。

「おめえら、なんてことをしやがった。随分と江戸者の名を辱《はずかし》める真似をしてくれるじゃねえか。年寄りに手荒い真似をした上、娘までかどわかそうとしたんじゃ、許すわけにゃあいかねえ。当分の間表を歩けねえ顔にしてやるから、覚悟しろい」

そう言い放つや、浪人者は兄貴分を始めとする地廻り達を悉《ことごと》く半殺しの目に遭わせてしまった。

その胸のすく見事なまでの立ち回りに、集まった者達はやんやの歓声を上げた。その中には浪人者を見知っている者もいた。その者は、周囲にその浪人者の呼び名を聞かせるかのように大声で賛辞を送った。

「流石は浮かれ鳶《とんび》の先生だ。地廻りが束《たば》になったところで、あっという間にこのざまさ。いいか、佐久間町にある直心影流田宮道場の鬼師範代、本多控次郎っていうのがあのお方の名前よ」

小春を医者に診せた控次郎は、歩くことができぬ小春を背負い、実家である本多元《もと》治《はる》の屋敷に音爺と宗助を連れてきた。元治の屋敷には、厩はあっても馬がいない。雷神を係留するには、うってつけの場所であったからだ。

初めのうちは、もしやこの侍も悪さをするのではないかと疑っていた宗助と音爺も、小春を医者の元に連れて行ってくれたばかりか、怪我をしている自分達に代わって、小春を背負ってくれた控次郎を見て考えを改めるようになった。その上、着いた先が旗本屋敷で、控次郎がその屋敷の次男とわかると、地べたに這《は》いつくばって頭を下げた。いくら小城主水丞の屋敷でひどい目に遭わされたとはいえ、田舎者にとって旗本というのは、それくらい格式の高いものだったからだ。

控次郎から話を聞いた当主の嗣正《つぐまさ》は、快《こころよ》く三人と雷神の逗留《とうりゅう》を受け入れたばかりか、用人の長沼与兵衛《ながぬまよへえ》に三人の世話をするよう言い渡した。

その与兵衛も、かつては本多家の門前で行き倒れ、命を救われた過去があった。未だ意識の戻らぬ小春の為に用人部屋を明け渡すと、自身は今や空き部屋となった下男の部屋に音爺と共に移った。

小城主水丞の屋敷とは天と地ほどもかけ離れた扱いを受けたことで、宗助と音爺は恐縮しまくってしまった。屋敷の住人、それも奥方と姫君が熱が下がらぬ小春の為、重湯《おもゆ》を運んできたこと自体、音爺には信じられなかった。

「奥方様、姫君様、おら達のような田舎者に、わざわざお食事を運んでいただいては勿体《もったい》ないことこの上ねえです」

「いいのですよ。控次郎殿が当家に頼みごとをされるなど、滅多にないことなのですから。殿様も大層なお喜びで、与兵衛だけでは心配だからと、私にあなた方の世話をするよう仰せつけたくらいです。小春さんの意識が戻られたら、この重湯を飲ませてあげて下さい」

奥方の雪絵《ゆきえ》がにっこりと笑いかけるのを、音爺は呆けた顔で見ていた。

小春が意識を取り戻したのは二日後のことであった。

兄の宗助が嬉しそうに自分を見ていることはわかったが、どうしてこのような場所に寝かされているのかがわからなかった。

それでも、小春には一つだけ覚えていることがあった。

熱に浮かされていたとはいえ、誰かが自分を背負っていてくれたことを朧気《おぼろげ》ながら覚えていた。

「兄ちゃん、此処はどこだあ」

宗助に向かって、小春は甘えた声で訊いた。

「本多様というお旗本のお屋敷だ。だども心配はいらねえ。小城様のところとは違って、此処の方々は、皆お優しいだ。ほれ、冷めちまったが、おめえが起きたら飲ませるようにって、重湯も作ってくれただ」

「そうなのけ、ところで雷神はどうしたあ」

「雷神も厩で休んでいるだ。先程音爺が見て来たばかりだ」

「良かった。おらこれ食って早く良くなるから、そしたら三春に帰ろう」

「そうだな、そうすべえ」

宗助は小春に向かって頷いた。

四

田宮道場での稽古《けいこ》を終えた控次郎が、本多家を訪れた。

昨日は、ならず者達に襲われた馬子達を見るに見かね、本多家に預けたまま帰ってきてしまったが、あの者達が何故全身濡れ鼠の状態で街道を歩いていたかが気になったからだ。

だが、その理由《わけ》はすぐに本多家の用人長沼与兵衛によってもたらされた。

音爺と同部屋になった与兵衛が酒を勧め、音爺の口から小城主水丞の屋敷で起きたことや、彼らが三春から馬を運んできた経緯を聞き出していたのだ。

「そういう訳だったのかい。あの連中は小城様のところで……」

事情を聴いた控次郎は、どこか落胆した表情になり言葉を濁した。

与兵衛はそんな控次郎を黙ったまま見ていた。

与兵衛には、控次郎が三春の者達を屋敷に連れて来た理由が、朧気ながらわかった気がしていたからだ。

初めは、単なる地廻りの狼藉《ろうぜき》ならば、控次郎は叩き伏せるだけで済んだはずだと捉えていた。よしんば小春を医者に診せることを優先したとしても、旅籠に連れて行けば良いことだ。にもかかわらず、一度は自分から家を飛び出した控次郎が、本多家に頼みごとを持ち込むこと自体、与兵衛には不自然としか映らなかったのだ。だが、小城主水丞が係わっているとなれば、話は別であった。

——やはり、控次郎様は昔のことを気になさっておいでなのだな口が悪く、喧嘩っ早いが、他人を気遣う気持は人一倍強い控次郎だ。

それゆえ、昔馬術を教えてくれた小城兼房の期待を裏切ってしまったという思いが、せめてもの償いに、倅《せがれ》主水丞を更生させてやろうと考えたのだなと捉えていた。

そして、控次郎が口を濁した理由についても、与兵衛は小城主水丞が三春の者達に酷い仕打ちしたと聞いたことで、てっきり心を痛めているものだと思っていた。ところが、

「主水丞の野郎、そこまで腐り切っていやがったか」

控次郎は、やはり控次郎であった。弱い者を虐《いじ》めた主水丞に激しい怒りをぶつけてきた。

「ほう、やはり控次郎様は小城主水丞様と面識がおありで」

与兵衛は控次郎が兼房から手ほどきを受けていたことは知っていたが、息子の主水丞については聞き及んでいなかった。

「ああ、幼馴染《おさななじみ》だ。あいつは昔からひねくれたところがあってな」

「ほう、その方も」

相槌を打つ与兵衛の顔が、どうにも嫌らしい。

「与兵衛。もしかしておめえ、俺に含むところでもあるんじゃねえのかい」

「とんでもございません。与兵衛は己を指して言ったのでございます」

「なるほど、言われてみりゃあ確かにそうだ。この歳まで生きていりゃあ、人間真っ直ぐなままでは育つはずもねえ。ところで与兵衛、小城主水丞の父親が今どうしているか、親父殿に訊いてきちゃあくれねえか。乗り込むにしても、親父殿がおられるかどうかで此方の出方も変わってくるからな」

「乗り込むと申されましたか。それは聞き捨てならぬお言葉でございます。控次郎様、今の本多家はご当主嗣正様が奥方を迎えられたことで、大殿様もようやく安堵されたばかりなのです。そんな時に旗本同士、無意味ないざこざを起こすことは、用人として見過ごすわけにはまいりません」

「心配はいらねえよ。俺がそんな無茶をするような人間でないことは、おめえもよく知っているだろう」

控次郎の言葉を、与兵衛はしかとして聞き流した。

小城主水丞の屋敷は本多家から程近い。南割下水を挟んで向かい側にあった。

控次郎は尻込みをする宗助と音爺、それに雷神を引き連れて小城家の門を潜った。

早速、宗助に気づいた小者が駆け寄ってきたが、傍に着流し姿の浪人者が居るとわかるや、応援を呼びに走った。

現れたのは、宗助達とは因縁深き用人の作田であった。

「懲《こ》りぬ奴らだ。今度は食い詰め浪人を連れてまいったか。いいか、何度来ようと、すでに殿はそのような馬など必要ないと申されておる。これ以上付きまとえば、天下の直参旗本に無礼を働いたとみなし、斬り捨てる。素浪人、お前も無礼打ちにされるのが嫌なら、とっとと引き下がれ」

作田は頭ごなしに暴言を吐き続けると、控次郎を睨みつけた。

その控次郎が後ろを振り返り、音爺に尋ねた。

「こいつかい」

音爺がこわごわと頷く。この男には殺されそうになっただけに、音爺は恐ろしい作田の顔ばかり見ていた。それゆえ、作田の方に向き直った控次郎の顔が、夜叉《やしゃ》のごとき形相になっていたとは思いもしなかった。

「俺はなあ、こう見えても直参旗本で本多控次郎という者だ。後でまだ息があったなら、小城主水丞に確かめるが良い。だが、その前に、お旗本に向かって無礼呼ばわりした罪は償ってもらうぜえ」

驚いた作田が身構える暇もなかった。控次郎の鉄の拳固《げんこ》が作田の右頬に炸裂《さくれつ》した。

もんどりうって倒れた作田が激痛にのたうちまわる中、控次郎が宗助に尋ねた。

「話も聞かずに、おめえに斬りつけたのはこいつかい」

今度は、宗助も作田の意外な弱さを目にしただけに、頷き方に勢いがあった。

「がーん」

またしても控次郎の鉄拳が作田の頰を捉えた。もはや戦う気力も失せ、作田は顔を守るのがやっとの有様となった。

それを見た小者はこそこそと逃げようとした。だが、その足は、控次郎の一言によって遮られた。

「首を置いていくつもりなら、止めねえぜ。おめえにもお仕置きをしなくちゃあならねえところだが、その前に大殿様の元へ案内しな。本多控次郎が来たと言えばわかる」

南割下水近くに屋敷を賜《たまわ》った旗本は、ほとんどが下級旗本と呼ばれる者達で、小城主水丞の家もその例にもれず、かつては禄高三百石の貧乏旗本であった。

それが二百石を加増されるまでになったのは、主水丞の父兼房が幾多《いくた》の早駆け競争で勝利を収めたことが、時の老中松平定信の目に留まったからであった。

その後、高齢を理由に兼房は倅の主水丞に家督を譲ったが、老いても尚その卓越した馬術は、旗本八万騎の中で比肩する者無しと言われていた。

小者が来訪者の名を告げると、細君に支えられた兼房が現れた。

控次郎を見た兼房は懐かしさのあまり声を詰まらせてしまった。

「本当に控次郎なのか。もう少し、よく顔を見せてくれ」

控次郎に近寄ると、まるでその存在を確かめるかのように、そっと手を差しのべた。

「小城様、御無沙汰いたしております。今の控次郎は、本多の家を出て市井《しせい》で暮らしております」

「そうであったな。元治殿から聞いておる。お前は子供の頃から意志が強く、曲がったことが嫌いな性格であった。わしは倅をお前のようにしたくて、元治殿にお願いしたものだ。是非とも倅と刎頸《ふんけい》の交わりを結んでほしいとな。それでお前に馬術を教えさせてはくれぬかと頼んだのだ」

「私は、そんな小城様の思いに応えることが出来ませんでした」

「何を言う。それもこれも全ては倅の主水丞が軟弱であったせいだ。お前を妬《ねた》み、事あるごとにお前に嫌がらせをした。だが、倅がどんな姑息《こそく》な手を使おうと、お前には通用しなかった。控次郎、お前がわしの意を酌《く》み、倅を叩きのめしたことも知っておるのだ。そして、それを最後にお前がこの屋敷に来なくなったこともな」

目に涙を湛えて、兼房は言った。

控次郎は遠い昔を思い出した。

兼房とは碁仇《ごがたき》であった父元治が、親の意に背いて一向に学問に励まぬ控次郎のことを強情者だと嘆いた時も、兼房はこう庇ってくれたものだ。

「男が強情でなくて、どうするというのだ」

それくらい、兼房は自分のことを買ってくれていた。

控次郎は胸が痛くなった。これから自分がすることは、間違いなく兼房を苦しめるとわかっていたからだ。

だが、兼房の求めに応じ、はるばる三春から馬を連れて来た小春や宗助、そして音爺が受けた苦しみを思えば、此処で手を引くわけにはいかなかった。

気を取り直した控次郎は、兼房に向かって主水丞と家臣の者が、三春の者達にした所業を兼房に告げる決心をした。

「小城様、この書状は小城様が書かれたものに相違ございませぬか」

控次郎は宗助から預かった兼房からの書状を見せて言った。そこには、風神に代わる名馬がいたなら、なんとしても金子《きんす》は工面するゆえ、江戸に連れて来ては貰えぬかという文面に加え、兼房の落款《らっかん》まで押されていた。

「この書状は確かにわしが認《したた》めたものだ。どうしてこれがお前の手元にあるのだ。まさか控次郎、お前が連れて来た者達は三春から参った者なのか」

控次郎が頷くと、兼房は宗助と音爺の傍に近寄り、礼の言葉を述べた。

そして、今日なにゆえこの場に控次郎が現れ、三春の者達を引き連れて来たかを兼房は悟った。小者に主水丞を呼びに行かせると、兼房は控次郎に向かって言った。

「控次郎、よくぞ知らせてくれた。もし、あの軟弱者が心を入れ替えなければ、わしの代で家門が絶えようとも構わぬ。武士たる者が信義を欠いてどうするというのだ。あ奴の出方によっては、わしも責任を取らねばならぬ」

控次郎の顔を見るなり、主水丞は狼狽《うろた》えた。

子供の頃から散々な目に遭わされ続けた天敵中の天敵だ。おまけにその天敵は、先日自分が追い返した馬子まで連れていた。

主水丞は必死で言い逃れる道を模索した。

「お前は、この者達がわしからの書状を携えてやって来たというのに、何故追い返した」

「お言葉ではございますが、この者達が連れてきた馬は雌馬でございました。それゆえ追い返したのでございます。ですが、私には父上が何故三春の馬に固執《こしつ》されるのかがわかりませぬ。あの風神とて突然暴れ出し、私の制御を振り切ったではありませんか」

　主水丞の言は、強《あなが》ち的外れとは言えなかった。この当時は人間同様、馬も雌馬は雄馬に比べ、能力的に遠く及ばないと思われていたからだ。だが、風神が暴れたことについては、兼房は見解を異にした。

「主水丞、お前は何もわかっておらぬ。風神ほどの名馬は、各地を探し回っても見つけ出せるものではない。それに、お前は風神が突然暴れ出した理由についてもわかっておらぬ。あの日、連れ帰った風神の鞍には小さな棘《とげ》があった。風神が暴れた時、お前が痛がっていることに気づいたなら、お前は鞍に腰を下ろさなかったはずだ。勝った馬は確かに強い。だが、風神が負けたのは、お前が未熟であったからだ」

　最後はどこか寂しげな口調になり、兼房は言葉を締めくくった。

　そして、言い返すことも出来なくなった倅に、兼房は馬の代金を支払ってやるよう言い渡した。

「三春の衆、わしの方から頼みごとをしておきながら、このような事態を招いたこと、心より謝罪する。運搬にかかった費用は、お前たちの手当ても含めて支払うゆえ、その馬を三春に連れ帰ってくれ。お前たちとて、このような信義無き輩に、大事な馬を託すわけにはゆかぬだろうからな。それにしても惜しい。雌馬とはいえ、ともの張り、毛艶共に風神に勝るとも劣らぬ名馬じゃ。三春の衆、お前たちの馬づくりにかける情熱には、この兼房、頭が下がる思いじゃ」

兼房は、宗助と音爺に頭を下げた。

その顔には、不肖の息子と知りながらも、出来ることなら名誉を挽回させてやりたいという願いが、結果としてこのような事態を招いたという慚愧《ざんき》の念となって現れていた。

「控次郎、お前とてこのような話をわしに聞かせたくはなかったであろうな。だが、わしはお前に感謝している。お前は子供の頃から人一倍正義感が強かった。もし、ほんの少しでも倅にお前の気概があったならと思うと、わしは無念でならぬ。ゆえに今日を以《もっ》て、わしの家は馬術を捨てる。こんなわしの為に馬を届けてくれた三春の衆には申し訳ないが、当家との縁もこれまでと思ってくれ。いや、そちらから縁を断ってくれい」

まさに断腸《だんちょう》の思い。兼房は苦悶《くもん》の表情を浮かべながら言った。

その思いは宗助と音爺にも届いた。

旗本ともあろう者が自分達馬喰に向かって頭を下げるなど、有り得る話では無い。予想だにしない展開に、二人はどうしていいかわからず、おろおろするばかりだ。控次郎は兼房と、傍で肩を落としている主水丞に向かって言った。

「今日私が伺ったのは、小城家にそのようなことをさせたかったからではありませぬ。はるばる三春から馬を連れて来た兄妹と音爺の思いに応える為もありますが、何よりも大恩ある小城様の名誉を守る為、こうして出張って来たのです。小城様、聞けばこの者達は亡き父の無念を晴らす為、この雷神なる馬を育てたと言うのです。ならば、この者達もその無念を晴らさずして三春へ帰りたくはないはず。小城様が言われたように、真《まこと》この雷神が小城様の目に適ったのならば、是非とも雷神を買い取ってくださるようお頼みいたします。主水丞には、私から言って聞かせます」

すると、それまで神妙に聞いていた主水丞の表情が恐怖に歪んだ。

控次郎が自ら言って聞かせるとなると、何処まで顔が腫《は》れ上がるかわからない。兼房とは対照的に、主水丞はがっくりと肩を落とした。

五

霜降月の不忍池は、畔《ほとり》に佇《たたず》む人影もまばらだ。

ただでさえ寒いところに、水面を滑る風がより一層の冷気を伝えてくる。

別所格は、西尾頼母から預かった金を不忍池にある常陸屋の出店に届けると、その寒々とした畔に立って、池の西側にある屋敷を眺めていた。

別所は、あれほど太々《ふてぶて》しかった常陸屋次郎左衛門が、頼みとする番頭の虎見佐平治を失ったことで、それまでの態度を一変させ、卑屈な人間に成り下がってしまったことを思い出していた。

頼母から預かった百五十両を手渡した時、

「こんなに頂いてよろしいのでございますか、くれぐれも御前様によろしくお伝え願えますでしょうか」

頼母が手にした額の一割にも満たない金を、次郎左衛門は有り難そうに受け取った。百五十両などという額は、次郎左衛門にとって端金《はしたがね》でしかないはずだ。にも拘わらず、次郎左衛門は金を受け取り、諂《へつら》いの言葉まで口にした。

それを聞いた瞬間、別所の中に人を蔑《さげす》む気持ちが芽生えた。さらに、

「常陸屋、これからは困ったことが起きたら、私に連絡をするが良いぞ」

自分でも信じられぬ言葉を口にしていた。

常陸屋を後にした別所の袂《たもと》には、十両の金が投げ入れられていた。

——俺は、どんどん人間が悪くなって行くな
富と引き換えに、次第に堕落して行く己を別所は自嘲した。

頼母の帷幕に招かれた時は、その壮大なる人物像に憧《あこが》れ、頼母の下で自分の力を発揮することだけを夢見ていた。常に頼母の役に立つことだけを心掛け、その頼母が喜ぶ姿を見ることで、別所の心は満たされていた。

だが、喜連川足利家を見限り、着の身着のまま江戸に出てきて、同じ最上流という だけで自宅に住まわせてくれた如水を結果として裏切ってしまった時、別所の中で何かが弾《はじ》け飛んだ。

男と生まれた以上、野心を抱くのは当然のことだ。それゆえ、己が野望に向かって突き進む頼母を見た時は胸が躍る思いがした。だが、それが為に犠牲になる人間を顧みないやり口を目の当たりにすると、別所の心は虚《むな》しさで揺れた。

そんな鬱積《うっせき》した気持で歩いていたからだろう。

武士にしては鈍重な足取りが、行き交う人々には奇異に映った。

「格、格ではないか」

突然、名を呼ばれ、別所は声のする方を向いた。

そこには、無紋の黒羽織を着た武士が、いかにも懐かしいといった表情で立っていた。呼び止められた別所も、すぐには相手の顔を思い出せなかったが、鼻の辺りに特徴があった。

「もしや修平《しゅうへい》か。あの鮎釣り上手の修平か」

喜連川では、家臣にだけ鮎釣りが許されていた。禄高が恐ろしく少ない家臣の為、名物である鮎を獲らせることで暮らしの足しにさせていたのだ。とはいえ、江戸留守居役の禄高がわずか十三石であることを考えれば、鮎を獲ったところで、さほどの金になるわけではなかったが。

「そうだ、会沢《あいざわ》修平だ。それにしても見間違えたかと思ったぞ。算学を学びに水戸へ行ったはずのお前が、何故、江戸にいるのだ」

会沢修平は、別所と同じく上級武士と下級武士の中間である中士と呼ばれる階級の出で、今は足利家が自費で購入した江戸屋敷の警護役でもあった。

「修平、俺は今、一橋家の家老である西尾頼母様にお仕えしているのだ。すでに御所様には、西尾様を通してその旨をお伝えしてある」

因《ちな》みに喜連川では領主と言わずに御所様と言う。足利家の血を引く名家であり、知行は五千五百石しかないが、家格は大名並み、それも十万石の大名に匹敵《ひってき》するとまで言われていた。

「そうだったのか。昔からお前は頭が良かったからな。それにしても随分と羽振りが良さそうではないか。御三卿の御家老というのは、それほど格式の高いものなのか」

「まあ、高いと言うべきなのだろうな。それよりも修平、少しばかり付き合えるか。久しぶりに喜連川の話が聞きたいのだ」

そう言って、別所は会沢修平を先程訪れたばかりの常陸屋に誘った。

どうせ意に染まぬ袖の下なら、少しでも常陸屋に戻してやった方が良いと考えたのだ。

鰻を食べるのは初めてだと言う会沢修平は、鰻以上にその値段の方が気になるらしく、壁に貼られた品書きや客の顔ぶればかりを見ていた。

「格、随分と高いが大丈夫か」

「心配するな。俺の方から誘ったんだ。金は俺が払う」

「当然だ。江戸の物価は高いからな。俺達喜連川の者は、逆さにされてもそんな金は出てこんよ」

値段を見た時から覚悟を決めていたらしく、修平は開き直った態度で言った。

鰻を食べている間は、黙々と箸《はし》を動かしていた修平だが、食べ終わると、急に多弁になった。このような高い鰻をいつも食っているのかなどと、別所の金回りの良さを羨《うらや》んだりもしたが、大半は江戸における自分達の暮らしぶりがいかに大変であるかという愚痴話に終始した。

「俺達の俸禄では、迂闊に蕎麦《そば》屋へ入ることもままならぬ。御用聞きの魚屋でさえ、当家を馬鹿にして、たまにしかやってこんからな」

「なんと、魚屋までが」

「仕方がなかろう。喜連川は貧しいのだ。だが、人の心根のよさは江戸者など遠く及ばぬ。喜連川では皆が貧しさを分かち合う。だから人を殺《あや》めることは勿論、盗人《ぬすっと》さえもほとんど現れたりはせぬ」

修平にしてみれば、故郷の喜連川を懐かしんでのことだが、妖《あやかし》の四人衆を雇い、常陸屋の用心棒を殺させた別所には、少々耳が痛い。それでも、

「そうだったな。俺も江戸に来て思った。付け火や押し込み、喜連川では考えられぬ

事態が、日々起きている」

別所は話を合わせた。

修平が周囲を見回し、別所に顔を近づけてきたのは、その直後のことだ。

「実はな、大きな声では言えぬが、先日江戸屋敷に身元不明の遺体が投げ込まれていたのだ。だが、御公儀の手前、公《おおやけ》にすることも出来ず、留守居役様は仕方なく、非常時にと用意された金子に手を付けられたのだ。内々で死体を処分するためにな。当然、留守居役様は、出世の道を閉ざされることになる」

「そんなことがあったのか。だがな、修平。再びそのようなことが起きたなら、俺に知らせてくれ。今の俺は町奉行所の役人をも動かすことが出来るのだ」

別所は言った。修平が話している途中で、身元不明の遺体が御庭番組頭であることに気づいた為、別所はその罪滅ぼしにと、思わず言ってしまったのだが、修平の表情は一瞬にして険しくなった。

「格、今、町奉行所の役人を動かせると言ったか。それはどういうことだ。いや、お前はどうなってしまったのだ。確かに俺達は寺の住職に頼み込んで死体を埋めた。だが、奉行所に圧力をかけるなどということは、考えもしなかったし、そんなことはいくら出世しようともやってはならぬことだ。俺は今の今まで、お前を羨ましいと感じていた。だが、今はそうは思わぬ。お前は出世と引き換えに、『武士はいかなる時も清廉《せいれん》たれ』という喜連川武士の精神を失った」

そう言うと、会沢修平は「馳走になった」の一言を残し、去って行った。

貧すれど鈍するなかれ。別所には修平がそう言っているように思えた。


別所が上原如水の元を訪れたのは、自分を見失いかけたこともあるが、それ以上に、心ならずも世話になった如水を利用してしまったことを謝罪するためであった。

別所が謝罪の言葉を口にすると、如水は大して気にもしていないかのように言った。

「なんだい、そんなことを言う為に、わざわざやって来たのかい。私としては、方法を教えてくれというから教えたまでで、それをどう使われようが、私の知ったことではないよ。いいかい、無責任だと思うかもしれないが、所詮学者なんて者は、自分が見つけ出したことを人に伝えることで、かろうじてその存在意義を保っているんだ。それを、人がどう使ったかなんて考えていたら、新たな数理を見つけ出すことなど出来やしない。お前さんは、私が賭け事の片棒を担いだと疑われはしないかと案じているようだが、咎めを受けたくないのなら、私は教えたりはしないよ」

如水の言葉を聞いた別所は、深々と頭を下げた。

本当は自分を信じたが為に、如水は教えてくれたはずなのだ。なのに一言も自分を責めぬ如水に、別所はひたすら己を恥じる外はなかった。

六

早駆け競争で暴利を得た西尾頼母は、大金を投じて損害を被った大名・旗本の為、自らが斡旋《あっせん》する商人にその借財役を任せた。そうすることで、大名・旗本には恩を売ることができ、一方では商人達からの謝礼が頼母の懐に入ってくるからだ。

そこで、頼母は以前から気になっていた一橋御門内に瓦版《かわらばん》を投げ込んだ人間の特定に乗り出した。大名・旗本に恩を売った今、情勢は自分に傾いていると判断し、妖の四人衆を使うことにしたのだ。

すでに内与力の大竹某を抱き込んだことで、岩倉の事件解決に伴い、奉行所内で出世した人間も調べ上げていた。その結果、片岡七五三之介という養生所見廻りが、異例の吟味役に配置換えになったことがわかった。頼母が妖の四人衆を使ったのは、先に常陸屋の用心棒を片付けたように、彼らの他人に化ける術を期待し、七五三之介の口を割らせる為であった。

この日も、内与力の大竹は吟味役詰め所に出向いていた。

「公事《くじ》方の担当は片岡か。訴訟の申し出が山積みになっておるではないか。こんなことで公事方が務まるとでも思っているのか」

公事訴訟は、年間四万件にも及んでいる。それをすべて吟味方が処理するなど、土台無理な話だ。大竹が七五三之介を標的にしていることは、吟味方筆頭与力の森保《もりやす》にもわかっていたが、内与力との軋轢《あつれき》を嫌う森保は、正面切って大竹に異を唱えはしなかった。

大竹に言われるがまま、七五三之介は残務をしてまで黙々と仕事をこなしていたが、やがてそんな七五三之介を見るに見かね、擁護する者が現れた。

七五三之介と同い年で、榊丈一郎《さかきじょういちろう》という与力だ。

二十五歳で片岡家に婿入りした七五三之介とは違い、丈一郎は早くから見習与力として奉行所に勤めていた。人と相いれるところがなく、かつては奉行所内の評判も甚《はなは》だしく悪かったのだが、温厚なる上司森保のお蔭で少しずつ角が取れ、七五三之介より若くして吟味方助役に上っていた。

その角が取れてきたはずの丈一郎が、大竹に食って掛かった。

「内与力の大竹殿にしてみれば、主君である能登守様のお顔を立てたいところでございましょうが、何分にも公事方の仕事をこなされた経験がおありではない。いかがでござろう。七五三之介に無理難題を突き付ける前に、一つご自分で訴訟をこなされては」

とやったものだから、若輩に侮《あなど》られた大竹は烈火のごとく怒った。

「わしには、お奉行から任された職務があるのだ。それを自らの無能を恥じぬばかりか、我ら内与力に、うぬらの仕事を押し付けようとするか」

居丈高に吠えまくったが、どっこい丈一郎は他人との衝突に慣れていた。

「私はお勧めしただけで、押し付けたりはしておりません。勧めると言った訳は、どうせ出来はしまいから、途中までやってみたらいかが、という意味です。なれど、ご貴殿が申されたように押し付けたとなれば、仕事をさせ、その間違いを正すという手間が生じる。わざわざ余計な仕事を増やす馬鹿がいるとお思いか」

最後は半ば喧嘩腰になった。

定時になり、他の与力達が帰った後も仕事をしている七五三之介を、珍しく丈一郎が飲みに誘った。場所は八丁堀《はっちょうぼり》から近い、小舟町の小料理屋だ。

残務があると渋る七五三之介を、丈一郎は半ば強引に連れ出した。

ところが自分から誘っておきながら、人付き合いが苦手な丈一郎はひたすら酒を呷《あお》るばかりで口を利こうとはしない。しかも、さほど酒が強いわけではないから、七五三之介が気づいた時には、はや酔眼朦朧《もうろう》となっていた。

七五三之介は丈一郎を背負い、八丁堀まで帰る仕儀となった。

前後不覚となった身体はずしりと重い。なんとか海賊橋《かいぞく》までは担いできたものの、丈一郎の屋敷は組屋敷の中でも奥の方にあった。

ともすれば、ずり落ちそうになる丈一郎を幾度も背負い直して、七五三之介はようやく丈一郎の屋敷が見えるところまで漕ぎつけた。すると、それまで門の陰にいた母親らしき女性がこちらに向かって駆け寄ってきた。

母親は、息子の帰りが遅いことを案じていたようだが、それ以上に酩酊《めいてい》して意識のない息子の姿に驚いたようだ。

「丈一郎、これは何としたことです。これ、丈一郎しっかりなさい」

正体の無い丈一郎を懸命に揺り動かした。

慌てて七五三之介が仔細《しさい》を告げる。

「御母堂様にはご心配をおかけし、申し訳なく思っております。榊殿は、職務に不慣れな私を励まそうと飲みに誘ってくれたのです。ですが、酒はあまり強くないらしく、気づいた時には寝込んでおられました」

七五三之介の実直で思いやり溢れる物言いに、母親は取り乱した自分を恥じた。

「左様でございましたか。では、貴方様は息子を背負ったまま此処まで来られたということですか。失礼いたしました。私は丈一郎の母でしのぶと申します。貴方様のご姓名を伺ってもよろしいでしょうか」

「私は、片岡七五三之介と申します」

七五三之介の名を聞くと、母親は一瞬驚いた顔になり、その後で七五三之介を家の中へと招き入れた。

七五三之介が丈一郎を布団に運ぶのを待って、母親は切り出した。

「片岡様のお名前だけは、丈一郎から聞かされておりました。確か、三女の佐奈絵様と祝言《しゅうげん》を挙げられたと」

七五三之介が頷くと、母親はさらに何かを言おうとした。

だが、言い淀《よど》んだまま、その先を言おうとはしない。言っていいものかどうか、迷っている様子だ。七五三之介はほとほと参ってしまった。

──弱ったな。まさかこんなに遅くなるとは

七五三之介は時刻を気にした。残務をこなしていたとしても、此処まで遅くなることはないからだ。おそらく佐奈絵は心配しているはずだ。

そんな想いを感じ取ったか、母親は口を開いた。

「あの、確か長女の雪絵様は嫁がれたのでございましたね。となると、今は次女の百合絵殿がお一人だけ」

どこか探るような物言いだ。それで七五三之介も気づいた。

いつだったか、佐奈絵から聞いたことがあった。百合絵と丈一郎の間に縁談があったことを今更ながら思い出したのだ。

──こいつはやばいぞ

七五三之介が感じた時には遅かった。

しのぶは、七五三之介の物静かで生真面目な態度から、この人なら話したところで他言はすまいと思ったらしく、丈一郎の秘めたる思いを七五三之介に伝えた。

「全ては、私が百合絵殿に自分の流儀を押し付けたのが原因なのです。丈一郎は、未だに百合絵殿のことを想っております。ですが、一度は縁の切れた間柄、それに加えて百合絵殿の母上様も私同様勝気な御気性でございます。片岡様、貴方様を丈一郎の

ご友人と思い、勝手ながらお願いをしたいのでございます。出来ますれば、貴方様から、百合絵殿のお気持ちを伺ってはいただけぬでしょうか」

やはりこうなったかと、七五三之介は帰りそびれた己を悔いた。

百合絵が控次郎を想っていることはわかり過ぎるほどわかっていたからだが、先程から聞いている限りでは、丈一郎の母親は、佐奈絵と雪絵を呼ぶ時には「様」を付けていても、百合絵を呼ぶ時には「殿」を付けて呼んでいる。

嫁に対する姑《しゅうとめ》の意識が、もろに現れていた。

どう考えてもこれは無理だ。七五三之介は内与力の大竹以上に、厄介《やっかい》な問題を背負い込んでしまった。

七五三之介の周りで、不思議なことが相次いで起きるようになった。

森保から呼ばれた七五三之介が、吟味方詰め所に行くと、森保は呼んだ覚えがないと言う。その森保から、年番支配に書類を渡すよう頼まれ、年番支配の福田《ふくだ》の元へ書類を届けると、いつのまにか中身は白紙になっていた。

初めのうちこそ滅多にない七五三之介の失態を笑っていた丈一郎も、幾度となくそれが続くと、真顔で確かめるようになった。

「七五三之介、どうしたのだ。お前らしくもない。どこか具合でも悪いのではないのか」

問われた七五三之介にもどうしてこのような事態になったのかがわからない。

七五三之介は己が犯した不始末を詫びるしかなかった。

だが、詫びたということは認めたということでもある。

瞬く間に噂は広がり、その日のうちに七五三之介がおかしくなったという噂が、同心達の間でも囁かれるようになった。

定廻り同心の高木が、居酒屋おかめで控次郎に告げたのはその夜のことであった。

「何だと。七五三《しめ》がおかしいだって。双八、おめえ、自分が少々おかしいからといって、人まで仲間に引き込むんじゃねえぜ」

「そうきましたか。確かに私は貴方のようなおかしな人間と付き合っていますよ。ですがねえ、先生と違って七五三之介殿は、これまでの人生を真面目一途に生きて来たんですよ。ちょっとぐらいはおかしな面を見せてもいいじゃないですか。とはいえ、今奉行所ではその噂で持ち切りなんです。こうなったら、たとえおかしな兄であろうとも、何とかするのが兄弟ってもんじゃありませんか」

そんな控次郎と高木の罵《のの》り合いは親父の政五郎にも聞こえてしまった。

「高木の旦那、ご舎弟様はどう変なんで」

「どうって、俺は直に見たわけじゃあねえが、吟味方同心の話によると、なんでも心ここにあらずといった感じで、やることなすこと失態続きだそうだ」

「そいつはちいっとばかり変ですねえ。まるで女に振られたばかりの辰みてえだ」

政五郎が辰蔵を引き合いに出した瞬間、控次郎と高木は思わず顔を見合わせてしまった。確かに、冷静な七五三之介が常軌を逸した行動をとるからには、女に振られたか、女に夢中になっていると見た方が当たっている。

気の早い高木はすでに女が原因だと決めつけてしまった。

「どんな女なんでしょうねえ」


奉行所内では、すでに全員が七五三之介に対して、腫れ物にでも触れるように接していた。だが、七五三之介は自分がおかしいとは感じていなかった。一人冷静にこれまで起きたことを振り返っていた。

もし、自分に聞こえた声を誰かが聞いていれば、疑いは晴れるはずなのに。そう思った時、七五三之介はあることに気づいた。その声は、自分しかいない時に限って聞こえてくるのだ。七五三之介は今一度声が聞こえた時の状況を振り返った。間違いなかった。

自分以外の第三者がいる時には、その声は聞こえてこないのだ。

七五三之介は気持を落ち着かせると、次なる声が聞こえてくるのを待った。

だが、昨日までとは違い、今日は他の与力達が七五三之介に注目していた。

遠巻きに、七五三之介の様子を窺っていた。

――皆、私を気味悪がって見ている。これでは声が聞こえてくるはずもない
お手上げであった。いくら証拠を探し出そうとしても、これでは七五三之介に打つ手はなかった。

七

北風が吹きつける中、控次郎は七五三之介の屋敷へとやって来た。

「夜分畏《おそ》れ入る。本多控次郎、弟の七五三之介に急な用向きで参った」

声を聞きつけた百合絵がすぐに応対に現れた。

――あら
控次郎が羽織《はお》った綿入れに、曲がりくねった縫い目があることを見つけると、百合

絵は嬉しさと恥ずかしさが入り混じった顔になった。

未だ繕《つくろ》い直すこともせず、控次郎はあの時のまま着ていたのだ。

裁縫の苦手な百合絵が繕ったものだが、当の百合絵から見ても認めざるを得ない程ひどい縫い目だ。だが、百合絵はそんなことなどおくびにも出さず、控次郎を七五三之介夫婦の部屋に案内すると、茶を淹《い》れるために台所へと向かった。

ところが、控次郎と入れ替わるように七絵を抱いた佐奈絵が行き場を求めて、百合絵の元へとやって来た。

百合絵は黙って頷いた。

佐奈絵が部屋から出て来たということは、追い出されたのではなく、佐奈絵自身の判断によるものと受け止めたからだ。百合絵も控次郎の来訪が、尋常ならざる理由によるものであると気づいた。姉妹は男二人の話を邪魔しないよう、玄七夫婦がいる居間へと移動して行った。

佐奈絵が気を利かせてくれたお蔭で、控次郎は誰に気兼ねすることなく、七五三之介と話すことが出来た。

「七五三《しめ》、双八から話は聞いたぜ。正直何が起きたのかはわからねえが、それでもおめえがおかしくねえことだけはわかるさ。話してみな。俺は奉行所の奴等とは違う。おめえが間違っていねえと確信した上で話を聞く」

控次郎の物言いは、傷ついた人間の心に優しく響く。昨日、今日と、周囲から白い目で見られていた七五三之介には、それが何よりも嬉しかった。

「初めは、私に森保様が呼んでいると知らせる声でした。それが聞き慣れた声であった為、私は声の主を確認もせずに、森保様の元に伺いました。ですが、森保様は呼んだ覚えはないとの仰せでした」

「七五三、話の腰を折るようだが、その声の主に見当はついているのかい」

「いいえ、誰とはわかりませんでした。ですが、なんとなく聞き覚えのある声なのです」

「そうかい、悪かったな。じゃあ、続きを聞かしてくれ」

「はい、では二度目に起きた出来事について申し上げます。それは森保様が直接私の所に来られて、この書類を年番支配の福田様のところへ持っていくように言われたのです。それで私が書類を福田様にお渡しすると、福田様はすぐに目を通され、何も書いてないと言われたのです。そこで私が森保様に確認に行ったところ、森保様は、夢でも見ているのか、私はお前に頼んだ覚えなどないぞと仰せられました。ですが、私は間違いなく森保様から直に手渡されたのです」

「確かに妙だな。普通に考えりゃあ、その森保ってえ奴が嘘をついていると考えるのが筋だ。だが、周囲の者はおめえがおかしいと判断した。つまり、同じ時刻に、その森保がおめえと会っていねえと証言した奴がいたってことだ」

「まさにその通りです。私が森保様からの書類を受け取った時刻に、森保様は吟味方同心達と話しておられたのです。それゆえ、他の方々は、同心達が森保様はその時刻に彼らといたという証言をもとに、私に非があると思われたのです。そして三度目の出来事が起こりました。今度の相手は見習与力です。その者は、私に命じられたと言って、未決裁の書類を破り捨てたのです。兄上、以上の出来事が昨日と今日、奉行所で起きたことなのです」

七五三之介は事実だけを忠実に伝えた。

控次郎は自分を信じると言ってくれたが、仮に自分がこの話を聞かされたとしたら、やはり疑いを抱かずにはいられないだろうと、内心では感じていた。

だが、控次郎は違った。七五三之介から聞かされた不可解な出来事を、今一度頭の中に叩き込むべく、口の中で繰り返し呟《つぶや》きながら考え込んでいた。その姿からは、七五三之介を疑う気持ちなど微塵《みじん》もなく、ひたすらこの不可解な出来事の謎を解こうとする強い意志だけが伝わってきた。

七五三之介は、勇気を貰った。

絶対的に不利な状況下でも、兄は自分を信じてくれている。ならば、どんなに周囲から疑いの目を向けられようとも耐え続け、自分を陥《おとし》いれようとする者を見つけだすしかない。七五三之介はそう心に誓った。

控次郎が立ち上がった。

そろそろ町木戸も閉まる頃だ。七五三之介の力になりたいと勇んでやって来たものの、これといった考えは浮かばなかった。

控次郎は帰りがけ、己の無力を痛感しながらも、七五三之介に声を掛けた。

「何者かは知らねえが、おめえを陥れようとする奴はきっといる。七五三《しめ》、明日は今日より辛くなるかもしれねえな。だが、俺はおめえの強さを信じている。俺と違って、おめえは冷静だ。たとえ相手がどんなに狡猾《こうかつ》な野郎でも、人間である以上、必ずぼろを出すはずだ。負けちゃあいけねえぜ」

苦しんでいる弟に、そんな言葉しか掛けてやれない自分が、控次郎には腹立たしく思えてならなかった。

町木戸は閉まっていたが、木戸番に潜り戸を開けてもらい、控次郎は長屋に帰ってきた。

長屋にも木戸はあるが、こちらは控次郎が帰っていないと見た大家が開けたままにしてくれたようだ。灯りも消えた大家の家に向かって軽く頭を下げると、控次郎は自分の家に向かい、そこで歩みを止めた。

家の前に何者かが立っていた。その者は控次郎に自分の正体を知らせるように月明りの中へ顔を出した。

「とっつあんじゃねえか」

控次郎が呼びかけた相手は、おかめの親爺、政五郎であった。

「遅くにすいやせん。ご舎弟様のことが気になったもんですから」

元目明しの政五郎は、清廉潔白な七五三之介の人柄に惹かれ、幾度となく七五三之介の為に働いていた。その七五三之介が窮地に陥ったと知り、居ても立ってもいられなくなったのだ。

控次郎は政五郎を家に招き入れると、行燈《あんどん》に火を灯した。

わずかな灯りだが、それでも行燈の周囲半間（約九十センチ）程度が見えるようになった。

控次郎が徳利と湯呑を探し出し、政五郎に手渡した。

長屋の連中は寝静まっている。控次郎が無言で徳利を傾けると、「とくとく」、という小気味よい酒を注ぐ音がした。

「いただきやす」

政五郎が周りを意識して小声で礼を言った。

暫し酌み交わした後で、控次郎は政五郎に倣《なら》い、小声で七五三之介から聞いた話を伝えた。

聞き終えた政五郎は、黙ったまま口を開こうとはしなかった。

暗い静寂の中、いたずらに口を開くことは、耳障りになるだけと思っているようだ。

行燈の薄明りが年齢を重ねた政五郎の皺《しわ》を浮かび上がらせる中、ようやくその頬に変化が見られた。政五郎が首を傾げながら呟いた。

「森保様が二人いるってことなんじゃねえですかねえ」

「えっ。どういうことだ、とっつあん」

控次郎が訊き返す。若干声が大きくなったと感じたが、今はそれどころではなかった。

「いえね、今お話を伺って。それを繰り返し考えているうちに、ふとそう思ったんです。ご舎弟様は、直接森保様から受け取った。ですが森保様の方は会っていない。そう考えたら、もしかして森保様とそっくりな人間がこの世にはいるんじゃねえかと」

だが、言い終えると同時に政五郎は首を横に振った。流石に自分でもあり得る話ではないと思い直した。双子ならともかく、見分けがつかないほどそっくりな人間などいるはずはない。しかも、見習与力は七五三之介から命じられたと言ったそうだ。だとしたら、もう一人、七五三之介にそっくりな人間もいることになるからだ。

ところが、意外や控次郎は、政五郎の言った言葉にこだわった。

気持眼を細めながら、思案をし始めた。それは何かを感じ取った時に見せる控次郎の癖でもあった。

八

翌日も、七五三之介は公事宿から持ち込まれた訴訟の書類に目を通していた。

吟味筋とは違い、この手の決裁はほとんどが示談で終わる為、双方の言い分を熟慮した上で、お互いが妥協できる落とし所を模索しなければならなかった。だが、訴訟の数は増えて行く一方だ。七五三之介一人がいくら頑張ったところでこなしきれるものではなかった。それでも訴えを起こした者の身になれば、一つでも多くの書類に目を通すのが自分の役目だと、糞真面目な七五三之介は、仲間達が談笑している間も書類から目を離さなかった。

幸か不幸か、今の七五三之介に話しかけてくる者はいない。

それくらい今の七五三之介は、奉行所内の誰からも気味悪がられていた。

八つ半（午後三時）頃になって、外役の与力・同心が次々と戻って来た。

そろそろ勤務時間も終わると見て、早々と戻って来たのだろうが、七五三之介のいる吟味方詰め所も、そんな連中で賑わうようになっていた。

――どうやら、今日は敵が仕掛けてくる様子はなさそうだ

不思議な声が聞こえるのは、自分一人の時に限られる。そう考えていただけに、七五三之介はつい警戒を緩めてしまった。

突然、

「旦那様」

佐奈絵の声がした。思わず七五三之介は振り返った。こんな所になぜ佐奈絵が、という思いがそうさせてしまったのだが、いきなり振り返り、しかも血相を変えての驚

き様は誰の目にも異様と映った。

これまでは、直接現場を目撃した者はいなかった。だが、今は多くの者が、目撃している。その場に居合わせた者達は、またかといった目で七五三之介を見た。

──しまった
七五三之介は己の油断に気づき、足早にその場を逃れた。

自分を非難する声が耳に届いたが、今はどんな言い訳をしたところで無駄と悟った。

人気《ひとけ》の無い例繰方《れいくりかた》詰め所に入った七五三之介は、自分に「落ち着け」と言い聞かせながら、たった今起きた状況を振り返った。あれほど、敵の術中に嵌《はま》ってはならぬと心掛けながら、自分は佐奈絵の声を聴いただけで動揺してしまった。

──佐奈絵が奉行所内にいるはずはないのにな
七五三之介は自嘲した。敵が仕掛けてくるのは、自分と二人きりになった時しかないと、そう思い込んでしまったことが、このような事態を招いてしまった。

すべては控次郎の言った通りになった。自分の立場は一層苦しくなった。おそらく今頃は年番支配にもこの一件が伝わっているはずだ。

そうなれば、自宅謹慎を命じられる可能性も有り得る。だが、七五三之介には、それ以上に、忠告してくれた控次郎の思いを無にしてしまったことの方が辛かった。

——兄上

七五三之介は心の中で控次郎に呼びかけた。愚《おろ》かな自分を叱《しか》りつけてもらいたくて、控次郎の顔を思い浮かべた。

その思いに応えるかのごとく、薄暗い部屋の中に、いつもと変わらぬ優しい顔が、ぼんやりと浮かんできた。どんな時でも自分を信じてくれる控次郎が、負けるんじゃねえぜと笑いかけていた。

またしても七五三之介は勇気を貰《もら》った。ほんの一瞬ではあったが、いつも通りの控次郎の顔が、七五三之介の心を解きほぐしていた。

誰かがこちらに向かって、廊下を小走りに駆けてくる。足音を聞きつけた七五三之介が振り返ると、そこに榊丈一郎が立っていた。

七五三之介の異変を聞きつけ、急ぎやって来たらしい。顔を見るなり、丈一郎は言った。

「七五三之介、何があったのだ。皆がお前のことを噂している。本当に大丈夫なのか。暫くの間、家で休んではどうだ。私もお前が疲れているように思う」

丈一郎は自宅待機を勧めた。七五三之介を唯一の友と認める丈一郎ならではの言葉だ。

もし七五三之介が先程までの落ち込んだ状態であったなら、その言葉に従ったかも知れない。だが、すでに冷静さを取り戻した七五三之介は、その言葉の中に埋もれていた異物を嗅ぎ取った。いつもとは何かが違う。七五三之介の頭脳が目まぐるしく回転した。そして断を下した。自分と二人きりの時、丈一郎は「私」とは言わず、「俺」と言う。私という言い方を用いるのは、そこに第三者がいた場合だ。

「貴様は誰だ」

そう言い放つと、七五三之介は丈一郎に詰め寄った。

「何を言うのだ。私だ。榊丈一郎ではないか」

「黙れ、偽りを申すな。貴様は榊丈一郎ではない。貴様は偽者だ。方々、御出会い召されえ。奉行所内に曲者が紛れ込み申した。榊丈一郎に成りすました曲者でござる」

七五三之介は大声で呼ばわった。そして目の前の曲者を捕えんと摑みかかった。だが、丈一郎に瓜《うり》二つの曲者は、その摑みかかった腕をやすやすと振り払うと、忌々《いまいま》しげな目を七五三之介に向けながら、詰め所から逃げ出した。

廊下を走り抜ける曲者の後を追いながら、声を限りに七五三之介は叫んだ。

みるみる曲者の背中が遠ざかって行く。その大股で飛ぶような足取りは、明らかに丈一郎とは別人だ。

「出会え」

今一度七五三之介は叫んだ。万が一取り逃がしでもすれば、この者は再び誰かに化けて奉行所内に現れるに違いない。そんな思いが叫びとなった。

突然、曲者が逃げる方向を変えた。

見ると、前方から声を聞きつけた与力・同心が駆けつけていた。その先頭には、榊丈一郎がいた。

曲者は、化けた者と鉢合わせになることはできず、正面玄関へと向かったのだが、そこにはより多くの同心がいた。

「おや、榊様。お急ぎでどちらへ」

初めはそんなふうに問いかけた同心も、後からもう一人の榊丈一郎が手勢を連れて追いかけてくることに気づくと、たちまち慌てだした。

丈一郎は、自分と同じ顔の曲者を睨みつけると、遅れて駆けつけた七五三之介に言った。

「七五三之介、済まぬ。一時は俺もお前を疑った。まさかこのような化け物がいるとは思いもしなかったのでな」

さらに、曲者を取り巻く与力・同心に向かって檄《げき》を飛ばした。

「方々、この者を決して逃がしてはならぬ。手捕りにするのだ」

丈一郎の檄に、与力達は後方へ退き、代わって腕に覚えのある同心達が曲者の前に立ちはだかった。

職務上、捕り物に加わることがない与力とは違い、同心というのは、たとえ物書き同心といえども一応の武芸は身に付けている。常日頃ならず者や食い詰め浪人といった輩を相手にしているだけに、卓越した捕縛技術を有していた。

ところが、曲者は取り囲む同心達を前にして、不敵な笑みを見せた。

「この俺を捕まえるだと。面白い、やってみろ」

曲者は懐から目つぶしらしきものを取り出し、正面に立つ同心達に向かって投げつけた。同心達は目を押さえて痛みを訴え、またある者は顔から血を流してその場に倒れ込んだ。

「油断するな、粉に紛れて撒きびしが飛んでくるぞ」

いち早くそれに気づいた同心の一人が叫んだ時には、曲者は崩れた囲みの間から逃げ出していた。同心達が慌てて後を追ったにも拘わらず、曲者を捕えることはできなかった。

これにより、七五三之介に対する誤解は解けたが、奉行所内における不安は一層大きくなった。何時、誰に化けるともわからない曲者の存在が、与力・同心の間に恐怖となって広がった。

九

控次郎は居酒屋おかめで、定廻り同心高木が店にやってくるのを待っていた。流石に昨日の今日では、七五三之介の屋敷を訪ねるわけにもいかず、こうして酒を飲みながら待っていたのだが、やはり心ここにあらずといった感は否《いな》めず、店の親爺である政五郎も心配そうに、時折板場から控次郎の様子を窺っていた。

ようやく高木がやって来た。

何やら得意げな顔つきだ。しかも、すぐには卓に座ろうとせず、女将に向かってのんびりと今日のお勧めとやらを訊いている。控次郎を焦らしてやろうという意図があからさまに表れていた。

勿論、控次郎にはお見通しだ。

「女将、そのおかしな野郎は役人かい。だったら帰って貰った方がいいぜ。此処は一日中真面目に働いた人間が飲むところだ。他の客に怠《なま》け癖《ぐせ》が移りでもしたら大事《おおごと》だぜ」

高木の様子から、七五三之介の身に危害が及んでいないと感じ取った控次郎が、いきなり悪口を浴びせた。

「なんという罰当たりなことを言うんですか。私は、七五三之介殿の武勇伝をお聞かせする為、忙しい中駆け付けた人間ですよ」

途端に控次郎が態度を改める。

気持、身体を小さくしながら、ちょいちょいと手招きをした。

高木が卓に着くと、控次郎は女将に盃《さかずき》を持ってこさせ、催促代わりに高木に酒を注いでやった。

「ふん、酒で済まそうって魂胆ですか。そうはいきませんよ。今宵の酒は高くつきますよ。すでに肴《さかな》の方は女将に頼んでおきましたから、そちらの分も払ってやってくださいな」

「わかったよ。で、どんな武勇伝なんだい」

「今話しますよ。実を言うと私も話したくてうずうずしていたんですから」

と、前置きした上で、高木は奉行所で起きた事件を控次郎に伝えた。

高木の話は、まるで見ていたかのようにその場の情景を講談風に誇張して伝えたが、定廻りの高木がその場にいなかったことぐらいは控次郎にもわかった。

「適当な野郎だな。いくら曲者でも一丈（約三メートル）も高く飛び上がれるもんかい。で、結局逃がしたってわけかい」

「結果的には、そうですがね。でも、見ていた者の話では、榊っていう与力にそっくりだったそうですよ。それを見破ったっていうんだから七五三之介殿は凄いとしか言いようがありません」

「そうかい、何はともあれ、七五三《しめ》の身に危害は及ばなかったってわけだな」

控次郎は、ひとまず安堵の表情を浮かべた。

目の前では、高木が運ばれてきたばかりの鰈《かれい》を突っつき散らしていた。

実に忙《せわ》しない食べ方だ。

そんな高木を見ながら、控次郎は取り逃がした曲者が再び七五三之介を付け狙うであろうことを懸念していた。曲者が木村慎輔から聞かされた黒幕によって差し向けられた者ならば、七五三之介をこのまま放っておくはずはないからだ。

——こいつは、早《はえ》えとこ七五三《しめ》に伝えねばならねえな
控次郎は黒幕の存在を七五三之介に伝えていなかったことを悔いた。慎輔に聞かさ

れた時点では、敵が七五三之介を狙うまでには至っていなかったからだ。

卓の上に盃を置くと、控次郎は高木が食べ終えるのを待った。酒があまり強くない高木は、酒を飲んだ後に飯や肴を食べると回りが早くなるのだ。すでに高木には店に来た当初から酒を飲ませてある。それゆえ、そろそろ頃合いだろうと高木の様子を窺っていたのだが、

「控次郎先生、なんとなく落ち着かない様子ですねえ」

高木に気づかれてしまった。

「そんなことはねえよ」

「そうですかねえ。私には、先生の顔が早く帰れと言っているように思えるんですがねえ」

やはり仕事柄人の表情を読むのは得意のようだ。閉口した控次郎が、ならばと高木の弱点である女の話題に切り替える。

「おめえみてえに人の顔付きばっかり気にしていると、ますます人相が悪くなるぜえ。そんなことだから女が気味悪がって寄ってこねえんじゃねえか」

「随分な言い方をしてくれるじゃないですか。女に縁がないのは、私の理想が高過ぎるからなんです。まあ、柳橋の乙松くらいだったら、私もその気になったかもしれま

せんが、残念なことにあの女は、どこぞの性悪な師範代に引っかかっちまっていますからねえ」

高木も嫌味で応戦してきた。

控次郎は女将を呼ぶと、勘定を払い、立ち上がった。これ以上、こんな奴に構っていられるか、そんな思いが顔に出ていた。

「七五三之介殿のところへ行くんですね。でしたら私もご一緒いたします」

すかさず高木も立ち上がる。

「何で、おめえが付いてくるんだよ」

「嫌だなあ、今日の一件で、奉行所内における七五三之介殿の評判は一段と高くなったんですよ。今のうちに好《よしみ》を結んでおきたいと願うのは当然じゃないですか。それに、私が見る限り先生は何かを嗅ぎつけておられるご様子。ですから止めても無駄ですよ」

そんな高木を控次郎は呆れたような目で見ていたが、これ以上手間取るよりは、連れて行った方がましと思い返した。

昨夜同様、控次郎が名乗ると、早速百合絵が応対に現れた。

立ち姿も美しい百合絵がしとやかに両手を突き、その上深々と頭を下げ、

「ようこそおいでなされました」

と出迎えたものだから、控次郎も一瞬出かかった言葉を飲み込んでしまったが、それ以上に驚いたのは高木であった。

控次郎の来訪を予期していたかのように、艶やかな緋《ひ》色に鶴の柄が入った小袖を身にまとい、うっすらと化粧した顔に赤い口紅を施した百合絵を高木はまともに見てしまった。

ごくりと生唾《なまつば》を飲み込んだ高木は、それっきり口を利くことを忘れてしまった。

七五三之介の部屋に案内されても、高木は挨拶もしない。

逆に七五三之介の方から話しかけられて、やっと自分が礼を失していたことに気づいた。

「あっ、いや。本日は控次郎先生に、どうしても来いと言われたものですから」

と取り繕う言葉もしどろもどろとなった。

それを控次郎は黙って聞いていた。二人だけなら茶々を入れるところだが、何も七五三之介の前で恥をかかせることはないと思ったのだ。

そんな高木に向かって、七五三之介は話しかけた。

「高木さんと初めてお会いしたのは、何処でしたでしょう」

どことなく他人行儀な言い方だ。控次郎はそれを聞いて「おやっ」と首を傾げたが、高木は懸命に思い出そうと記憶を辿《たど》っていた。

「お会いするのはおかめしかありませんが、確か、初めにお会いしたのは、そう、七五三之介殿がまだ与力だと知らされていなかった時です。あの時は、七五三之介殿が与力らしからぬくたびれた羽織を……、いや、ご無礼」

「その通りです。これで高木さんは問題ありません。では、今度は兄上です。あまりの年齢《とし》を言っていただけますか」

問われた控次郎は、まじまじと七五三之介の顔を見た。いかにも何でそんなことを訊くのだ、といった顔だ。

「兄上、これには大事な意味があるのです。お答えいただけますか」

再度聞かれ、控次郎は仕方なく「二十歳だ」と答えた。

七五三之介はにこやかに頷くと、未だ誰にも話していない、奉行所内で聞いた佐奈絵の声を二人に告げた。

「何、佐奈絵さんの声だと。七五三《しめ》、その声はそんなに佐奈絵さんの声に似ていたのか」

「思わず振り向いたほどそっくりでした。それで、私は思ったのです。あの曲者は、いいえ、あの曲者達は何処にでも忍び入ることが出来るのです。そして、その声を真似し、その人間そっくりに化けることが出来るのです」

七五三之介の話を聞いても、高木は半信半疑の様子だ。だが、控次郎はすでに七五三之介から話を聞いている。先程の不可解な質問と繋ぎ合わせ、七五三之介の意図を悟った。

「そういうことか、それで俺達が本物かどうか確かめたという訳か」

「申し訳ありません。ですが、私は家の者にも同様の方法で確かめております。そして、大切な家族を守る為、家族にしかわからない対処法を教えました。兄上、高木さん。これから私が申し上げる対処法というのは、今のように本人であることを確かめた上で伝えなくてはなりません。この人間ならば、大丈夫だろうなどと、安易な気持で伝えてはいけないのです。それくらい、今度の敵は恐ろしい者達なのです」

七五三之介の表情が先程までとは打って変わって、厳しくなっていることに控次郎は気づいた。

「わかった。その対処法とやらを教えてくれ」

七五三之介は頷くと、控次郎と高木に向かって言った。

「実は、近頃当家では『出汁《だし》』という言葉が流行《はや》っております。或る方が隣家にちょくちょくお出かけになり、何やら甘いものを召し上がっていたらしいのですが、それが、他の方の健康を口実にしていたのです。そこでその方が自分を出汁に使ったとお責めになられました。以来、当家では『出汁』という言葉が頻繁に使われ出したのです」

その或る方と他の方というのが、七五三之介の姑に当たる文絵と舅の玄七であることは控次郎にも容易に理解できた。控次郎が思わずにんまりすると、七五三之介はその先を続けた。

「そこで、『出汁』という符丁を用いることにしました。この方法を用いるのは、相手に異変を感じたり、相手が奇妙な行動をとった時に限ります。問いかける方は『だ』で始まる言葉を、気持、強めに言うのです。そして、答える側は、『し』で始まる言葉で答えるのです。ただし、こちらは強く言う必要はありません。あまり強調しすぎると、敵に見抜かれるからです」

今や控次郎も高木も完全に七五三之介の迫力に気圧《けお》されていた。七五三之介の言う今度の敵が、これほどまでに恐ろしい相手であることを改めて痛感したからだ。控次郎は七五三之介の徹底振りに感心した。

「七五三《しめ》、おめえが曲者達といった訳は、佐奈絵さんに似た声を聴いたからだな。男にはどうやっても女の声は出せねえ」

「それもありますが、曲者達は最低三人はいたのではないかと考えられるのです。なぜなら、私に命じられたと言う見習与力の言を信じるならば、丈一郎と私は背格好が似ていますが、森保様と丈一郎では背丈が違いすぎます。ですが、いずれにしろ、彼らの人数を特定することは危険なのです」

聞けば聞くほど、容易ならぬ敵であることが伝わってきた。このような敵を前にして、いらざる隠し事をしておくわけにはいかない。控次郎は心を決めた。

「おめえを心配させまいと黙っていたんだが、俺は肥前守様から勘定吟味役岩倉の一件で、事後承諾を受けていたんだ。あの時、肥前守様は俺達には無断で、一橋家の門内に瓦版を投げ入れた。理由は、あの時の黒幕が、一橋家に所縁《ゆかり》の者だからだ。けどなあ、俺は肥前守様を認めたぜえ。何でも金でどうにかなると思っている爺さんだが、筋だけは通している。悪を許さねえってところだけは、評価してやってもいいんじゃねえかってな」

控次郎は七五三之介に黙っていたことを詫びた。そんな控次郎に七五三之介は言った。

「兄上がそう判断されたのなら、私は従います。兄上も私も、貧乏旗本とはいえ、誇り高き本多元治の息子です。ならば、同じく正義感の強い肥前守様というお方も認めぬわけにはまいりません」

控次郎を信じる七五三之介の気持に変わりはなかった。

十

ここ数日、西尾頼母は精力的に動きまわっていた。

早駆け競争に大金を投じ、損害を被った大名・旗本達からの借入れ相談に追われていたせいもあるが、それ以上に、今一度早駆け競争を望む声が多かったからだ。

彼らは早駆け競争における賭けの胴元が頼母であることは知らず、胴元と目される加納《かのう》屋と常陸屋、そして寺社方の三者すべてに強い影響力を及ぼす頼母に、雪辱《せつじょく》の機会を求めていた。

頼母にとっては再び暴利を得る機会でもある。出来ることなら今一度早駆け競争を行いたい気持はあったが、惜しむらくは肝心の相手となる馬がいなかった。

江戸で馬術自慢と称された者達は、小城主水丞の駆る風神によって完膚《かんぷ》なきまでに叩きのめされていたからだ。しかもその風神があれだけの大敗を喫した以上、負けると決まった勝負を挑んでくる者がいるとは思えなかった。

それゆえ、頼母は手を拱《こまね》いていたのだが、ここへきて治済が再三再四に亘《わた》って金を要求するようになっていた。未だ幕閣に影響力を持つ意次派を懐柔する資金だが、頼母にしてみれば、そんなものはきりがない。それゆえ返事を渋っていると、

「徒目付が妙なことを知らせてまいったぞ。前回の早駆け競争では、胴元側に二千両を超える金が流れたそうじゃとな。さらに、徒目付はこうも申しておった。加納屋と常陸屋、これらの商人は、賭け札を売っただけで、黒幕とは思えぬとな」

治済は頼母に向かって、薄笑いを浮かべながら言った。

こう出られては、頼母も治済の要求に応えないわけにはいかなくなった。

自分を黒幕とは口にせず、仄《ほの》めかすに留まった治済の言い様から、金を工面しさえすれば、黙認してやるという治済の意思を明確に感じ取ったからだ。

覚悟を決めた頼母は、腹心の別所に、相手を風神と仮想して、掛け率の算出を急がせた。しかし、別所の出した回答は、頼母の意に適うものではなかった。一つ星が勝った場合の配当比率は一・二倍、風神は二・七倍。これでは射幸心を煽ることなど到底無理な話であった。その後、幾度となく別所に再考するよう命じたが、依然として

頼母が期待する大名・旗本をその気にさせるまでの比率は算出されなかった。

与えられた一室で、別所は一人この相反する命題と戦っていた。

それ程、今回の賭け比率算出は、難解を極めた。何故なら、常陸屋を始めとする胴元達への分担金、そして寺社方への賂金《まいないきん》、これらを考慮した場合、賭けに加わる人数が少なければそれだけで足が出てしまう。

かといって、一つ星側の払い戻し率をこれ以上増やすと、賭け札の売れ行きが一つ星に偏り、風神側の賭け札が売れそうな賭け率を提示すると、買う側が、一定額の儲けから逆算することで、賭け金を減らすようになる。それだけでも頭が痛いところへ、頼母からは、一つ星の勝利が前提条件だとも告げられてしまった。

治済の機嫌を損ねてはならぬということだろうが、これらの条件をすべて満たすとなると、別所にはいくら考えても答えは見つからなかった。

さすがの別所もほとほと弱り果てた。

ついには、畳の上に大の字となり、仰向けにひっくり返ってしまった。

——こんなものは不可能だ。たとえ如水先生でも、答えは見つからないだろうと、別所が如水に思いを馳せた時、廊下を踏みしめ、こちらに近づいてくる足音が聞こえてきた。現れたのは別所の見知った腰元であった。腰元は門番からの言伝を預かって来たと言い、門の外に当家の様子を窺っている者がいるとも言った。

別所は、自ら出向くと、その不審な者を捜した。

六間堀へと向かう曲がり角にその者はいた。幼馴染の会沢修平だ。どこか様子がおかしい。そう思って近寄ると、修平は別所の顔を睨みつけた。

「修平、俺を訪ねて来たのか。よく此処がわかったな」

親愛の情を見せる別所。だが、修平の顔にそれはなかった。

「格、俺が尋ねることに、正直に答えろ。喜連川藩江戸屋敷に投げ込まれた遺体は、お前の手の者なのか」

「修平、俺には何のことだかわからんが」

咄嗟《とっさ》に別所は惚《とぼ》けた。だが、

「俺は、お前と会ったことを留守居役様に話した。お前が御所様に許しを頂いていると言ったのでな。だが、お前の名を聞いた途端、留守居役様は大層驚かれた。それもそのはずだ。俺達は知らされていなかったが、投げ込まれた遺体には、袴の裾《すそ》に書付が隠されていたのだ。そこには、お前から命じられたことを示す指令書と、常陸屋に渡す念書があったそうだ。格、お前は財政の苦しい我が足利家に害を及ぼしたばかりか、留守居役様のお立場をも悪くしたのだぞ。お前も武士なら正直に認めろ。どうなんだ」

修平は別所に詰め寄った。そして、力なく頷いた旧友に向かって言い放った。

「もう、お前は友ではない。というより、お前は清廉なる喜連川の人間ではない。己の出世の為に、大恩ある足利家に後脚で砂をかけたのだ。俺はお前を蔑む。昔の好で留守居役様にお前の居場所は言わぬが、二度と喜連川屋敷の前をうろつくでない。わかったか」

会沢修平から一方的に決別を告げられた別所は、悄然《しょうぜん》たる姿で部屋に戻って来た。組頭の遺体を江戸屋敷に投げ入れたのは自分ではないが、修平からその話を聞いた時、自分は素知らぬ顔を通してしまった。慚愧《ざんき》の念が、別所の心に重くのしかかっていた。

その耳に、くすくすと笑う女の声が届いた。

先程の腰元だが、眼の光に異様な鋭さが感じられた。

「小心者だねえ。田舎者にちょっとばかり言われたからって、そこまで考え込むことはないじゃないか」

女は言った。声も、いつもの腰元のものではない。流石に別所も気づいた。

「貴様、菊右衛門の所にいた女か」

すると女は、顔は腰元のままで、表情だけを無感情なものに作り替えた。

「馬鹿だねえ、まだ気がつかないのかい。あたしは妖の四人衆の一人さ」

「何っ」

「妖と呼ばれる甲賀忍びだと言っているんだよ。しっかりおしよ。あんたがそんなことでは、あたし達は仕事がやりにくいじゃないか。先程の田舎者は、今頃あたし達の仲間が始末しているから、あんたももう少し図太くなることだよ」

「女、今貴様は修平を殺すと言ったのか」

「厭だねえ、殺していると言ったはずだよ。うろうろ嗅ぎ回られるのは困るし、この先、あたし達の邪魔になるかもしれないからねえ」

「おのれ」

幼馴染の会沢修平を殺されたと知って、別所は思わず逆上してしまったのだが、女に慌てる様子はなかった。

「いっそのこと、あんたを殺すことも考えたよ。あんたに成りすまして西尾頼母を思いのままに操ろうとも考えた。だけどね、その頭の中身だけはあたしたちにも成り代わることが出来ないんだ。いいかい、別所格。あんたはもうあたし達から逃れることはできないんだ。あんたが言うことを聞かなければ、あんたが恩人と崇《あが》めている上原如水を殺すだけさ。あたしが如水の奥方や娘の美佐江に化けられることを、知らないはずはないだろう」

女の言葉は、別所を唖然とさせた。如水のみならず、娘の名まで出されては、別所に抗《あらが》う意思は残されていなかった。

夕暮れ時を迎えた深川八幡は、八幡様へのお参りを口実に、参道脇にある遊郭へ飛び込む好き者で賑わいを見せる。

夜の稼業を告げる軒行燈が一斉に灯され、代わって日中に商いをする店が、早々と暖簾を片付け始めていた。

深川の菓子舗伊勢屋もその一つだ、手代達が暖簾を仕舞うと同時に、見るからに屈強そうな男達が翌日分の商品を次々と運び入れていた。時折、三盆とか上白という砂糖の品質を表す言葉が飛び交いはしたが、総じて男達の口数は少なかった。

この店では、贈答用の上菓子から、女子供向けの団子に至るまでありとあらゆる菓子が売られていた。商品を運びいれた男達の多くは、店仕舞いを終えた後に菓子作りを行う職人達であった。

「さあさあ、上白は仕事にかかっておくれ。戌《いぬ》の刻（午後九時）までに終わらないと町木戸が閉まってしまうからね。三盆は売り上げの集計だよ」

店の主菊右衛門が職人達に呼びかけた。

だが、どこかおかしい。上白、三盆と呼ばれていたのは、どうやら砂糖の品質ではなく、人間を区別した呼び方に思える。

その証拠に、上白と区別された男達がぞろぞろと奥の作業場に入ってゆくのに対し、三盆と呼ばれた者達はわずかに四人しかおらず、集計するにも算盤《そろばん》を携《たずさ》えてはいなかった。

菊右衛門を先頭に、四人は奥の座敷へと入って行った。

燭台《しよくだい》が部屋の中を照らし出す中、五人は座敷に置かれた座布団に、しかも銘々が位置を決められているかのように腰を下ろした。

その顔ぶれを見渡しながら、菊右衛門が口を開いた。

低く、囁くような声だ。

「鶸《ひわ》、まずはお前からだ。あの別所格という若造に因果を含めたのか」

問われた鶸も囁きで返す。

「元締めのご指摘通り、軟弱者でございました。ああいった男には、やはり脅しが有効と思い、左様にいたしました。邪魔者は十影《とかげ》に命じて処理させました」

すると、十影が鶸の言葉に応じるがごとく答えた。

「亡骸《なきがら》は、重しを付けて江戸湾に沈めました。いずれは浮き上がるやもしれませんが、それまでには魚に食いちぎられ、見分けもつかぬかと」

「それで良い。喜連川足利家は五千石ほどの領地しか持たぬ。大名の格式は与えられていても、内情は旗本と変わらぬ。当然、家来の俸禄も少なかろうゆえ、屋敷に戻らねば、逃げ出したとでも思うだろう。次は才蔵《さいぞう》に尋ねる。お前は片岡七五三之介という吟味方与力に正体を見破られ、百舌鳥一族の名を汚した。それについて、弁明はあるか」

菊右衛門の目に冷たい光が宿った。才蔵が肩を落とし、覚悟を決める。

すると、

「お待ちくだされ、元締め。某が見るところでは、あの片岡という若い与力には、野心の欠片《かけら》もございませぬ。おそらくは大竹という内与力の見込み違いかと。それに才蔵も、見破られた理由が思い当たらないと申しております。なにとぞ才蔵に寛大な御処置を」

　才蔵同様、奉行所内に忍び入った男が庇い立てをした。

「鼎蔵《ていぞう》、いかに兄弟であろうと、庇い立ては許さぬのが甲賀の掟だ。才蔵同様、咎めを受けることになるがそれでもよいか」

「構いませぬ。仮に私が才蔵に代わって化けたとしても、あの与力には見破られたかもしれませぬ。今にして思えば、それほどあの与力は優れた眼力を兼ね備えて居たように思われるのです」

「優れた眼力とな。その根拠は」

「はっきりとは申せませぬが、あの与力には自分を疑う気がないように思えるのです。伊賀者の虎見佐平治でさえ、最後は自分自身を疑い、平静を失いました。ですが、あの与力は周りから白い目で見られながらも、最後まで冷静に我らが近づくのを待っていたように思えるのです。ですから、私が才蔵であっても、見抜かれるのは同じこと。元締め、我ら兄弟に同等の裁きを下してください」

　わが身を顧みぬ鼎蔵の言葉に、菊右衛門も引き下がらざるを得なくなった。これ以上、自分の意を通せば、部下の信頼を失いかねないからだ。

「妖の四人衆のうち、二人を失うことは出来ぬ。才蔵、今の鼎蔵の言葉を重く受け止めるが良い。此度は鼎蔵に免じて許すが、その片岡七五三之介なる与力に、己が七方出を見破られたのは紛れもない事実。今後とも、そ奴から目を離してはならぬ。そ奴に近づき、己が腕を磨くが良いぞ」

菊右衛門は言ったが、その目に宿った憎悪の光は、七五三之介より自分に抗った鼎蔵に向けられていた。

十一

七つ時(午後四時)を迎えた居酒屋おかめは、仕事を終えた大工や左官屋といった威勢の良い連中が一日の疲れを癒《いや》そうと、大挙して押しかけていた。

家に帰って見飽きた女房に小言を言われるよりは、若い娘がいる飲み屋でいい気分に浸りたい。そんなおめでたい連中が娘や女将に気に入られようと、たて続けに酒を注文するものだから、四半刻(三十分)もすると誰もが酒で耳をやられ、自分の話だけを聞かせようと大声でしゃべり始めるようになる。当然のことながら、店の中は賑やかさを通り越し、騒然となった。

ところが七つ半近くになった頃、一人の芸者が綺麗に結った髷《まげ》で暖簾を分けるようにして店に入ってきた。

騒ぎまわっていた常連達は一斉に口を噤《つぐ》み、その芸者に見入った。

立ち姿も艶やかだが、身体全体から滲《にじ》み出る仄かな色香が、自分達には手が届かぬ存在であることを知らしめていた。

「乙松姐さん、いらっしゃい」

下の娘お光が声を掛けるのを、常連達は口を開けたまま聞いていた。

乙松は常連達に向かって艶っぽい笑顔を振り撒いた後、女将に向かって言った。

「女将さん、あたしはこれからお座敷があるので、これで失礼しますけど、一見のお客様をお連れしていますので、先生の卓で飲ませてあげてくださいな。先生もお気に入りの方ですから」

女将の了承を得た乙松は、店の外にいた人間を手招きして呼び寄せた。

常連達が注視する中、現れたのは五十がらみの痩せこけた男であった。

「へーえ」

誰ともなく、そんな声が上がった。

乙松が自ら案内して、しかも控次郎のお気に入りだと聞かされただけに、定めし見栄えの良い男だと期待した常連達は、一様に拍子抜けしてしまった。

暖簾を潜った控次郎は、いつもと違う店の雰囲気に思わず目を瞬かせた。

自分が座る卓に上原如水がいたこともさることながら、その如水が中心となり常連達を相手に騒ぎまくっていたからだ。

「凄いねえ、留《とめ》さんはお内儀を殴り飛ばすってさあ。私なんか連れ合いと一緒になって以来、ずっと頭が上がらないんだよ」

「そんなこっちゃあ、女房になめられまさあ。女房なんてえ者は、一発がつんとやってやらなきゃあ、付け上がるだけですよ。何事も初めが肝心でさあ」

「だったら手遅れだねえ。私んとこは、見事にのさばっちまったよ。でも仕方がないねえ。何しろ私の方から頭を下げて、嫁に来てくれと頼んだんだから」

「はあ、それじゃあ、しょうがねえや。御馳走様でしたあ」

常連達は、如水の話術に引き込まれ、大声で笑い合った。

その如水が控次郎に気づき、挨拶代わりに手を挙げた。

常連達はそれを機に自分達の卓へと戻って行ったが、いかにも名残惜《なごりお》しいといった感じで、控次郎が卓に着いても、未だ如水の方をちらちらと見ていた。

そんな常連達の視線を、女将は控次郎の酒を運ぶついでにでかい尻で遮ると、戻る際には、邪魔するんじゃないよ、とばかりに睨《ね》めつけた。

女将は乙松の頼みに応え、気を利かせたのだ。

如水は暫くの間、別段言葉を交わすこともなく控次郎と酒を酌み交わしていたが、常連達の姿が消えたのを機に、自分がおかめに来た理由を控次郎に告げた。

「それじゃあ、そろそろ本題に入るとしようか。お沙世のお父上、いや、これでは話しづらくてしようがないな。悪いけど控次郎さんと呼ばせてもらうよ」

控次郎が頷くのを見た如水は、それでは、とばかりに話し始めた。

「私はねえ、先日も言った通り、お沙世には掃除しかやらせていないよ。でもねえ、そのうちにはきっと文句を言ってくるだろうと思っていたんだが、お沙世は何も言わず毎日掃除をしている。他の子供達ならとっくに親に泣きついたり、辞めてしまうはずだよ。どうしてお沙世に限ってそんなことが出来るのか、それを控次郎さんは考えたことがあるのかい」

「……」

「多分、考えちゃあいないだろうから、おせっかいな私が言うしかないねえ。いいかい、控次郎さん。他の子供達が算盤をしている中、一人だけ掃除をさせられても、お沙世にとっては然程《さほど》辛いことじゃあない。何故ならそんなことよりもずっと辛い思いにお沙世は耐え続けて来たからなんだ。控次郎さん、あんたはお侍だ。だからつまらぬ意地や体面を気にする。でもねえ、子供にとっては親に見捨てられるほど辛いことはないんだよ。その辺を今一度考えてみる気にはならないかい」

ようやく如水の言いたいことが控次郎にもわかってきた。如水は沙世を控次郎の手元に置くことを進言していたのだ。

「お沙世もいけないんだ。子供のくせに妙に人の気持に配慮するところがある。でもねえ、子供なんてえ者は親に迷惑をかける為に生まれてくるんだ。不満があればみんな親にぶつける。そうすることで自分が親になった時、子供の気持がわかるようになる。それが人間の営《いとな》みなんだ。控次郎さん、娘を過信しちゃあいけないよ。そりゃあ、あんただって今更舅に向かって、お沙世を返せなんて言えないことぐらい私にもわかっている。それでもねえ、いつかお沙世が耐え切れなくなった時は、控次郎さん。私が言った言葉を思い出し、お沙世の望むに任せてほしいんだ。それがお沙世に対する私の唯一の願いだよ」

穏やかな物言いだが、如水の言葉は控次郎の心に深く突き刺さった。

傍で聞いていた女将も娘達も、思わず涙ぐんでいた。

如水が店を後にした時には、控次郎に代わって深々と頭を下げるほど、女達は謝意を表していた。

いつの間にか、板場から政五郎が控次郎の隣にやってきていた。

如水に言われた言葉を噛《か》みしめている控次郎を気遣い、政五郎は自分が持ってきた徳利の酒を控次郎の盃に注いだ。

控次郎が盃を干す。その盃に政五郎は黙ったまま、また酒を注いだ。そうやって、控次郎の気持が落ち着くまで政五郎は待つつもりなのだ。

「とっつあん、効いたぜ」

ようやく気持の整理がついたか、控次郎が、如水の言葉とも政五郎が注いだ酒とも取れる言い方をした。だが、政五郎はあえてそれに触れることなく別のことを言った。

「良いお人ですねえ。乙松姐さんがわざわざ道行と洒落《しやれ》込むくらいですからねえ」

遠くの方で、政五郎の言葉に応えるかのように、鐘の音が鳴り響いた。

最恐の敵と最強の友

一

神田《かんだ》川から立ち上る靄《もや》が朝の冷気を伝えた。

未《いま》だ六つ（午前六時）にはなっていない。

遠くの方で、豆腐売りや蜆《しじみ》売りといった棒手《ぼて》振り達の声が聞こえるが、神田川沿いの通りは、未だ人影もまばらであった。

控次郎は眠い目をこすりながら湯島聖堂前にやって来た。いつもなら布団にくるまっている頃だが、今朝は三春の者達と雷神を桜《さくらの》馬場《ばば》まで案内しなくてはならなかった。

何しろ何年も前に売り出された切絵図を頼りに、江戸に出て来た連中だ。その上、切絵図は細かく、文字もかたかなで書かれている為、馬喰《ばくろう》には読みづらい。

　そこで控次郎が、江戸の地理に不慣れな三春の者達の為、桜馬場までの道案内を買って出たという訳だ。

　控次郎にとって、右も左もわからぬ土地にやって来た者が、江戸者からひどい仕打ちをされることほど、情けないことはなかった。

　すでに狼藉《ろうぜき》を働いた小城主水丞の家来と小者にはそれなりの制裁を加えたが、肝心の小城主水丞は父親の兼房がその場にいたこともあり、仕置きをせずに放置してしまった。三春の者達が味わった苦しみを思えば、拳固の一つや二つは食らわしてやりたいところだが、老齢になった兼房の気持を思うと、それも憚《はばか》られた。

　幸いなことに、倅《せがれ》の不始末を詫びた兼房が、馬の代金を支払ったばかりか、三春の者達がはるばる江戸まで届けてくれた雷神の脚力を、一度も見届けずに帰すわけにはいかないと言ってくれた。それが、この日の、桜馬場での責め馬となったのである。

　落ち合う場所は、神田川沿いにある湯島聖堂の前だ。時折吹き付ける川風にさらされながら、控次郎は三春の者達がやってくるのを待った。江戸に不案内な者達を待たせるわけにもいかず、早めについた控次郎は、かなりの間、その場所で待つことになった。

やがて、遠くの方からぽかりぽかりと蹄《ひづめ》の音が聞こえてきた。どうやら来たようだ。そう見ていると、いきなり角を曲がったところで馬の頭が見え始め、次いで堂々たる馬体の雷神が姿を現した。小春と音爺は馬の陰に隠れて見えなかったが、手綱を曳く宗助の顔だけは見て取れた。

控次郎に気付いた宗助が慌てて前に進み出る。

「控次郎様、申し訳ねえことです。さんざお世話になった上、おら達の為に、朝早くからお手を煩わせてしまって」

本多家での待遇の良さも、すべては控次郎のお蔭だと思い込んでいる宗助は、感動の為か目を潤ませて言った。音爺は音爺で、控次郎に向かって手を合わせながら、何度も何度も頭を下げた。そんな中、小春だけが控次郎の顔をまじまじと見ていた。

すっきりとした着流し姿に端整な顔立ち、そして長身の痩軀《そうく》は三春では絶対に見ることができないものだ。

兄の宗助から聞かされてはいたが、まさかこんな人がやくざ者から救ってくれた上、自分を背負ってくれたとは思ってもみなかった。

小春は暫《しば》し控次郎の顔に見とれ、噂に聞く役者というものも、きっとこういった顔立ちをしているのだろうと考えていた。

桜馬場は、昌平坂《しょうへいざか》学問所に隣接した場所にあった。

高田馬場《たかだのばば》よりは狭いが、弓馬術の稽古場として名の通った馬場だ。

控次郎は、当時を振り返った。

兼房の指導の下、田宮道場の稽古に向かう前、控次郎はこの馬場で主水丞と共に馬術に励んだことを思い出した。

あの頃の控次郎は食欲も旺盛《おうせい》で、母のみねが持たせてくれた大きめの握り飯三個だけでは物足りず、食の細い主水丞が残した分まで平らげていた。

それが兼房には大層頼もしく感じられたらしく、何かにつけ控次郎を可愛がってくれた。だが、結果的にそのことが主水丞をいじけさせ、兼房の見えぬところで嫌がらせをさせることになった。無論、泣き寝入りするつもりなどさらさらない控次郎は、その都度主水丞に制裁を加えた。それがある時、主水丞は殴られたことを兼房に言いつけたのだが、逆に見苦しいと叱咤され、兼房からも殴られてしまった。泣きながら控次郎を睨みつける主水丞の目に、強い憎悪の念が宿るのを見た時、控次郎は付き合う価値もないと主水丞に見切りをつけ、馬術を止めてしまったのだ。

小春に曳かれた雷神が馬場に入ってきた。

赤みがかった鹿毛《かげ》の馬体が朝の陽を浴びたことで、目にも鮮やかな金色となって映し出された。

兼房は目を細め、雷神の身体をくまなく見回した。ところが、いざ身体に触れる段になると、雷神は抗って後ずさりを始めた。

「雷神、大丈夫だよ。おらだと思って、このお人を乗せてあげて」

小春が雷神に駆け寄り、言い聞かせたが無駄であった。

兼房が近づけば近づくほど、雷神は後方へと退《さが》って行った。

「ふうむ。どうやらこの馬は、わしのような年寄りは嫌いと見える。これ、娘。名は何という」

「おら、小春といいます」

「左様か、では小春。お前が乗って見せてくれ。先程の口振りからして、お前ならこの馬は嫌がらぬようじゃ」

兼房に命じられた小春は、どうしてよいかわからず、暫くの間宗助と音爺の顔色を窺っていた。宗助は小春に雷神への騎乗を促した。

「小春、乗るだ。雷神はおめえしか乗れねえ。だども、名手の小城様ならいずれ雷神は言うことを聞く。だから今はおめえが乗って、雷神の力を見せるしかねえ」

雷神に乗ることが出来るのは宗助も同じだ。だが、今の宗助は地廻りに痛めつけられたせいで腕を負傷していた。小春は兄の求めに応じ、馬場を見渡した。

桜馬場は、江戸でも有数の馬場だが、三春のように遠駆けが出来るほどの広さはない。直線距離にしたら、二町（約二百メートル）がせいぜいだ。

雷神の速さを知らしめるには、距離が短すぎた。それでも小春は雷神に跨《また》がった。

父の無念を思えば、このままおめおめと三春へ帰ることなどできない。そしてもう一人、小春には想いに応えねばならぬ人がいた。

その人は、今日の為に、昔自分が着ていたという緋色の小袖を自分に着せ、ぼさぼさのまま結んであった髪を労《いたわ》るように梳《す》いてくれた。それればかりか、生まれて初めて鏡を見た自分に、綺麗ですよと言ってくれた。小春にとっては自分が娘であることを教えてくれた憧れの人でもある。それが本多家当主嗣正の奥方雪絵であった。

その大事な小袖に薄汚れた短袴を着け、せっかく梳いてくれた髪を再び紐で結んだ時は悲しかったが、今は雪絵の為にも覚悟を決めるしかなかった。

「ほうっ」

ひと声叫んだ小春が軽く手綱をしごくと、雷神は緩やかな足取りで駆け出した。そのまま突き当たりまで雷神を進めたところで、小春は向き直った。

兼房が立っている場所までは、わずか一町ほどしかない。そこに到るまでに、雷神が力を出し切れるかどうか、小春は間合いを測っていた。

大きく息を吐き出し、呼吸を整えると、小春は一気に雷神の馬腹を蹴った。

弾かれたように駆けだした雷神が、折り重なるように背中に張りついた小春の指示を受けて加速して行く。

雷神が疾風のごとき速さで兼房の前を通り過ぎた時、兼房は我を忘れて叫びまくった。

「控次郎、よくぞこの馬を連れて来てくれた。天馬じゃ。この馬は風神に勝るとも劣らぬ名馬じゃあ」

雷神の激走は、その夜の内に西尾頼母の屋敷に伝えられた。頼母の居室に近い一室を与えられている別所格が、腰元に化けた甲賀忍び鶸《ひわ》から報告を受けた。

「雌馬とはいえ凄い馬だったよ。これであんたも頼母に顔が立つじゃないか。いつまでも下らぬ計算ばかりしていないで、一度自分の目で確かめてごらん」

「愚《ぐ》にもつかぬことを。雌馬では賭ける者がおるまい。雌馬が雄馬より劣るのは周知の事実だ」

「相も変わらず、頭が固い。評判などというものは噂で作り上げるもんだよ。人に譬《たと》えるならば巴御前《ともえごぜん》。そう聞いただけでも人気は上がるさ。おそらく前回大損を食らった大名・旗本などは、あの馬が走るところを見に行くだろうから、一・二倍などという戯《ふざ》けた掛け率を提示する必要はなくなる。さあ、わかったなら今すぐ頼母の元へ行き、その旨を伝えてくるんだね」

「貴様が直接言えばよいではないか。何故私の口から言わせようとするのだ」

「それだけ、あんたは頼母に信用されているということさ。それにあいつは、あんたと違って腹が読み辛い。あたしたちが言えば、却って警戒されるだけになるかもしれないんだよ」

女は小馬鹿にしたような目を向けて言った。別所に対する物言いにも、すでに自分達の意のままに動くしかないというみくびりが感じられた。

その太々《ふてぶて》しいまでの態度と、常に見張られている不気味さが別所に忘れていたことを思い出させた。

「貴様はいつも腰元のお品《しな》に成りすましているが、あの娘はどうしたのだ。まさか、殺したりはしておらぬだろうな」

妖《あやかし》の四人衆は、すでに常陸屋の番頭と幼馴染の修平を殺しているのだ。お品が殺されていても不思議はなかった。

「あの娘かい。あの娘なら実家に帰ったよ。あんたに物凄い剣幕で追い出されたじゃないか。まあ、覚えているはずはないがね。それにねえ、あたしを貴様と呼ぶのは止めておくれ。鶏とかお前とか、もう少し情のある呼び方があるじゃないか。仲間なんだから」

鶏は艶めかしい目で別所を誘ったが、相手の態度が依然として自分を警戒していることに気づくと、いかにも興醒めといった顔つきになり、部屋から出て行ってしまった。

二

以前は二日に一度の割合でしかおかめに顔を出さなかった定廻り同心の高木がこのところ毎晩顔を出すようになっていた。

「双八、いくら奉行所が暇《ひま》だからといって、こうも毎晩飲み屋にやってくる奴を叱りつけるような人間はいねえのかい」

控次郎が見るに見かねて訊いた。すると、

「先輩は、勤務中の私をご存知ではないようです。私は庶民を守る為、絶えず市中に目を光らせ、それこそ神経をすり減らしながら働いているのです。そんな私が、一日の疲れを癒す為に飲み屋に来ることを、誰が咎めるというのです」

高木は、呼び慣れた控次郎先生ではなく、先輩という言葉を用いた。

「そうかい。だがなあ、おめえに先輩と呼ばれると、なんだかおいらの格が下がったようで、情けなく思えてくるぜ」

「何をおっしゃいますか。先輩は私にとって人生の師とも仰ぐお方です。ですから今までのように、控次郎先生という他人行儀な言い方ではなく、親しみのある呼び方に変えたのです」

「まあ、呼び方はどっちでもいいが、それにしても人生の師ってのは薄っ気味が悪いぜ。なんか尻の辺りがむずむずしてくらあ」

「そんなものはすぐに慣れますよ。それよりも私はやっと気がついたのです。先輩はやはり七五三之介殿の兄上なんだと。先輩、私は先輩同様、七五三之介殿にも私淑《ししゅく》しております。歳は私より若いですが、あの思慮深さたるや尋常ならざるものを感じます。ですから私は此度のように、七五三之介殿に災いをなす輩が現れないよう、身辺をお守りするつもりでいるのです」

「何もそこまでする必要はねえと思うがなあ」

「何を言われます。七五三之介殿は、いずれ奉行所を背負って立つお方です。そのお方にもしものことがあったなら、我ら同心は希望を失います」

いつになく高木は真剣な眼差しで言った。

控次郎が思わず身体を後方に引いた。七五三之介が褒められるのは嬉しいが、此処まで歯の浮くような世辞を並べ立てられては、気味が悪いというものだ。

控次郎は戸惑いを通り越して、呆れ返ってしまった。

訝《いぶか》しげに高木の顔を何度も確かめると、控次郎はちょいちょいと手招きをした上で高木に顔を寄せた。自分の目の前にいる男が本物の高木であるかが気になって来たからだ。そこで、七五三之介に言われた「出汁」の符丁を使ってみた。

「大丈夫かい」

高木は一瞬「えっ」という顔をしたが、自分を見つめる控次郎の目が何かを問いかけていることに気づくと、暫し間を置いてから答えた。

「し、心配は御無用です」

なかなか頭に「し」が付く言葉が見つからなかったようだ。

一刻ほどして、辰蔵がおかめに顔を出した。

暖簾を潜るなり、控次郎の傍らに高木がいることに気づいた辰蔵は、すぐには控次郎の卓に座ろうとせず、お夕とお光相手に与太話を繰り広げた後で、やっとのこと席に着いた。高木が早速嚙みつく。

「辰、てめえ、この間まで算法道場の女先生に入れあげていたんじゃなかったのかい。まさか今になってお夕に切り替えようなんて考えちゃあいねえだろうな。あんまり政五郎を刺激しねえほうがいいぜ」

「へええ、八丁堀の旦那ってえのは、人の恋路にまで口を差し挟むんですか。そいつはまた随分と御苦労なことでござんすねえ。わちきは旦那と違って、一生独り身で通す決心がついていねえもんで、ついつい女と関わりを持ってしまうんでござんすよ」

辰蔵も負けずに応戦するが、高木は動じない。

「はん、関わりを持つとは大きく出たもんだ。おめえの言う関わりなんてえものは、たかだか玄関の戸を開けて挨拶したくらいのものだろうが。それで女と関わりを持てるんなら、魚屋の御用聞きは家中子供だらけだ」

二人の舌戦は、尽きることを知らなかった。

呆れた控次郎が、渋い表情で二人の間に割って入った。

「いい加減にしねえかい。おめえ達は互いの恥を突《つつ》きあっているだけじゃねえか。辰、おめえが間違っているぜ。この双八はなあ、何も独り身が好きで今日まで女を遠ざけていた訳じゃねえんだ。ただ、女の方が寄ってこなかっただけのことだ」

高木を庇うかと思われた控次郎が、凄いことを言った。周りで聞いていた客達がどっと笑い声をあげ、おかめの中は暫し笑いに包まれた。

これには高木も苦笑するしかない。

人をおちょくるのが大好きな控次郎が、次なる標的を辰蔵に定める。

「そういえば辰、この前の早駆け競争はどうだったんだ。おめえの買った馬は、金を銜《くわ》えて来たかい」

辰蔵が外したことを知っていながら控次郎は訊いた。狙い通り辰蔵の顔が恨めしさを伝えた。

「だって、みんな風神が勝つに決まっていると言っていたんですよ。ですから、わちきは虎の子の一分をはたいたんでござんす。それでも、わちきはいい方ですよ。これもまた絵師から聞いた話なんですが、大名・旗本の中には百両以上も賭けた方がおられたようで、その穴埋めに金を貸してくれる商人達の間を駆けずり回ったって話でござんすよ。一体どうする気なんでしょうねえ」

辰蔵は自分が負けたことよりも、より多くの損害を被った大名・旗本を気遣って言った。すかさず高木が横から口を出す。

「どうするったって、てめえでしたことじゃねえか。今になって借金に駆けずり回るくらいなら、最初から手を出さなきゃあいいんだ。旨い話には、裏があるんだよ」

すると、二人の話を聞いていた控次郎が、急に訝《いぶか》しさを覚えたらしく、辰蔵に当たった側の人数を尋ねた。

辰蔵は、こいつは内密の話ですよ、と念を押した上で言った。

「絵師の話では、当たったのはほんの一部。つまり胴元がぼろ儲けをしたことになるんですが、未だに正確な売れ筋はわからないそうなんです。ただ一つ言えることは、当たった者は皆金を手にしたらしく、何処からも苦情が出ていないんだそうですよ」

「双八、ちいっとばかり臭わねえかい。普通の博打なら、胴元は寺銭を得るだけだ。だが、今回は先に当たった側の払い戻し率を提示してある。最初は金持ちの道楽と見ていたが、こうも派手に稼がれると、何やら計算ずくであったような気がしてならねえ。辰、その胴元っていうのはわかっているのかい」

「へい、金持ちだそうで」

「なるほどな。おめえに何でも喋《しゃべ》ってくれる絵師も肝心の話はしねえってことか。それにしても気になるのは、これだけ大損を食らった者がいるにも拘わらず、寺社や町方が胴元を割り出そうとしねえことだ。こんなことはとてもじゃあねえが商人には出来ねえ相談だ」

控次郎は、黒幕が寺社や町方に影響を及ぼす力のある人間であることを仄《ほの》めかした。頭の中では、すでに黒幕の正体も特定されていたが、今はまだ話す時ではないと思ってのことだ。証拠がない上に、黒幕にはとてつもない化け物が加担している可能性がある。七五三之介の身に起こったことが高木に襲いかからないとも限らない。控次郎はそれを危惧《きぐ》していた。

五つ（午後八時）になり、辰蔵が帰っても、高木は未だ帰らずにいた。以前はすぐ酒に酔い、真っ赤な顔をして去って行くはずの高木が、このところ連日看板になるまで店に残っていた。

そして、控次郎が立ち上がると、

「どこへ行かれるのですか。七五三之介殿の所ですか」

と訊いてくるのも毎度のことだ。

「家へ帰るに決まっているじゃねえか」

控次郎が答えると、高木は力なく「そうですよね」と頷いた。

——あの野郎、余程七五三《しめ》に心酔したと見える
控次郎はそう思いつつ家路へと向かったのだが、そこではたと気づいた。すでに辺りは真っ暗だ。いくら七五三之介の屋敷とはいえ、こんな時間に押し掛けるはずがない。そう考えたところで、今一度おかめの方を振り返った。

そこには夜空を見上げる高木が、別れた時と同じ場所で佇《たたず》んでいた。この男がこんな姿を晒すことなど、一度として見たことがなかった。

いつもの陽気さは鳴りを潜め、そこはかとなく寂しさが漂う。男がこんなふうになるとしたら、それは女に恋い焦《こ》がれた時だ。

——そういうことだったのかい
控次郎は、ようやく高木が変貌した理由に思い当たった。

三

このところ、道場へ向かう前に、控次郎が桜馬場に顔を出すのは日課となってい

た。

控次郎が行くと、小春や宗助、そして音爺までが嬉しそうに出迎えてくれるのだが、その一方で、主水丞が控次郎を避けるようにして風神にばかり騎乗していることは気になった。

「音爺、主水丞は風神と遠駆けに行ったようだが、未だ雷神には騎乗していねえのか」

尋ねられた音爺は、表情を曇《くも》らせた。その顔付きからして、思わしくないことは明らかであった。

「おら達のことを、こんなにも心配してくださる控次郎様には申し訳ねえですが、雷神は主水丞様とは余程相性が悪いらしく、乗せるどころか、主水丞様が近寄るだけで猛《たけ》り狂って暴れるです。今朝は御父君の兼房様も痛風がひどいとかでお見えになってませんが、昨日の様子からして、兼房様も主水丞様が雷神に乗ることは無理だと思われているみてえです」

音爺が返事を言い渋っていると見た宗助が代わって答えた。

宗助の表情にも、すでに諦めの色が浮かんでいた。

「そうかい。それも仕方がねえかもしれねえな」

控次郎は音爺と宗助を気遣い、さりげなく言った。主水丞が乗れない以上、高齢で痛風持ちの兼房がいくら気に入ろうとも、雷神を手元には置いてくれないだろう。やはりこれは難しかったかなと控次郎は思うようになった。

馬は利口だ。飼い主にひどい仕打ちをした主水丞を雷神が許すはずはない。

控次郎は、雷神に馬とは思えぬ強い意志を感じた。主水丞に愛想をつかした子供の頃の自分にそっくりだ。控次郎は雷神に近寄ると、その首を撫でながら言った。雷神を警戒する様子などさらさらない。

「おめえが悪い訳じゃねえやな。人間以上に人の気持がわかるからこうなったんだ。馬に関しちゃあ素人《しろうと》同然の俺だが、おめえの良さだけはわかるぜ」

音爺と宗助は、控次郎に対する申し訳なさで心を痛めていたから、雷神が控次郎の手を拒《こば》まずにいることをつい見逃してしまった。

気づいたのは、二人の後ろに控えていた小春だ。

控次郎が雷神に近寄った瞬間、小春は雷神が暴れると思い、慌てて駆け寄ろうとしたほどだ。ところが今、雷神は控次郎の手を拒むどころか、その手に顔を寄せている。

小春は驚き、その光景に見入ったまま呟《つぶや》いた。

「雷神が、雷神が控次郎様に懐《なつ》いている」

いかにも信じられないといった顔の小春だ。

宗助と音爺もようやくそれに気づいた。

「本当だ。雷神がおら達以外の人に懐いてるだ。だったら、もしかして主水丞様にも懐くかもしれねえ」

宗助は、雷神が控次郎を受け入れたことで、もしや小城主水丞をも受け入れてくれるのではないかと考えた。

だが、宗助は無論のこと、彼らは誰一人気づいてはいなかった。

控次郎に連れられて本多家にやって来た時、熱でうなされていた小春はすぐに布団に寝かされた。そして怪我をした宗助と音爺も、雪絵や控次郎の家族達から手厚い看護を受けていた。それゆえ、帰ったと思っていた控次郎が、雷神が厩《うまや》に落ち着くまで、ずっと付き添っていたなどとは思いもしなかったのだ。

門人達に稽古をつけるため、控次郎が道場に帰るのを狙っていたかのように、主水丞は遠駆けを終えて馬場に戻って来た。父親の兼房がいない時に控次郎と顔を合わせたくないのであろうが、相変わらず三春の者達に対する態度は傲慢《ごうまん》で冷ややかであった。

「お帰りなせえませ」

出迎えた宗助が傍らに近寄っても、主水丞は煩《わずら》わしげに顔を顰《しか》めるだけで返事もしない。あげくが騎乗していた風神も宗助に任せてそのまま水を飲みに行ってしまった。

「兄ちゃん、駄目だよ。あのお人はおら達三春の者を毛嫌いしているだ。だから雷神も認めようとはしねえ。だども、おらあそれでいいと思っている。あんなお人のところへ置いて行くなんて、いくら何でも雷神が可哀想だあ」

小春は目に涙を浮かべながら言った。

自分達が必死になって主水丞に売り込もうとすることは、手塩にかけた雷神を不幸な目に遭わせる結果となるからだ。

小春は、世話になった控次郎や本多家の人々が、いくら小城兼房と親交があるとはいえ、その為に雷神を犠牲にしなくてはならない自分達が腹立たしかった。

小春の気持を酌んだ音爺が、宗助に向かって言った。

「宗助、小春の言う通りだ。おめえの親父を認めてくれた小城の大殿様には申し訳ねえが、あの倅には人間らしいところが全くねえ。今でこそ風神に乗っているが、それも雷神に対する当てつけでしかねえ。風神が負けたからといって、厩に閉じ込めっぱなしにするような奴じゃねえか。確かに控次郎様のお気持を裏切るのは申し訳ねえが、おらだってあんな奴に雷神を渡したくはねえ。控次郎様や本多家の皆様ならきっとわかってくれるはずだ」

音爺の言葉を宗助は唇を嚙みしめながら聞いていた。

宗助にもわかっていたことなのだ。このまま江戸にいたところで、性根の曲がった主水丞が自分達を受け入れるはずがなかった。

「そりゃあ、あの方たちはわかってくれるさ。けんど、あんなにもおら達を温かく受け入れてくれた方達を思うと、このまま三春へ帰りてえなど、口が裂けても言えやしねえ」

自分でもどうすることができない状況に、宗助もまた悔しさを滲《にじ》ませて言った。

その夜、控次郎は本多家の用人長沼与兵衛に、宗助と音爺を居酒屋おかめに連れ出してくれるよう頼んだ。いくら本多家の住人が彼らを受け入れてくれても、世話になる方としては、やはり心苦しく感じているに違いないと思ったからだ。

そこで、酒が入れば彼らも腹を割って本音を打ち明けるだろうとおかめに招いたのだが、意外なことに小春まで一緒についてきた。

普通、女は居酒屋には来ない。だが、小春は宗助達が急に控次郎に呼び出されたことで、控次郎が自分達を三春に帰そうとしていると感じた。そうでなくとも、昼間、控次郎は宗助達に向かって半ば諦めとも思える言葉を口にしていたからだ。

小春は三春に帰されると思った時、言いようのない寂しさに襲われた。それが何であるかは、この時の小春にはわからなかった。

与兵衛が三人を連れて店に入ってくると、常連達はその中に若い娘が混じっていることで興味津々といった目で見るようになった。

与兵衛は店の中をあれこれと見回した後で、悠然と控次郎の隣の席に座り込んだ。

「ここが話に聞く『おかめ』でございますな。なかなか雰囲気も良い。七五三之介様が言われるには、蛸料理が専門だとか。おお、本当じゃ。蛸の煮えた匂いがなんとも食欲をそそる」

与兵衛は鼻を突き出し、目を閉じて店内に漂う蛸の香を嗅いでいたが、生憎《あいにく》控次郎のいる卓には樽が四つしかない。

一人佇んだままの小春を目にして、与兵衛はどうしようかと周りを見渡した。

すると、入り口に近い卓が一人分空いていた。

誰をそちらに行かせようかと考えている与兵衛に、控次郎は言った。

「ご苦労だったな。与兵衛。もう帰っていいぜ」

「えっ、今、帰れと申されましたか」

「仕方がねえだろう。俺はこの三人に話があるから誘ったんだ。どうしても一人外さなくちゃならねえのなら、おめえを外すよりほかはねえじゃねえか」

信じられぬといった顔の与兵衛に、あろうことか控次郎は嬉しそうに笑いかけた。与兵衛が恨めしそうな目を控次郎に向けた。

小春が付いて行きたいと言い張った時、可愛い娘に弱い与兵衛は後先も考えず二つ返事で了承した。それが、まさかこのような事態になろうとは夢にも思わなかったのだ。

控次郎が「早くあっちへ行け」とばかりに目で促すと、与兵衛はしぶしぶ空いている席へと移って行った。

控次郎は、酒が飲めぬ小春の為に飯と味噌汁を注文すると、宗助と音爺の湯呑に酒を注いでやった。音爺は酒に目がないようだが、宗助はさほど飲めない質《たち》らしくちびちびと舐めるように飲み始めた。

そんな宗助の顔に赤みが差し始めた頃、控次郎は三人に向かって詫びた。

「すまなかったな。俺は余計な世話を焼いておめえらを振り回しちまったみてえだ。小城様が俺に馬術を教えてくれたこともあるが、それ以上に江戸者がおめえらにひどい仕打ちをしたと聞いて、このまま三春に帰したんじゃ江戸者の名折れになると思い込んじまった。それで小城様に今一度雷神を見てもらおうと考えたんだが、小城様の身体は俺が思った以上に芳《かんば》しくねえようだ。そこへ持ってきて、倅の主水丞はあの通りのひねくれものだ。どう考えても雷神を可愛がってくれるとは思えねえ。そこでだ、俺はおめえらの気性からして、俺や本多の人間に気を使い、三春に帰るとは言い出せねえんじゃねえかと思った訳よ。宗助、随分と足止めを食らわしておいて今更言うのもなんだが、ここから先はおまえらが良いと思う道を選んじゃあくれねえか」

言葉は乱暴だが、控次郎の言葉には三人に対する気遣いが溢れていた。

宗助は控次郎の期待に沿えなかったことを悔《く》い、音爺は感極まったか鼻をすりあげながら酒を呷《あお》った。口には出さぬが、どちらも控次郎に対して強い恩義を感じているようだ。そんな中、酒を飲まぬ小春だけが思いを伝えた。

「控次郎様がおら達に謝ることなどねえ。そりゃあ最初は、江戸者は冷てえ人ばかりだと思っただ。でも、控次郎様や本多家の皆様に出会って、何処にでも心の温かい人はいるとわかっただ。控次郎様、おらは残る。あのお優しい雪絵様やあまるお嬢様の為にも、主水丞様に雷神の良さを認めさせる。だから、今暫くおら達をお屋敷に置いてけれ」

小春は涙ながらに訴えた。

四

辰蔵が、年明けにも早駆け競争が行われそうだ、という情報を摑んできたのは、師走《しわす》に入って間もなくのことであった。

やはり情報元は辰蔵が懇意にしている絵師らしく、話を聞かれたくない辰蔵は、常連客達が帰った五つ（午後八時）刻を狙っておかめにやって来た。

控次郎の向かい側には高木、隣の席には仕事を切り上げた政五郎が陣取るという辰蔵にとっては最悪の位置関係であったが、それでも辰蔵は何食わぬ顔で唯一空いている高木の隣に座った。

親父の政五郎が酒を飲み始めてしまったから、新たに肴を注文することはできない。控次郎が自分の徳利を取り上げて辰蔵に酒を注いでやると、辰蔵はすいやせんと軽く頭を下げながら湯呑一杯に入った酒を旨そうに飲み干した。

それでもまだ飲み足りないのか、辰蔵は近くにある政五郎の徳利を摑むと、なみなみと自分の湯飲みを満たし、高木が残したするめの脚に手をやった。

「待て、この野郎。そいつは俺が大事にとっておいた一番太い脚じゃねえか。てめえなんかに食わせて堪るか。てめえは皿に付いた醬油《しょうゆ》でも舐《な》めてりゃあいいんだよ」

辰蔵の手を素早く摑んだ高木が、けちなことを言った。

「そんな、わちきは一刻でも早く耳寄りな情報を皆さんにお伝えしようと飯も食わずにやって来たんですよ。何もするめの脚一本ぐらいで大騒ぎしなくても良いじゃござんせんか」

高木の吝《しわ》さに呆れた辰蔵が口を尖《とが》らせると、その理を認めた政五郎が、娘のお夕に飯と漬物を出してやるよう命じた。その上で辰蔵に向かって話を聞こうじゃねえかとばかりに、辰蔵が苦手とする鋭い目を向けた。

「耳寄りな情報ってえのは、一体どんなことでえ」

「とっつあん、そんな怖い目で睨まないでくださいな。こう見えてもわちきは気が小さい方でして、きつい目を浴びると言おうとしたことも忘れてしまうでありんす」

「そうかい、おい、お夕。今言った飯と漬物だがな。二階へ運んで行っておめえ達で食っちまいな」

「すいやせん、とっつあん。わちきが心得違いをいたしておりやした。すべて包み隠さずお話しいたしやすので、わちきの飯を取り上げないでおくんなさい」

と、意気地なくも前言を翻《ひるがえ》すと、辰蔵は自分が聞き込んできた情報を披露した。

真っ先に反応したのは高木だ。

「また早駆け競争が行われるだと。そんな話は奉行所でも出ちゃあいねえぞ」

「そりゃあそうでござんしょう。この話は、前回大損を食らった御大名・旗本からの願いを聞き入れてのものらしく、手始めとしてその方達に開催の知らせが届いたばっかりですから」

「畜生、町奉行所を虚仮《こけ》にしやがって。相手が大名・旗本となりゃあ、大目付でも動かねえ限り町奉行所は手出しが出来ねえ。仮に大目付が動いたところで、口裏を合わせて知らぬ存ぜぬを通されたら、言いだしっぺの当方が馬鹿を見るばかりだ。辰、忌々しいその競争はいつ行われるんだ」

「年が明けて早々のことだそうですよ」

「当然、対戦相手も決まっているんだろうな」

「へい、前回と同じ顔合わせだそうで」

辰蔵が得意げに答えたところで、不審に思った控次郎が訊いた。

「辰、ということは小城、八重樫の対戦ということになるな。だが、それでは賭けにはなるまい。前回あれだけ八重樫の馬に大差をつけられたんだ。余程の馬鹿じゃなけりゃあ、小城側の馬を買う奴は居ねえだろう」

「ところが、そうとばかりは言えねえんで。何でも小城様の馬は雌馬なんですが、巴御前張りに男勝りの上、真っ赤な馬体は何でも遠い昔、漢《かん》とかいう国にいた赤兎馬《せきとば》を彷彿《ほうふつ》させるとかで。それで評価の方も今のところ半々らしいんですよ」

控次郎は驚いた。辰蔵の話からすると、小城が乗る馬は雷神と見て間違いないが、主水丞が雷神に乗ったという話は宗助達から聞かされていなかったからだ。そこで、控次郎は訊いてみた。

「訳あって、俺もその雌馬のことは知っているんだが、小城主水丞がその馬に乗ったとは聞いていねえんだ。大体、どういった経緯で再び両者が対戦することになったんだい。辰、おめえその理由を知っているのかい」

「何でもお聞きくださいな。この辰蔵に知らぬことなどございやせんから。いいですか。実は、今度の対戦は前回の雪辱戦なんでござんす。といっても小城様だけと思っちゃあいけやせんや、背後にはすごい大物が控えているんですから。小城様が馬術の名人として御加増を得たのは、時の老中松平定信様のお引き立てがあったからと言われているんです。一方の八重樫様は、これまで幾度となく小城様の後塵《こうじん》を拝してきましたが、前回一橋様より馬を貸与されたことで勝ちを収めることが出来たんです。しかもその馬の名たるや『一つ星』。誰が聞いても一橋家を連想する名前じゃあねえですか。そんな一つ星の強さに、初めは小城様も再戦するつもりはなかったみてえなんですが、いつの間にかお大名の間で白河様が逃げたという噂が立ち始めまして、それを聞いた小城様が自ら再戦を望んだ形となったという訳なんです。まあ、こんなところでようござんすか」

講釈師さながらの調子良さで、まるで見て来たかのように話を進める辰蔵を、高木と政五郎は驚きの目で見ていた。だが、早駆け競争が行われた経緯と、この賭けを町奉行所や寺社奉行が黙認している理由を告げられると、未だに続くお偉い二人の確執に呆れ返り、口も利かなくなった。二人は辰蔵をそっちのけで酒を飲み始めた。そんな高木と政五郎に酌をしながらも、控次郎は未だ雷神に誰が騎乗するのかということにこだわっていた。

辰蔵が仕入れてくる情報は大体において正しい。播州屋という浮世絵や草双紙を扱う地本問屋の手代をしていることもあるが、辰蔵には売れる絵と売れない絵を見抜く力が備わっていて、そのことが絵師や興行元からの信頼に繋がり、様々な情報を得る要因となっていた。

それゆえ、辰蔵が聞いてきたという小城家が再戦を受け入れた経緯も、あり得ぬ話ではないと控次郎は捉えていた。だが、肝心の雷神に騎乗する人間については皆目見当がつかなかった。主水丞が雷神に騎乗したという話は聞いていないし、父親の兼房は高齢の上痛風持ちだ。だとすれば小春しかいないが、女、それも馬喰の娘である小春に、大名達が集まる早駆け競争に騎乗させてくれるとは思えなかった。そして、今一つ。控次郎の中で燻《くすぶ》り続けている疑念があった。

それは、これだけの情報を誰が仕入れたかということだ。

仮に桜馬場を見張っている者がいたとしても、あの短い距離では雷神が早駆け競争に適しているかどうかはわかるはずもないし、主水丞を見張っていたのなら、雷神ではなく常に騎乗している風神が取り沙汰されるはずなのだ。

控次郎は此度の早駆け競争が何者かによって、筋書きまで決められているのではないかと思うようになった。

田宮道場での稽古を終えた控次郎が、小城兼房を訪ねるべく両国橋を渡ったところで、白髭の易者から呼び止められた。

「そこのお人。色男を決め込んでいるようだが、ちょいとばかり質《たち》の悪い女に絡まれているように思える。騙されたと思って寄って行かぬかな」

控次郎が振り返って易者の顔を見ると、眉毛《まゆ》から口髭まで顔中白髪《しらが》で覆われた爺が、邪気のない顔で笑っていた。

その顔に釣られて、控次郎は易者の元へ行った。

「見たこともねえ易者さんだが、こんなに人通りがある往来でおいらだけを選んだってえのが、何かしら縁を感じるぜ」

「わしもそう思ったからお前さんに声を掛けたのじゃよ。どれ、まずは顔から拝見させていただこうかのう」

易者はひとしきり控次郎の顔を観《み》た後、筮竹《ぜいちく》を取り出した。さらに、訳のわからぬ呪文を唱えながら、その内の一本を引き抜いた。ところが、

「おや、わしとしたことが、三本を引いたつもりが一本だけになってしまった。まあ、それも仕方がない。その女に関して言うならば、一本も三本も同じことだからな。ところでお前さん、剣術の腕は如何ほどのものかはわからぬが、背中に目はついておいでかな」

易者は妙なことを言った。一本も三本も同じとは、訳がわからない。だが、背中に目がついているかと問われると、控次郎も些《いささ》か気になった。

「へえ。おめえさん、並みの易者じゃあなさそうだな。それで、その女はどのくらい質が悪いんだい」

「その口振りからすると、尾けられていたことに気づいていなかった様子じゃな。その女というのはな、譬えるならば毒々しい蛇といったところじゃ。音もなくすり寄ってきて、がぶりと嚙みつく」

「有り難うよ。見料はいくらだい」

「今日は無料じゃ。同じ長屋の住人同士、ほんの挨拶代わりじゃ」

「無料？　そうだったのかい。おめえさんが新しく引っ越してきた易者さんだったのかい。今後とも良しなに頼むぜ」

にこやかに礼を言うと、控次郎は後ろも見ずにすたすたと歩きだした。先程よりも足早なのは、尾けてくる人間をおびき出す為だ。こちらに合わせて追ってくるならば、尾行者の気配も目立つことになる。控次郎は背後を気にしながら、それとは別に、尾行者を教えてくれた易者のことを考えていた。

――油断のならねえ易者だぜ。同じ長屋の住人と言ったが、俺の方は顔を見ちゃあ

いねえ。なのに向こうは俺を見知っていやがった

控次郎は相手の存在に気づかなかった己を恥じた。

そんな控次郎の耳に、いきなり「父上」と呼びかける沙世の声が届いた。

控次郎が振り返ってみると、沙世はおろか、それらしき子供の姿もない。

両国橋付近は盛り場だけに人の行き来も激しい。もしや人ごみに紛れたかと思い、控次郎は沙世を捜した。だが、何処にも沙世の姿はなかった。

すると、その様子を見ていた一人の老婆が控次郎に言った。

「八歳くらいの女の子でしたら、お祖母《ばあ》ちゃんに連れられて両国橋を渡ってゆきましたよ」

控次郎は、多分おもとに連れられた沙世が、自分を見かけて呼んだのだと、その時はそう思い込んでしまった。

尾行者の気配はその後も続いた。

小城家の門を潜った時も、そして兼房と会っている時も、どこからか自分に向けられる冷めた視線を控次郎は感じていた。

殺意は感じられない。強いて言うならば、控次郎の行動をじっと監視するような目

だ。控次郎は相手に気取られないよう、知らぬ振りを決め込むと、庭の中央へ兼房を連れ出した。奥方がいる前では訊けぬ用件を抱えていたからだ。

ここ数日寒い日が続いているせいか、兼房は痛風が出始めたと言ったが、控次郎の誘いを素直に受け入れてくれた。

周囲を見回した上で、辰蔵から聞いた早駆け競争の再戦について尋ねると、兼房は困惑の表情を浮かべ、出来れば倅主水丞に任せたいと答えた。

「私もそれが出来るならば、主水丞が適任だと考えておりました。ですが、主水丞と雷神はかなり折り合いが悪いように思われます。何時ぞやも宗助に訊いてみたのですが、未だ主水丞は雷神には騎乗していないとのこと。最悪の場合、小春を騎乗させる旨の了承を取っておいたほうが良くはありませんか」

控次郎が言うと、兼房は弱々しく顔を横に振った。

「三春では馬に乗ることが許されているのは、禄高の高い武士に限られているそうだ。馬場内ならば小春も騎乗出来るが、万が一江戸の街道を走ったことが知れれば小春は咎めを受けることになる。それゆえ、倅には何が何でも雷神に騎乗させねばならぬのだ。控次郎、お前も力を貸してくれ。一人息子ということで甘やかしたわしが悪かったとはいえ、できれば、今一度主水丞に機会を与えてやりたいのだ。あ奴が三春の衆にした仕打ちを思えば、彼らが快く従ってくれぬのもわかる。それでもわしはお前に頼みたいのだ。お前なら三春の衆も言うことを聞く」

兼房は悲痛な思いで言った。

本多の家は、小城家から見ると、割下水を挟んだ向かい側に当たるが、尾行者がついていることから、控次郎は実家へは寄らずに元来た道を帰って行った。

依然として、背後からの気配は感じられる。

控次郎は両国橋に着いたところで辺りを見回し、先程の易者を捜した。自分を尾けている者が、易者の言う女であるかを確かめておこうとしたのだが、すでにこの日の仕事を終えたのか、易者の姿は何処にも見えなかった。

――ならば、見通しの良い神田川沿いの道で仕掛けるしかない

そう考えた控次郎は、両国橋を渡ると、ゆっくりと神田川沿いを歩き始めた。

尾行者を出し抜くための仕掛け所が目前に迫っていた。

――今だ

湯島横町を右に折れたところで、控次郎は猛然と駆け出し、通りと平行の路地を逆走することで、田宮道場がある佐久間町へと舞い戻った。位置取りとしては、湯島横

町から半町（五十メートル）ほど戻った地点になる。

果たして控次郎の姿が見えなくなったことで、小走りに距離を詰める女の姿が見えて来た。

一見商家の内儀風とも思える女は、控次郎が物陰から顔を出した途端、その気配だけで此方を向いた。控次郎がゆっくりと近寄る。

「俺を尾けた理由を聞かせてもらえるかい」

女の目を見据えながらも、その物言いはあくまでも親しげだ。

対する女も負けてはいない。艶っぽい目を控次郎に向けると、

「惚れ惚れするような良い男じゃないか。しかもあたしが尾けているのを見抜いた上で、そんなふうに応対してくる男は初めてさ」

女は抜け抜けと言い切った。控次郎に殺気が感じられないと見てのことだが、それでも次に控次郎が発した言葉には女も驚いたようだ。

「初めてと言ったかい。確かにその姿でお目にかかるのは初対面だが、姐さんにはすでに両国橋で会っている。随分と変わっちまったが、出来ることなら今の方が良いと思うぜ」

「畜生、男前のくせして可愛くない奴だね。あんた、どうしてあたしが婆さんに化け

ているとわかったのさ」

「女ってえのはな、幾つになろうと化粧をするもんだ。そして、その年なりに化粧を変える。ところが、今嗅いでみりゃあ、おめえさんもあの婆さんも全く化粧の匂いがしねえんだよ」

七方出を得意とする忍びに化粧は禁物だ。臭いを絶つことで様々な人間に化けられる。その習性が、逆に見破られる要因となったことを知らされた女は、悔しそうな目で控次郎を見詰めた。

「あんた、あたしをどうする気なのさ。このまま自身番にでも突き出すかい」

「突き出してもいいが、おそらくは無駄だろうな。姐さんの顔付きからして、自身番などはいつでも抜け出せそうだ。それに、おめえさんにゃあ殺気が感じられなかった。だから帰っていいぜ。その代わりと言っちゃあなんだが、俺に付きまとうのは勘弁してくれ」

「そうはいかないよ。あたしはあんたが気に入ってしまったからね。ついでだからあんたの名と、小城主水丞との関係を教えておくれでないかい。名前などは調べりゃあわかることだけれど、できればあんたの口から聞きたいんだよ」

「俺かい、俺は本多控次郎ってえ浪人者で、小城様の家来さ」

「呆れた。家来なら、旗本と対等に話すことなどできるはずがないじゃないか。あんたって男はつくづくすっ惚けた男だね」

「癇《かん》に障《さわ》ったかい。だったらこれっきりにしようぜ。俺はしつこいのが嫌いな質なんでな」

そう言って立ち去って行く控次郎を、女は興味津々といった目で見送ったが、同時にその目には、凶暴な光も宿っていた。

――生憎だけどあんたはあたしに殺される運命さ。まあ、その前に十分可愛がってあげるけどね

五

八丁堀にある七五三之介の屋敷を、前南町奉行池田筑後守の家来を名乗る武士が訪ねてきた。

武士は応対に出て来た百合絵の美しさに度肝を抜かれはしたが、それでも何とか平静を保つと、来訪目的である七五三之介の名を告げた。

「七五三之介はまだ奉行所から戻っておりませぬ。今少しお待ちいただけますか、さ

もなければ貴方様のお名前をお伺いして、後日当方よりご連絡を差し上げますが」

返答を求められた武士は、待つことを選択した。

武士は屋敷に上がることなく、玄関の外で七五三之介の帰りを待った。

ほどなくして、冠木門を抜けて七五三之介が邸内に入ってきた。武士の顔を見るなり、七五三之介は懐かしそうな声を上げた。

「中田様ではございませぬか。ご無沙汰いたしております。筑後守様にもお変わりはございませぬか」

以前と変わらぬ律儀な七五三之介の態度に、中田は満足げな表情を浮かべると、百合絵に案内されるまま七五三之介の部屋へと入って行った。

町奉行所内与力であった頃は嫌われ者で通っていただけに、中田は辞めた後も親愛の情を見せる七五三之介の態度が余程嬉しかったと見え、佐奈絵が娘の七絵を連れて部屋を出て行く時には、似合わぬ笑顔で七絵をあやし、逆に泣かせてしまうという失態まで演じてみせた。

「中田様、今日はいかなる御用向きでしょうか」

ばつの悪そうな顔をしている中田に、七五三之介が用向きを尋ねると、中田は歯切れの悪い答え方をした。

「うーん、それなのだがな。表向きは此度の早駆け競争を町奉行所がどのように捉えているかを七五三之介殿に訊いてまいれということなのだが……」

「森保様ではなく、私にですか」

七五三之介には、筑後守が古参の吟味方与力森保を差し置いて自分を指名した理由がわからない。

「此処だけの話として聞いてもらいたいのだが、確かに殿は大目付へと出世なされた。しかし、大目付という職は閑職も同然。それゆえ、殿は仕事に追われた町奉行時代を思い出されては、当時のことをいろいろ私に尋ねるのだが、困ったことに名前を覚えているのは、御尊父と七五三之介殿だけなのだ」

「それで私が。ですが早駆け競争の一件については、今のところ町奉行所は寺社方同様、黙認の姿勢を取っております。中田様、もしや筑後守様は大目付のお立場から、その一件に手を付けられるというのですか」

「それはない。そんなことをすれば、逆に殿のお立場が危うくなる。実はな、七五三之介殿。私が初めに申し上げた通り、早駆け競争の話というのは表向きのことで、殿は今一度町奉行職に就くことを望んでおいでなのだ」

「はい？」

「ご貴殿はそう思われるだろうが事実なのだ。ところが、そこへ思わぬ人間が顔を出してきたのだ。現勘定奉行の根岸肥前守様だ。七五三之介殿はご存じあるまいが、殿は殊の外肥前守様を嫌っておられるのだ。その殿の言を借りれば、肥前守様というのは金をばら撒くだけでなく、人たらしの名人とのこと。つまりは奉行所の与力達に、肥前守様の常套《じょうとう》手段である懐柔策が及んでおらぬかと殿は案じたのだ」

「まさか、それが私をお訪ねになった理由でしょうか」

「いや、無論それだけではない。正義感の強いご貴殿のことだ。此度の早駆け競争においても見逃し難い不正が行われれば、直ちにこれを正そうとするであろう。そこで筑後守様はもしご貴殿がかような事態に直面したならば、ご自分を頼るようにと言っておられるのだ」

なんてことはない。自分からは積極的に動かぬが、七五三之介が悪事の証拠を握ったならば、自分に教えろと言っているようなものだ。

七五三之介は、かつて勘定吟味役岩倉の一件で筑後守に呼ばれた時、筑後守が内与力に勘定奉行の名を聞いた際の話を思いだした。四名いる勘定奉行の中で、根岸肥前守の名が出た途端に不機嫌になったという。

それでも結果として、筑後守は七五三之介の後押しをしてくれた。

――兄上の話では、肥前守様という方も話のわかる人だそうだが与力には奉行を選ぶことは出来ない。中田の話を聞いている間も、七五三之介は町奉行には不正を憎む人間が望ましいと考えていた。

控次郎が長屋へ戻ると、家の中に仄かな灯りが灯っていた。

「また、おめえかい」

控次郎が呆れ顔でぼやいた相手は、根岸肥前守の家来木村慎輔だ。

「遅かったですなあ。せっかくの治部《じぶ》鍋が何度も火を入れたことで、葱《ねぎ》がとろとろになってしまったではないですか」

「へえ、今日は鯖《さば》の治部鍋かい。これも肥前守様の得意料理かい」

「左様です。ですが、まだまだありますぞ。深川の浅蜊《あさり》鍋や佃《つくだ》の漁師鍋、近頃では甲《こう》州《しゅう》屋というももんじ屋にも興味を持たれています。なんでも山くじらと言って猪《いのしし》を扱った鍋らしいですよ」

「そいつは勘弁してもらいてえな」

「わかります。四つ足を食べると血が汚れますからな。でも精が付きますよ。四つ足は薬食いと言って、病人にも食べさせるそうですから」

「元気な人間が病人の食い物を奪っちゃあいけねえや。おめえから肥前守様にそう言ってやんな。ところで、今宵はどんな用件だ」

「お、いきなりですか。鍋を突いてからという訳にはいきませんか」

そう言うと、木村慎輔は椀に鯖と葱をよそい、控次郎に差し出した。

鯖の骨で取った出汁の香りが醬油、味醂《みりん》と相まって食欲を掻き立てる。一口食べた控次郎が、

「こいつは旨いぜ」

と感嘆の声を上げるほど絶妙な味だ。すると、

「食べましたね。では、お訊きいたします。控次郎殿は上原如水という数学者をご存じですね」

木村慎輔は、控次郎が食べたことを確認してから用件を切り出した。

控次郎が、またかといった表情で箸を置く。

「知っているぜ。二度ほど会ったからな」

「では、その上原如水が早駆け競争の賭け比率を考え出したことはご存じで」

「何だと」

「知らなかったようですな。これは確かな筋からの情報です。上原如水が同郷の別所

格に頼まれ、考え出したものです」

「その男のことも知らなかったな。だがなあ、いくらその別所とかに頼まれたとはいえ、そのようなことを如水先生が教えるってえのが、俺には合点がいかねえぜ」

「それでも事実なのです。上原如水には同郷と聞いただけで、その者の頼みを聞き入れるだけの訳があるのです」

「……」

「上原如水こと上原正次郎《しょうじろう》は元喜連川足利家の家臣でありました。それも上士ではなく、中士の家柄です。如水は幼い頃より算法に秀でていて、その才は喜連川当主も目を掛けていたというほどだったそうです。ところが、如水が十五になった時、両親が相次いで病にかかり他界してしまったのです。おまけに、両親が病に臥《ふせ》っていた頃に作った借金もあり、如水は窮乏を余儀なくされました。そんな如水に救いの手を差し延べたのが近隣の者達でした。彼らは貧しい暮らしの中から金を出し合い、如水を江戸に送り出したのです」

「なるほど、それでその別所という男は如水先生を頼って出て来たという訳か」

「いいえ、それが違うのです。二年ほど前上原如水の元を訪れた頃の別所は、昼間は軽子《かるこ》として働き、夕方から他の師範に教えを受けていたそうです。その師範が別所の類稀《たぐいまれ》なる才に気づき、如水に進言したことから上原家に居候する形となったわけです」

「慎輔、おめえ随分と詳しいが、勘定方にゃあ、そんなことまで調べる隠密みてえな奴がいるのかい」

「いないと言えば嘘になりますが、如水が賭け比率を考案し、算出したということは胴元が流した噂によるものなのです。おそらくは高名な数学者の名を出すことにより、従来の博打とは別物であることを印象付けようとしたのでしょう。我々が別所格のことを知ったのは、勘定方の子弟の中に如水の門下生がいた為です。そこで我々は、如水と別所が同じ喜連川の出であることを知りました。しかも、その者も如水の家に居候しておりましたので、別所が夜遅く如水の家に駆け込んできて、如水と話しているのを偶然聴いてしまったのです」

「なるほど。それで、喜連川に人をやって如水先生の過去を調べ上げたという訳かい」

控次郎は言ったが、その物言いはどこかけだるさを感じさせた。

木村慎輔は、それを如水が賭け比率を考え出したことによるものだと錯覚した。

ところが、

「先程から黙って聞いていりゃあ、慎輔、てめえ如水先生のことを何度も呼び捨てにしやがったな。大方てめえは肥前守様からの用向きを伝えに来たのだろうが、あのお人はな、俺の娘の師であるばかりか、俺が心服しているお方なんだよ。とっととこの不味《まず》い治部鍋を片づけて帰りやがれ」

控次郎に一喝されてしまった。

「さっきは旨いと言われたではないですか」

「うるせえ、味なんてえものは時とともに変わるもんだ。今頃になって、鯖の臭みが矢鱈舌にまとわりつくようになってきやがったじゃねえか。二度と来るんじゃねえぞ」

「そんなに怒らないでくださいよ。控次郎殿がそこまで如水先生に心酔されているとは知らなかったんですから。謝ります。ですから肥前守様からのお言伝を聞いてください。さもないと私は腹を切って肥前守様にお詫び申し上げなくてはなりません」

「ふん、腹なんてえものはなあ、おいそれと切れるもんじゃねえんだよ。何なら切腹の作法ってえのを教えてやろうか」

「はあ、そんな冷たい人だったんですか。そうとも知らずに一所懸命肥前守様から料理を学んだ自分が情けなく思えてきます。帰ります。短いご縁ではありましたが、これをもって今生の別れとさせていただきます」

「おめえも嫌味な野郎だなあ。随分と寝覚めの悪いことを言うじゃねえか。だが、あの爺さんを出汁に使うところは気に入ったぜ。仕方がねえ、用向きって奴を喋っていきな」

すると、忽ち木村慎輔は相好を崩した。控次郎の横にあった鍋を手で押しのける。

と、控次郎の眼前に顔を突き出した。

「控次郎殿、肥前守様は今回の早駆けにおける噂話が、意図的に流されたものだと見られております。それでお手前に何か聞き及んでいることがないかとお尋ねなのです」

「やはりな。俺もそう考えていたところだ。ならば慎輔、肥前守様に伝えてくれ。小城主水丞は噂になっている雌馬には一度も騎乗したことがねえとな。にも拘わらず雌馬の雷神を相手に選んだのは、前回戦った風神では賭ける人間が少ないからだ。だが、今のままでは賭けは成立しねえ。雷神に騎乗する者がいねえのさ」

「なんと。早駆け競争を仕組んだ者は、そんなことも知らずに噂を造り上げたのですか」

「違う。知らねえどころか、奴らは小城主水丞の動向を逐一見張っていやがるのさ。

それもいろいろな人間に化けてな。そんな奴らが白河様を担ぎ出してまで主水丞に勝負を受けさせた以上、きっと何かを仕掛けてくるのは間違えねえ」

「有り難い。これだけ聞けば私も胸を張って報告が出来ます。まさか小城があの雌馬に一度も騎乗していないなどとは肥前守様も思いもよらぬことでしょうからな。ところで、いろいろな人間に化けるといわれましたが、どうして化けているのがわかったのですか」

「どうせ言ったところで信じやあしねえさ。それよりも慎輔、おめえに頼みたいことがある。勘定方にも隠密の真似をする奴がいるようだから、忍びの中に他人の声をそっくりに真似る奴がいねえか訊いてくれ」

控次郎は、七五三之介を苦しめた怪しげな一団を忍びと断定していた。奉行所の中を他人に成りすまし、尚且つ本人とかち合わないように動き回ることが出来るのは、無言で連絡を取り合える忍び集団しかないと見ていたからだ。

控次郎の頼みに、木村慎輔は笑顔で応じた。

「当方にも探索をする者はおりますが、御公儀の隠密と比べるとその数はわずかなものです。ですが、こちらには金という強力な武器があります。早速肥前守様に申し上げて、その武器を使うことにいたしましょう」

そう言うと、慎輔は持参した醬油と味醂の壺をひとまとめにし、それを風呂敷に鍋ごと包んで持ち帰っていった。

六

冷たい北風に吹き飛ばされた路傍《ろぼう》の枯葉が、足元にまとわりつく。

こんな寒い晩は、家に籠って布団にくるまっていれば良さそうなものだが、ついつい温かな雰囲気と燗酒《かんざけ》を求めて、身体を震わせながら飲み屋に顔を出すのがおかめの常連達だ。

蛸を煮る醬油の匂いが立ちこめる店内に入ると、まるで久方ぶりにこの匂いを嗅いだかのように鼻を突き出し、女将に向かっておべんちゃらを言った。

「この煮蛸の匂いが恋しくて、泣いて縋る女房を足蹴にしてまでやって来たんだ。女将、早速この蛸を出してくれ。熱燗も二本ばかりつけてくんな」

男は控次郎と同じ長屋の留吉《とめきち》という大工だ。

稼ぎは良いが、お調子者で付き合いが良すぎることもあり、女房とは一年中喧嘩が絶えなかった。

「はん、おめえんとこの嬶《かかあ》が泣くだって。いい加減なことをぬかすんじゃねえぜ。あの嬶が水気のあるものを出すとしたら、おめえに向かって吐きかける唾か、金を見た時に垂らす涎《よだれ》くれえのもんだろう」

　早速居合わせた常連の一人が茶々を入れた。すかさず留吉が軽口で応戦する。

「おいおい。どこの何方《どなた》様かは知らねえが、随分と俺んところの事情をご存じじゃねえか。見てたのかい。それにしても昔の人は上手い事を言ったもんだぜ。女房が鼻についてくれば嬶だってね。こちとら一日中働き詰めで疲れ切っているんだ。灯りを消した途端に、すり寄ってこられたんじゃあ、わが身を守る為に、飲み屋に逃げ込まなきゃあ仕方がねえだろう」

　怒るかと思いきや、一転して笑いを取る。留吉はこういった間の取り方に長《た》けているらしく、たちまち店内は笑いの渦に巻き込まれた。

　こうなると、おめでたい留吉は抑えが利かなくなる。懐の中からなにやら紙きれのようなものを取り出すと、四方に向かって見せびらかし始めた。

「おめえ達、これが何だかわかるかい。おっと、触っちゃあいけねえよ。こいつはなあ、嬶に内緒で、毎日の稼ぎの中から少しずつちょろまかして買った早駆け競争の賭け札よ。しかも二両分だい。見事当たった暁《あかつき》にゃあ、三倍になって返ってくるんだ」

留吉は二両と言ったが、これは大工の稼ぎの一月分《ひとつき》に相当する。大工は手間賃の他に飯米料が支払われるので、一日の稼ぎはおよそ五百文強（約一万円）になるのだ。さらに、火事で焼けた大店の改築となると手間賃の他にご祝儀まで出る。留吉は、そのご祝儀分を女房に渡していなかったのだ。

とはいえ、二両も賭け札を買ったと聞いた常連達は一様に目を丸くした。

「よくもそんなに誤魔化《ごまか》せたもんだ。おめえは相当な悪だな」

「そこまでして貯めた金を、早駆け競争でふいにする気かい。おめえの馬鹿は死ぬまで治らねえな」

客たちは、口では悪態をつきながらも、内心は羨ましがっている様子がありありと窺えた。

そんな中、一人静かに酒を飲んでいた控次郎が留吉に尋ねた。

「留さん、どっちに賭けたんだい」

「おや、先生もお買いになる気ですかい。仕方がねえなあ。他の者ならともかく、先生には極上のねたをお教えしねえわけにはいきやせんからね」

「折角だが、俺は買いやしねえよ。ただ留さんがどちらを買ったか訊きたかっただけなのさ」

「なんだ、そうなんですかい。でしたら俺っちは巴御前を買いやした。出所は言えねえんですが、確かな情報ですぜ。なにしろ巴御前の一っ跳びは他の馬が二回飛んだ分に相当するそうですから」

留吉は雷神の一完歩が他馬の二完歩に当たるということを知っていた。だが、雷神に騎乗する者がいないことは、知らされていないようだ。

――おかしい。このままでは賭けは無論のこと、早駆け競争自体が成立しない
控次郎は黒幕の狙いがどこにあるのかわからなくなった。

小城主水丞を見張らせ、雷神の存在まで突き止めた黒幕が、騎乗する人間が決まっていないことを知らずにいるとは思えなかったからだ。

いくら白河公からの頼みを聞き入れ、主水丞が雷神に乗ることを決意したとしても、肝心の雷神が主水丞を拒めば、企ては水泡に帰す。

まさか相手が早駆け競争を断念したからといって、それをもって勝敗を決めたとしたなら、庶民はともかく大名・旗本が承知するとは思えなかった。

――わからねえ。前回多額の金を手にした以上、黒幕は二匹目の泥鰌《どじょう》を狙うはずだ。ならば、どんな手を使っても雷神に騎乗する者を探してえはずなのに、今もって

騎乗者が決まっていねえ控次郎は黒幕が誰を雷神に騎乗させようと考えているのか、未だ見当もつかなかった。

常連客が帰り、いつものように板場から出て来た親父の政五郎が控次郎の隣に座って飲み始めた頃、定廻り同心の高木は店にやって来た。

「遅かったじゃねえか、双八。近頃は奉行所が引けると同時に顔を出すおめえが、いつまで経っても現れねえんで、もしかして女の尻でも追っかけて、よからぬ店へでも行ったんじゃねえかと心配したぜ」

控次郎が開口一番凄いことを言ったが、

「なんとまあ、人聞きの悪いことを平気で言われるんですかねえ。私は七五三之介殿から直々に用向きを言付かって来たというのに」

控次郎の口の悪さに馴れている高木は、怒る気配すら見せなかった。

「言伝を頼まれたくらいで、こんな時間になるのかい」

「先輩、たまには人の身になって考えてみてはどうですか。そうすれば私が遅くなってやって来た理由が、他の客に話を聞かれたくないからと気づくはずです」

「そうだろうか」

「絶対にそうです」

　そう言うと、高木は控次郎に顔を近づけ、七五三之介が前南町奉行池田筑後守の内与力中田から言付かった話をし始めた。

　その話の内容というのは、今回の早駆け競争における騎乗者の変更を匂わせる怪文書が、大名・旗本の屋敷に投げ込まれているというもので、必ずしも賭けに加わった者達ばかりではないとのことであった。

「高木の旦那、それっていうのはもしかして、賭け事に不満を持つ人間が、賭けを止めさせるために投げ入れたってことじゃあねえですか」

　投げ入れた者の意図がわからない政五郎が、高木に説明を求めた。

　高木ならば、自分達より近い位置、すなわち中田から話を聞いた七五三之介からの話を聞いている。それに対し、自分達は七五三之介からの話を伝え聞いた高木の話を聞いている。それゆえ政五郎は、高木に何か言い忘れたことがないかを確認したのだが、高木は当惑の表情を浮かべるばかりだ。

　ようやく二人の会話が途切れたと見た控次郎が口を開いた。

「小城主水丞を雷神に騎乗させるためだ」

「えっ、先輩、どういうことですか。だって小城主水丞が巴御前、いえ、どうやら雷神という名のようですが、その馬に乗ることは決まっているじゃないですか」

「主水丞は未だ雷神に騎乗することが出来ずにいる。雷神が主水丞を嫌っていて、近づくだけで唸り声をあげるらしい。それで主水丞も二の足を踏んでいたのだが、この怪文書が流れれば、そんなことは言っていられなくなる。馬術家として馬を御すことが出来ないと知れれば、主水丞の地位は失墜する。双八、その怪文書が投げ込まれたってえのは、大名屋敷や旗本屋敷でも一部のはずだ。少なくとも、町中に貼られちゃあいないんじゃねえかい」

「確かに、町中に貼られた様子はありません」

「だったらそういうことさ。主水丞を貶《おとし》めるつもりなら市中に貼り紙をした方が効果はある。連中がそういったことをしねえのは、どうしても主水丞に雷神の騎乗をさせなくてはならねえからさ」

控次郎の話を聞いた高木と政五郎は、思わず顔を見合わせてしまった。彼らは、当代随一の馬術名人と呼ばれる小城主水丞をもってしても、御することが出来ない馬など、存在するはずがないと思っていたからだ。

おかめからの帰り道、控次郎は背後からの気配を感じた。

何者かが、物陰からじっと自分の様子を窺っている。だが、いきなり襲ってくる様子はない。

角を曲がったところで、控次郎は板塀に張り付き、尾行者が現れるのを待った。

果たして十を数えたところで、角を大きく曲がった尾行者が控次郎に気づいた。

「なんだい、老婆の姐さんじゃねえかい」

控次郎が親しげに呼びかけた。相手は、先日後を尾けられた女だ。

女は控次郎の物言いを、自分を馬鹿にしたものと受け止めた。

「あんた、あたしを甘く見るとただじゃあ済まないよ。あんたの命を奪うことなど、今すぐにも出来るんだ」

自分が口にした言葉に触発されたか、つい先程まではなかった殺気が女の目に漲《みなぎ》った。女は控次郎の間合いを外すべく、一気に後方へと飛び下がった。

「ただの女だとは思っちゃあいなかったが、今の身のこなしといい、おめえさんは数々の修羅場を潜り抜けて来たようだな」

控次郎の放った言葉が引き金となった。

女の左手が口元を隠すように持ち上げられ、右手が懐の中へと吸い込まれた。

ゆっくりと引き抜いた女の右手に細身の手裏剣が握られていた。それも刃先が光らぬように黒く塗られている。

女が距離を詰めてきた。控次郎を睨みつけたまま駆け寄ると、大きく頭上に振り上げた腕を撓《しな》らせた。同時に「ふっ」と息を吐きだす音がした。

だが、控次郎にはわかっていた。女が右手で手裏剣を振り上げた時、女の口元がわずかに動いたことを見逃さなかった。

――含み針

咄嗟にそう感じた控次郎は、わずかに首をひねることで手裏剣を躱《かわ》すと、今度は女の口元の動きに合わせ、余裕をもって右袖をかざした。含み針には、毒を塗られたものが多い。それゆえ、控次郎は羽織の袖でそれを受けた。

わずかな月の光を受け、袖に刺さった二本の針が煌《きらめ》いていた。

「あんたって男は、本当に憎たらしい男だね。本来ならばあたしのものにしてやりたいところだけれど、生憎今宵は手勢を引き連れているんだ。惜しいけれど、あんたを殺すしかないのさ。覚悟をおし」

女の声に呼応し、周囲に潜んでいた者達が一斉に姿を現した。

黒装束に身を包んだ一団が、控次郎を取り囲んだ。その数およそ十人。手にはそれぞれが十方手裏剣を握っていた。

その標的となることを嫌い、控次郎は前後左右に場所を移動したが、黒装束の集団は手慣れていて、取り囲んだ輪の中から外へ出そうとはしない。遠巻きに獲物をしとめるかのごとく、徐々に距離を縮めてきた。

控次郎に逃れる術《すべ》はなかった。

鞘ごと刀を引き抜いた控次郎が、少しでも敵の手裏剣が急所を外れるよう鞘を顔の前に差し出した。

「構わねえぜ。どこからでも投げてきな。だがな、最初に投げてきた奴だけは道連れにしてやるぜ」

死を覚悟した控次郎が、鞘と剣で作った隙間から、正面の敵を睨みつけた。

その時だ。

控次郎の左前方にいた黒装束の一人が、呻き声をあげた。

何事かと驚く一団が身構える中、闇を突きぬける風のような物音と共に、黒装束の一団が次々と胸を押さえて倒れ込んだ。

いずれの胸にも、笹竹の形状をした手裏剣が突き刺さっていた。

あと少しのところで、襲う側から襲われる側へと追いやられた一団は、女を庇《かば》うようにして陣形を整えた。そんな男達の前に、板塀からひらりと飛び降りて来た男は、手にした箆竹の束を懐にしまうと、代わりに鉄状の武器を取り出した。

男の顔は、控次郎に背中を向けていた為、確認できない。だが、控次郎は男の正体に気づいた。先日両国橋で呼び止めてきた易者ではあるが、その躍動する若々しい姿に見覚えがあった。

控次郎が見詰める中、易者が繰り出す二挺の鎌は、その柄と柄を結ぶ細い紐によって、手元に手繰《たぐ》られては大きな弧を描き、男達に襲い掛かった。

そして二挺の鎌が同時に易者の手元に手繰り寄せられた時、黒装束の一団は女一人を残し、全員が地に伏していた。

一人残った女は、易者と控次郎の顔を交互に睨みつけると、仲間を残して逃げ去って行った。控次郎は易者の元に歩み寄った。

「蛍丸《ほたるまる》。おめえだったのかい。遠州《えんしゆう》に帰ったとばかり思っていたんだが、江戸にいたとは夢にも思わなかったぜ。でも、おかげで命拾いをした。礼を言うぜ」

かつての盟友蛍丸の顔をしげしげと見詰めながら、控次郎は言った。

七

西尾頼母が不忍池にある常陸屋の出店を訪れたのは前回同様、早駆け競争における補填役を確認する為だ。

供は別所格の他に腕利きの配下を五人ほど連れていた。

別所は常陸屋次郎左衛門に以前のような太々しさが消え、新たに用心棒らしき者を雇ってもいないことから、頼母と次郎左衛門が談合する場には警護の者を残すと、自身は東叡山寛永寺《とうえいざんかんえいじ》側にある不忍池の畔へと向かった。

ここからは喜連川足利家の江戸屋敷が間近に見える。

別所は人気《ひとけ》の無い喜連川屋敷を眺め、今は亡き会沢修平を偲《しの》んだ。

自分が喜連川屋敷の前を通らず、会沢修平に出会いさえしなければ修平は死なずに済んだのだ。そんな思いに囚われていたから、別所は背後からの足音にも気がつかなかった。

「別所様、何やらあの屋敷に特別な思いがあるようですな」

声に振り返った別所が、男の顔を見て驚いた。

直接顔を合わせるのは二度目だが、その鋭い目に特徴があった。

御庭番を統括する菊右衛門だ。

別所は軽く会釈をすると、その場を離れようとした。だが、菊右衛門は話を繋ぐことでそれを遮った。

「もう少し気持を強く持たれることですな。我らにしても西尾様と手を結ぶ限り、別所様とは手を取り合わねばならぬのです。感傷に浸るなど気弱な心はお捨てなさるのがよろしいかと」

「菊右衛門殿は、私が女々しいと言われるか」

「われら忍びに人並みの感情などはありませんからな。よって、われらから見れば、別所様は気弱に思えてなりませぬ。その証拠に今も喜連川屋敷を見ておられましたからな」

「菊右衛門殿、今の私は喜連川足利家とは縁を切った人間だ。そしてただ一人の幼馴染も、死へと追いやった人間だ。そんな私が江戸屋敷を見ていたとしても、感傷的になったとは言えまい」

別所がそう答えることも、菊右衛門は予期していた。

「ならば、あの喜連川江戸屋敷を我らのものにしたとしても、別所様は構わぬということですかな」

「えっ」

「そのように驚かれるのは、未だ喜連川に心が残っている証拠ではありませんかな。別所様、心をお捨てください。我ら忍びには、身を隠す場所が必要なのです。いくら常人には及ばぬ力を備えていても、所詮忍びは卑しき身、能力に見合った暮らしは出来ませぬ。無論、妖の四人衆ともなれば、西尾様のように大金を投じる方も現れますが、それでも彼らに安住の地はありません。幸い喜連川江戸屋敷は常駐する者わずかに留守居役以下五名。その内の四名に入れ替われば、実質屋敷を手にいれたも同然」

菊右衛門はこともなげに言ったが、その口ぶりには喜連川江戸屋敷を乗っ取るという意思が明確に表れていた。


寝静まった深川一帯を風のように走り抜ける者達が、続々と伊勢屋に集結していた。わずかに一本だけ灯された蠟燭《ろうそく》の灯りが、室内にひしめき合う人の数を朧《おぼろ》に映し出した。その中心にいるのは紛れもなく菊右衛門だ。

目の前にある蠟燭の炎を些かも揺らすことなく、呟きにも似た低い声で喋り始めると、

「鼎蔵、小城主水丞はあの雌馬に乗れたのか」

菊右衛門は四人衆の一人鼎蔵に訊いた。

「今朝ほど、初めて乗ることが出来もうした。小春という娘が一緒に騎乗したことで、雌馬が暴れなかったのでござる。ですが、相変わらず主水丞一人では、乗ることも出来ず、果たして早駆けの日までに間に合うかは不明でござる」

鼎蔵は、以前と比べ菊右衛門と距離を置く物言いに変えていた。あの日自分に向けられた菊右衛門の憎悪の眼差しを感じ取っていたのだ。

それを兄の才蔵が横から窘《たしな》めるように肘《ひじ》で小突いた。

菊右衛門は、そんな様子に気付きながらも、四人衆の中で一番年長の十影と、その背後に控えている夥《おびただ》しい数の伊賀者に向かって言った。

「十影、お前は三春の者達が寝泊まりしている屋敷を見張り、彼らの本音を聞き出すのだ。油断するでないぞ。鶚の話では、その屋敷に出入りしている次男坊というのが、なかなかに腕が立つそうだ。さらに、その次男坊には妙な易者が付き従っている。伊賀者達よ。その易者が我ら伊賀者を十名も手に掛けたのだ。我らが誇りにかけて、必ずやその易者を葬り去らねばならぬ」

菊右衛門の言葉を並みの人間が聞いたとしても、容易には聞き取ることが出来まい。だが、伊賀甲賀を問わず、研ぎ澄まされた五感を有する忍びには可能なのだ。彼らは仲間を殺した易者に報復することを誓った。

控次郎が蛍丸と旧交を温めているところへ、木村慎輔が訪ねてきた。

いつものように鍋を提げてやってきた慎輔は、その場に白髭の老人が居合わせたことに驚いたが、控次郎から同じ長屋の住人だと告げられると、安心したように台所へと向かい、持参した具材を包丁で刻み始めた。

「今日は何鍋だい」

控次郎が尋ねると、慎輔は「河豚《ふぐ》鍋だ」と答えた。

「大丈夫かい。俺にゃあ娘がいるんだ。まだ死にたくはねえぜ」

「種類にもよりますが、この河豚は身を食べる分には安心なのです。心配はいりませんよ。私が真っ先に食べて見せますから」

慎輔が得意げに言ったところで、蛍丸が立ち上がった。

「では、控次郎殿、私はこの辺りで失礼いたします」

一見気を利かしたようにも見えるが、急な立ち去り方はどこか不自然だ。

「蛍丸。おめえ、まさか自分だけ助かろうって訳じゃねえだろうな」

「そんなことはありません。河豚鍋というのは高級なもの。折角そちらの方が控次郎殿にと持参されたものを、私ごときが減らす訳にはまいりません」

「何を言いやがる。高級なものだからおめえと一緒に食うんじゃねえか。おい、慎輔。構わねえよな」

控次郎が了承を得るべく慎輔の顔を見ると、意外にも慎輔は訝しそうな表情をしている。

「なんだい、駄目だとでも言うのかい」

「いえ、そうではないのですが。控次郎殿、もしやこちらのお方は老人の形《なり》をしているということなのですか」

慎輔は、二人のやり取りを聞いているうちに、そう感じたようだ。

「そうかい。気づいちまったかい。慎輔、この男は俺の友でもあり、命の恩人でもあるんだ。白髭をつけちゃあいるが、歳は俺より若い。生業《なりわい》が易者なもんで、歳を食っていねえと客が来ねえのさ」

蛍丸の素性に触れることなく、控次郎は言った。勘定方とはいえ、慎輔は役人だ。殊更蛍丸が元風花堂《ふうかどう》の行者であることを告げたところで、却って面倒な事態を招くだけだろうと考えたのだ。

控次郎の前に熱々の鍋が置かれた。

約定に違《たが》わず、慎輔が真っ先に箸を取ると、その食べっぷりの良さに、控次郎もついつい鍋を突きだした。

「はふ、はふ。こいつは旨《うめ》えや。今までの中で一番の旨さだ。とはいえ肥前守様も度胸がいいぜ。河豚を食うんだからな」

控次郎が賛辞を送ると、意に反して慎輔は嫌な顔をした。初対面の者がいる前で、肥前守の名を出されることを嫌ったらしい。

「先ほども言ったが、この男なら大丈夫だ。おめえ同様、俺が心から信用している人間だ」

控次郎にしては、珍しく人を喜ばせることを口にした。この言葉は効いた。木村慎輔の満足そうな表情がそれを物語っていた。

箸を置き、居住まいを正すと、慎輔は控次郎に向かって言った。

「ということでしたら、先日控次郎殿から依頼された件をこの場で申し上げてよろしいですな」

「無論、構やあしねえが、俺が言った通りの奴がわかったのかい」

「はい、伊賀者の長老に金を渡して聞き出しました。初めは渋っていましたが、五十両の金を見た途端に口を割りました。その者達は甲賀者で、百舌鳥一族という殺戮《さつりく》集団です。幼い頃より鳥や四つ足の鳴き声を真似、長ずるに及んでは人の声を真似るといわれています。中でも妖の四人衆と呼ばれる者達は、魑魅魍魎《ちみもうりょう》のごとき輩で、声だけでなく顔の筋肉を自在に操ってその人間そっくりに化けることが出来ます。そして、これは警告です。妖の四人衆に狙われたら最後、生き残った者はいないと言われているそうです」

「そうかい。だが、ちいっとばかり遅かったな。もう狙われちまってるのさ。その妖の四人衆って奴等にな」

「えっ、もうですか。でしたら、すぐに肥前守様に申し上げます。控次郎殿の身辺に手勢を巡らすよう私から進言いたします」

控次郎の身を案じた慎輔は、真剣な表情で言った。だが、控次郎はその申し出を退けた。

「無理だな。奴らは誰にでも化ける。それも俺の周りにいる誰かにな。だから俺に警護をつけるってことは、化ける人間を増やすことにもなる。慎輔、これ以上は俺に関わるんじゃねえぜ。下手に奴らを刺激すれば、肥前守様の身にも危害が及びかねねえ」

相手が魑魅魍魎に譬えられる化け物集団ならば、必要以上他人を巻き込むわけにはいかない。控次郎は自分の他に、もう一人を加えた二人だけで、妖の四人衆に立ち向かう覚悟を決めた。

八

控次郎は三春の者達が桜馬場に出掛けている九つ（正午）過ぎに実家である本多家を訪れた。

できることなら人の目に触れることなく与兵衛を連れ出したかったからだ。そこで用人部屋へと続く台所へ回ってみると、当の与兵衛は台所で冷や飯に茶をぶっかけ、沢庵を摘《つま》んでは胃の中へと流し込んでいた。

控次郎に気づいた与兵衛は、一瞬食べるのを中断すべきかどうかと迷っていたが、茶碗の中に飯が少しだけ残っていることに気づくと、控次郎に挨拶するよりも飯を平らげることを優先した。

食べ終わった与兵衛は、「ふう」と一息ついた後、弁解がてら控次郎に用向きを尋ねた。

「歳を取ると、起きてすぐには食欲がわかないものでございましてな。それにしてもこんな時分に、しかも台所から入られるとは妙でございますな。さてはまた、与兵衛めに良からぬ頼み事をしに参ったのでは」

与兵衛は、控次郎が人目をはばかるようにして台所から入って来たことで、その日的が自分への頼み事であると見抜いていた。

「別に。頼むつもりなんかねえよ」

「ほう、左様でございますか。与兵衛はてっきり控次郎様に頼み事をされるものと喜んでおりましたのに」

「全く腹の立つ年寄りだぜ。たった今、良からぬ頼みと言ったのはおめえじゃねえか」

「確かに申し上げました。ですが、この与兵衛。一度として控次郎様の頼みを断ったことなどありませぬぞ。今もそうです。控次郎様に言われれば、たとえ火の中水の中、よしんばそこが地獄であろうとついて行く所存」

与兵衛は大見得を切った。いつになく煮え切らない控次郎を気遣い、ついつい大袈裟な言い回しをしてしまった。

まさか、控次郎がそれを待っていたなどとは思いもしない。

「地獄かい。まあ、当たらずとも遠からずってところだな」

早速控次郎の物言いが、いつもと同じ軽い調子に変わった。

すでに与兵衛が承諾したものと受け取ったからだが、そのあからさまな変化は、与兵衛にしてみれば嵌められたとしか思えない。思わず顔を顰《しか》めた与兵衛に、控次郎は素知らぬ顔で用向きを切り出した。

「与兵衛、鬼退治ならぬ化け物退治を手伝ってもらいてえんだ。そいつらは人の声を真似、その人間になり切ってしまう化け物だ。奴らは金で雇われているんだが、今のところ、雇った奴には手が出せねえ。だからといって、こいつらを野放しにしておけば、大勢の人間が泣きを見る。現に七五三《しめ》も奴らに陥れられ、危うく乱心者扱いされるところだったからな」

「なんと、七五三之介様がそのような目に。ならば見過ごすわけにはゆきませぬ。で、そ奴らの数は如何ほどでございますか」

「化ける奴は四人だが、そいつらの手の者が何人いるかは見当もつかねえ」

「左様なこともわからずに私に手伝えと」

「厭ならいいんだぜ。俺だって怖気づいた年寄りに無理を言うつもりはねえやな。ただ、いくら年寄りでも、ちったあ身体を動かした方がいいんじゃねえかと思ったから仲間に加えてやろうとしてるんじゃねえか」

「仲間？　では他にも味方になってくださる方がおられると」

「俺とおめえ。丁度二人だ」

控次郎は涼しい顔で言った。


毎年、この時期になると上方からの新酒が江戸に入る。

それを江戸庶民が争うようにして買い漁《あさ》るのだが、代々吟味方与力である片岡家では、金を使わずとも貴重な新酒が山のように届けられてきた。

理由は訴訟のほとんどが示談による決裁で済まされた為だ。年間何万件にも及ぶ示談を与力だけで処理することはできない。その為、示談を優位に進めようとする者達は、前もって与力の妻に相談を持ち掛けるのが慣例となっていた。新酒はその手土産であり、中には四斗樽のまま送りつける者もいた。

その四斗樽が長女雪絵の嫁ぎ先である本多家に届けられた。

近所の旗本達がその様子を羨ましげに見守る中、大八車が屋敷内に引き入れられ、運搬に当たった人足達の手で台所の隅に置かれると、四斗樽を初めて見た宗助と音爺はその大きさに目を見張った。

その二人に、与兵衛は嬉しそうな表情とは似合わぬ言葉を発した。

「やれやれ、大変なことになったわい。酒は三月《みつき》も経てば味が変わるでな。その上、当主嗣正様も大殿様もさほど酒がお強くはない。お飲みになるお方と言えば、奥方の雪絵様と大奥様だけなのだ。困った、実に困ったものだ」

「えっ、ではご用人様、せっかくの酒が無駄に」

「そんな罰当たりな真似ができるか。そうなる前に飲むのじゃ。音爺、宗助。今宵は性根を入れて飲まなくてはならんぞ」

満面の笑みを浮かべる与兵衛につられて、音爺の顔も次第に緩んでいった。

与兵衛の言葉通り、この夜は大量の酒が振る舞われた。

その上、奥方の雪絵があまるとともにやってきて、小春を自分の部屋に連れ出したものだから、男達は心行くまで酒に酔いしれることとなった。

宗助が酔いつぶれ、音爺の呂律《ろれつ》も怪しくなった頃、与兵衛はいつも通り屋敷の見廻りをする為、用人部屋を抜け出した。

屋敷の見廻りは与兵衛の務めだ。

すべては大殿元治の恩に報いる為、与兵衛は雨が降ろうと雪が降ろうと、見廻りを欠かさなかった。

与兵衛は今も忘れることが出来ない。行き倒れた自分を救ったが為、自分が回復するまでの間、医者に薬料を払い続け、その結果元治夫妻が芋ばかり食べていたことを。そして、それに気づいた自分が深々と頭を下げた時の慈愛に満ちた元治の表情が、今も与兵衛の脳裏から離れることはなかった。

中庭に回ると、仄かに元治の居室が映し出されていた。与兵衛は己の酒臭い息が、ほんのわずかでもその部屋にかからぬよう距離を保つと、いつものように深々と一礼してその場を去った。

与兵衛の五感が何かを捉えたのは、屋敷の外を見廻るべく一歩門の外に踏み出した時だ。背後にかすかな気の乱れを感じ、与兵衛は振り返った。五感を頼りに中庭へと歩を進めると、黒竹が生い茂った辺りに明らかな人の気配が感じられた。

「誰だ」

与兵衛が誰何《すいか》すると、その声に驚いたか、一人の男がふらつきながら飛びだしてきた。闇の中でも酒の臭いがぷんぷんと漂ってきた。

「音爺ではないか。いつの間に外に出たのだ。水が飲みたくなったのなら、台所に汲み置きの水があるではないか。しょうがない奴だ。どれ」

そう言うと、与兵衛はのぞき込むように音爺に顔を近づけ、その後で二度ほど音爺の顔を軽く叩いてから、井戸端へ連れて行った。

「わしが水を汲んでやるから、冷たい水で顔を洗うが良いぞ」

まるで親しい友に接するような与兵衛の気遣いだ。

音爺は言われるまま、素直に井戸端にしゃがみ込むと、釣瓶《つるべ》の水に顔を浸した。

ところが、

「わしが良いと言うまで、顔を水に浸しておれ」

与兵衛は一転して冷めた声音を用いた。しかも膝をついた音爺の背後に回っていた。みるみる音爺の顔に緊張が走った。与兵衛が取った位置は、無防備となった音爺の逃げ道を完全に断っていた。さらに与兵衛は言う。

「お前は音爺ではない。酒の臭いをさせてはいるが、お前の口からは酒の臭いがせなんだ。それにしても見事に化けるものじゃ。控次郎様から聞かされていなければ、わしとて気づかなかったかもしれぬ。名は知らぬが妖の四人衆の片割れよ、わしからの宣戦布告を、霊魂となって仲間の元へ知らせるがよい。今日をもって、妖の四人衆は、三人衆と名を変えたとな」

「ほざくな爺」

もはやこれまでとばかり、音爺に化けた男は言い放った。同時に背後に立つ与兵衛の攻撃を外す為前方に転がり込むと、その後で二度、三度ととんぼを切って数間の距離を一気に飛んだ。

その腹に、与兵衛の剣が深々と突き刺さった。

九

年が明け、江戸は寛政《かんせい》八年（一七九六）を迎えた。

正月は将軍に拝謁するため、大名・旗本はこぞって江戸城に登城するが、それとは逆に、町屋はひっそりと静まり返っていた。

商家のほとんどが休みか、昼過ぎになって店を開けることもあるが、庶民は概《おおむ》ね元旦は家に籠っていることが多かった。

大晦日にはあれほど忙しく動き回っていた人間達が、一夜明けた途端に姿を消してしまう。毎年のことだけに、江戸者は慣れっこになっているのだろうが、今の小春には、その急激な変化が自身の胸の内と相まって一層寂しく感じられた。

事実、ここ数日の小春には元気がなかった。宗助と音爺はそれを、故郷の三春が恋しくなったからだと受け止めていたが、小春には理由がわかっていた。

気づいたのは、ほんの五日ほど前のことだ。

小城主水丞が雷神に騎乗し始めた為、小春は主水丞に付きっきりになった。雷神がなかなか懐かない為、騎乗する際は小春の手助けが必要だったからだが、今は雷神も主水丞を背にすることを厭わなくなった。

馬喰の小春達にしてみれば、喜ぶべきことなのだろうが、雷神が馬場の外に出て、遠駆けの訓練を始めた頃から控次郎が姿を見せなくなった。

宗助と音爺は、やっと控次郎様のお手を煩わせずに済むと喜んだが、それとは逆に小春の心は重く沈んでしまった。

これまでは、所詮旗本の若様と馬喰の娘だと諦めていたものが、会えなくなった途端に、あの優しい眼差しと誰にでも親しげな物言いが、矢鱈恋しく思い出されるようになったのだ。

——どうして、もっと早く気づかなかったのだ
小春は毎日顔を合わせていた頃の愚鈍な自分を悔やんだ。

明日になれば、小春と宗助は小城家に移り住むことになっている。

本多家に居れば、控次郎に会う可能性もあるが、小城家ではそれも叶わない。

──控次郎様に会いたい

小春は生まれて初めて、人を好きになることが、こんなにも苦しいものであることを知った。

思いの伝わらぬもどかしさは、人を恋《こ》うる者には皆同じだ。

今では片岡家唯一の売れ残りとなってしまった百合絵の心も、千々に乱れていた。原因は、七五三之介からの連絡が一向に来ないことで、痺《しび》れを切らした丈一郎の母しのぶが年番支配の福田を介して、今一度息子との縁談を持ち掛けてきたことだ。

父親の玄七としては、娘が与力の妻となることは喜ばしい限りで、出来ることならこの話を受けてやりたい気があった。ところが、妻の文絵が乗り切らない。丈一郎の母しのぶの、何事にも我《が》を押し通すやり方と、百合絵の強情、且つ好戦的な性格を考えれば、水と油を混ぜ合わせるどころか、油の中に火を投入するようなものだとまで言い切ったのだ。

「いくらなんでも、娘をそこまで貶《おとし》めることはあるまい」

「私は彼方様《あちらさま》に問題があると言っているのです。貴方の方こそ、百合絵が望みもせぬ縁談を、どうして取りまとめようとするのですか」

「そんなつもりはない。わしとしては百合絵が行かず後家になってはと……」

「無用な心配です。もう少しすれば、きっと百合絵の望む嫁ぎ先が決まるはずです」

「そ、そんな兆《きざ》しがあるのか」

「今は、まだありませぬ」

そんな二人のやり取りを百合絵は聞いてしまった。

言い争っているとはいえ、父と母が自分のことを思ってくれていることは事実なのだ。母は今少し待つよう言ってくれたが、百合絵は、自分にはもう時がいくらも残されていないことを悟った。


奉行所から帰った七五三之介を、佐奈絵が七絵を抱いて出迎えるようになった。

これまでは出産直後ということで、佐奈絵に代わって百合絵が出迎えていたのだが、毎日顔を合わせていた百合絵の姿が見えなくなると、流石に七五三之介も考えさせられた。やはり妹の出産は、姉にとっては辛いのかもしれない。そういった目で百合絵の様子を窺うと、以前とは異なり、どことなく元気がなかった。

そんな矢先、

「近頃、控次郎殿はお見えになりませんね」

玄七につき合い、晩酌をしていた七五三之介は文絵に尋ねられてしまった。娘を案じる文絵にしてみれば、つい口に出てしまったのだろうが、答える側としては返事のしようがない。多忙を理由にすれば、自分の娘より大事な用があるのかと取るだろうし、かといって、体調を理由にするには、控次郎は些か元気すぎた。

だが、翌日、七五三之介は行動を起こした。

早めに屋敷を出ると、控次郎の長屋を訪れ、近く行われる早駆け競争に百合絵を連れて行っては貰えないかと頼み込んだ。

佐奈絵には控次郎の気持も考えず、百合絵の気持を押し付けるのは控えるべきだと言ったが、今の百合絵が置かれた状況を考えれば、百合絵に機会を与えるくらいのことは、義弟として許されるはずだと考え直したのだ。

控次郎は七五三之介が呆れるくらい、いとも簡単に引き受けた。

七五三之介が自分に頼み事をするからには、よくよく思い悩んでのことだ。ならば理由を訊く必要はない。それが控次郎特有のこだわりであることを七五三之介は改めて思い知らされた。

小城主水丞の屋敷に移り住んだ小春と宗助は、台所に近い一室を与えられた。以前、自分達に手ひどい傷を負わせた用人が使っていた部屋だ。そのことを思い出し、小春と宗助は一瞬顔を見合わせたが、意外にも小城家の二人に対するもてなしは手厚いものであった。その上主水丞の態度もすこぶる良い。

「あの時のことは、詫びたところで許されるものではない。それなのに、お前達は三春に帰ることなく、雷神を当家に連れて来てくれた。お蔭でわしは今一度八重樫に挑む機会を得ることが出来た。礼を言うぞ、宗助、小春」

今までの横柄な態度からは想像もできないことを主水丞は言った。

「そんな、おら達ごときに頭を下げるなどもったいねえ」

吃驚《びっくり》した宗助が、主水丞に倣《なら》って何度も頭を下げるのを見ても、主水丞の態度は変わらなかった。

「わしは己が未熟さを思い知った。小春がいなければ、今も雷神には乗れぬままであったろう。今にして思えば、父はわしの未熟さを知っていた。だから、わざわざ三春に馬を求めたのだ。わしごとき未熟者でも、風神のような名馬に騎乗すれば勝利を得ることが出来るからな。宗助、この勝負が終わったなら、雷神の代わりに風神を三春に連れ帰ってくれ。そして、さらなる名馬を作り出すのだ」

なんと風神を三春に連れ帰ることまで約束してくれた。小春は信じられないと言った顔で主水丞を見た。

夜になって出された食事も、本多家とは比較にならない贅《ぜい》を尽くした料理が並べられた。だが、どんなに豪華な料理よりも、本多家の人々が醸し出す温かな雰囲気が小春には恋しかった。

食事を終えた小春と宗助は、雷神がいる馬房へとやって来た。馬房になれるまでは雷神の傍にいてやらなければならない。一緒に寝てやる人間がいないと、雷神は寂しがって一晩中嘶《いなな》き続けるからだ。

そう思ったところで、小春ははたと気づいた。

「兄ちゃん、おら達が本多様のお屋敷に連れて行かれた時、雷神は寂しがって嘶かなかったか」

「あん時は、おらあ傷を負っていたから痛みばっかり気にしていた。だども、雷神は嘶いちゃあいなかったと思うが」

宗助が答えると、小春はいきなり宗助にしがみついてきた。「わんわん」と泣きながら、言葉にならない声で言った。

「控次郎様だ。控次郎様が雷神の傍に付き添ってくれただ。だから、雷神は馬場でも控次郎様に懐いていたんだ。そうじゃなきゃあ、雷神が容易《たやす》く人に身体を触らせるわけはねえ」

十

控次郎が月に一度だけ娘の沙世に会うことが許されている三日の朝。

控次郎が井戸端で顔を洗っていると、易者姿の蛍丸が声を掛けてきた。

「今日は、お沙世ちゃんに会えるのですな。背中からでも控次郎殿の喜びが伝わって参りますよ」

「茶化すんじゃねえよ。おめえこそこんな朝早くから、どこへ出かける気だい」

控次郎が顔を上げたところで、向かいの家の戸が開き、長屋の住人が出て来た。

途端に蛍丸の口調が変わる。

「仕事じゃよ。年寄りといえども働かねばおまんまにありつけんからのう。お前さんもせっせと働くがよいぞ」

そう言うと、年寄りらしい足取りで蛍丸は長屋の木戸を潜り抜けて行った。

控次郎はその後ろ姿を見送りながら首を傾げた。

同じ長屋の住人だというのに、控次郎は蛍丸が何時家に帰ってくるのか、そして何処で何をしているのかも皆目わからなかったからだ。

お供の女中に連れられて、沙世は長屋にやって来た。

ひと月会っていないだけなのに、沙世は随分と大人びて見えた。

控次郎はこのひと月の間に、何かしら沙世の身に変化があったのだとは思ったが、敢《あ》えて理由は問わずに、当たり障りのないことを聞いた。

「相変わらず、如水先生のところでは、掃除ばっかりかい」

すると、沙世はいたずらっぽい目を控次郎に向け、呆れたような顔で答えた。

これもまた、沙世とは思えぬ態度だ。

「父上、如水先生は大層父上のことがお気に入られたご様子ですよ。ですからそのような方が、いつまでも掃除ばかりさせるはずがありません。沙世は今、如水先生のお家で奥様や美佐江様から裁縫《さいほう》や料理を教えていただいているのです」

「へええ、掃除の次は裁縫に料理かい」

「そうですよ。でも、お蔭で、沙世にも世の中の仕組みというものが少しずつわかってきました。お祖父《じい》様は、いかなる時も女人は控えめを心掛け、殿方を敬《うやま》うようにと沙世に言われてきましたが、如水先生のお宅では全く違うのです。逆に如水先生の方が奥様を敬われています。その上、お嬢様の美佐江様はあんなお偉い如水先生に向かって随分と手厳しいことを言われますが、如水先生はそれを嬉しそうに聞いているのです。それで沙世も思ったのです。女は嫁いだ相手によって、幸せにも不幸にもなるのだと」

「おめえ、随分と恐ろしいことを教わってきたんだなあ」

「はい。ですから沙世は少しだけ美佐江様を見習うことにいたしました。今までは父上に意見をするなど考えたこともなかったのですが、今日からは違います」

そう言うと、沙世は懐から「節酒」と書かれた半紙を取り出し、お袖が祭られている仏壇の下に、飯粒で張り付けた。

「父上、沙世は月に一度しかお目にかかれませんが、母様は毎日父上を見守っておられます。きっと母様の思いも沙世と同じはずです。父上、この張り紙を剝《は》がさないでくださいましね」

沙世は言った。その表情が先程までとは違い、深い悲しみを湛えていることに控次郎は気づいた。如水とその家族が、ひと時も離れず思い合っているというのに、沙世はわずかな願いさえ、亡き母に託さねばならぬのだ。

控次郎は今一度張り紙に目をやると、すぐ上にあるお袖の位牌《いはい》に向かって手を合わせた。
――おめえは呆れているだろうな。この世で一番大事な沙世が悲しんでいるってい
う時に、おいらは他人の世話ばかり焼いていたんだ。済まねえ、本当に済まねえ
胸の中で、控次郎は何度も詫び続けた。

早駆け競争が二日後に迫った朝、控次郎の長屋を二人の人間が訪れた。一人目は与兵衛であり、もう一人は万年堂の舅長作であった。

長作は、その場に与兵衛がいるにも拘わらず、控次郎に向かってまくしたてた。

「控次郎さん、あんたというお人は、どれだけわしらを苦しめたら気が済むのだ」

開口一番、そう言い放った後で、長作は万年堂が襲われ、危うく沙世が何者かにかどわかされそうになったことを告げた。

「えっ、舅殿、今なんと言われた。沙世がかどわかされかけたですと」

驚いた控次郎が訊き返すと、長作は返事をするのももどかしげに、控次郎に詰め寄って言った。

「危害が及んでいたなら、私は沙世の傍から離れはしません。その者達は金には目もくれず、沙世を連れ去ろうとしたんです。控次郎さん、あんたにはおわかりのはず

だ。こんなことが起きたのは、あんたが余計ないざこざに首を突っ込み、人の恨みを買うような真似をしたからに違いないんだ」

一方的にまくしたてる長作に、控次郎は返す言葉もなく言い澱《よど》んだ。

長作のいう通り、沙世がかどわかされるとしたなら、原因が自分にあるとわかっていたからだ。

頭に血が上った長作が、勢いに任せて控次郎に絶縁を迫ろうとした時、与兵衛が間に分け入った。

与兵衛は長作に向き直ると、落ち着いた声音で言った。

「控次郎様の舅殿とお見受けする。わしは長沼与兵衛と申す者だが、まずは落ち着いてわしの話を聞きなさい。お主は今、余計ないざこざと言われたが、事の始まりは控次郎様のご舎弟七五三之介様が悪人どもによって陥れられたことによるものなのじゃ。孫娘を思う気持はわかるが、だからと言って、理由を訊きもせず、一方的に控次郎様を責められては、本多家用人として、見過ごすわけにはいかぬ」

長作は与兵衛のくたびれきった身形《みなり》から、この年寄りが本多家の用人とは思わなかったようだ。与兵衛の言葉は、たとえ控次郎が義理の息子とはいえ旗本の出であることを長作に思い起こさせた。

「えっ、今、与力の片岡様が原因とおっしゃられましたか」

「原因という言葉も聞き捨てならぬな。舅殿、お主も七五三之介様のお人柄については存じておろう。相手は、その清廉潔白な七五三之介様を陥れんと企てる邪悪な者達なのだ。それゆえ我ら本多家の者は、一丸となって七五三之介様をお守りしているのだ。舅殿、これでもまだ控次郎様をお責めになられるかな」

与兵衛の説得が功を奏したか、長作は先程の勢いが嘘のようにおとなしくなった。

しかも、七五三之介には、百合絵を通じて沙世を危難から救ってもらった恩がある。

長作も、ここは引き下がらざるを得なくなった。

長作が帰ると控次郎は珍しく与兵衛に礼を言った。と言っても、嫌味半分ではあったが。

「おめえがいてくれて助かったぜ。とはいえ、あそこまで七五三《しめ》を出汁に使うとは思わなかったがな。流石の舅殿も、ああまで言われちゃあ、引きさがらねえ訳には行かなかったようだ。何せおいらと違って、七五三の奴は清廉潔白だからなあ」

途端に与兵衛が首を竦める。

自分でも無意識の内に二人の人格を区別していたと気づいたのだ。

それでも機を見るに敏な与兵衛は、素早く話題を変えた。

「控次郎様、手前が参ったのは由々しき事態が起こった為でございます」

「由々しき事態？」

「なかなかに。昨夜、小城様のところに曲者が忍び入りまして、主水丞様が手傷を負われました」

「何だと。そんなはずはねえだろう。主水丞を傷つけたのなら、早駆け競争自体が取りやめになる。与兵衛、そいつはただの物取りの仕業じゃねえか」

「いえ、そうではないようです。曲者は厩に忍び入りました。ところが、雷神に近づこうとしたところで、雷神に噺かれたそうです。それを聞きつけ、傍で寝ていた小春が大声を上げた。曲者が小春の口を塞ごうとしたところへ、騒ぎを聞いた主水丞様が駆け付け、小春を庇って曲者の刃を受けた。まあ、そういったことのようです」

「まあ、そういったことだと。おめえ随分と簡単に言うじゃねえか。主水丞が乗れなくなれば、一体誰が乗るんだ。小春や宗助は馬場の中じゃねえと乗れねえんだ。それに親父殿はもうお歳だ」

「手前に文句を言われても困りますぞ。もし手前が簡単に申し上げたとお思いなら、それは手前が主水丞様では勝てないと感じていたからでございます。ですが、それは控次郎様もおわかりのことでございましょう。小春が傍に居なければ、主水丞様は雷神を御すことが出来ませぬ。まさかその小春がいない早駆け競争で、主水丞様が勝利を収めるとでもお思いになられましたか」

与兵衛の言うことは蓋《けだ》し正論と言えた。控次郎の顔が苦虫を噛《か》み潰したような表情になった。

「何てえことだ。折角雷神に乗れるようになったというのに。今頃は、小春も宗助も、定めし気落ちしていることだろうぜ」

控次郎が悔しさを滲《にじ》ませながら言った。それを与兵衛は平然と聞き流した。

そして、まるで謎かけでもするかのように控次郎に言った。

「手前が、由々しき事態と申し上げたのは、あくまでも主水丞様が手傷を負ったということについての話でございます。雷神に騎乗する人間については、何も心配してはおりませぬ。控次郎様、もう一人忘れてはおりませぬか。馬術にも長け、雷神が乗せることを嫌がらぬ人間を」

十一

霙《みぞれ》交じりの雨が、うっすらと積もった雪を溶かし、庭のあちらこちらに水溜りを作り出していた。

昼間だというのに、手焙《てあぶ》り無しでは芯から身体が凍り付く今日の寒さだ。

「誰かある」

十二畳の居室に一人座していた西尾頼母が、腰元を呼び寄せた。

頼母の前には、すでに赤々と燃える火鉢が置かれていたが、それでも頼母は小さな手焙りを持ってくるよう命じた。

「熱い茶を淹《い》れてまいれ」

手焙りが届けられると、今度は茶の用意だ。次から次へと腰元に用事を言いつけるほど、この日の頼母は落ち着きがなかった。

理由は、前回の早駆け競争同様、小城主水丞の鞍に細工をするよう命じた御庭番が、想定外の失態を演じてしまったことによる。

御庭番が言うには、よもや小城主水丞が一晩中馬を見張らせていたとは思いもよらなかったとのことだが、それにしても御庭番が小城主水丞に手傷を負わせたのは頼母にとっては腸《はらわた》が煮えくり返るほどの失態と言えた。

八重樫の話では、小城の実力は世間が騒ぎ立てる評判の半分ほどもないとのことであった。それゆえ、頼母としては小城が勝利した場合の払い戻し比率を三倍に設定していたのだ。

ところが、当初はそれだけ有利な賭け比率を提示したとしても、小城に賭ける者は少ないだろうと踏んでいたものが、相手の雌馬を巴御前に譬えた噂を流したことで、小城に賭ける者の数はほぼ同数にまで及んでいた。

それが怪我を理由に主水丞が騎乗を諦めたなら、頼母の目論見《もくろみ》は水泡に帰す。

「誰かある」

頼母は、再度腰元を呼んだ。

廊下を伝い来る足音とともに、腰元が顔を出した。と、その背後から見覚えのある三十前後の男が腰元を制して部屋に入ってきた。

「その方は、確か深川の菓子屋で会った……」

「左様、菊右衛門でござる。御前が気を揉んでいるやもしれぬと思い、直接私が伺いました」

「はて、わしが気を揉んでいると申したか」

頼母は惚けた。菊右衛門の力を認めてはいても、腹の読めぬ相手に、手の内は晒《さら》せないということだ。

「我等は御前のお味方のつもりでござるが、そのように警戒されるということは、さしずめ別所とか申す若者の入れ知恵にございますかな」

「左様なことはない」

「ならば、半端者の御庭番など使わず、我らにお命じくだされればよろしいかと」

「ほう、面白いことを言う。御庭番はお主が統括しているのであろう」

「仰せの通り。ですが将軍吉宗公が紀州より御庭番組織を持ち込んで以来、伊賀者の質は地に落ちました。いずれも閑職に追いやられ、少ない俸禄で使われているうちに、今ではその誇りさえも失いました。先日も申し上げましたが、妖の衆は甲賀でございます。彼らは伊賀者にとって代わるべく腕を磨いておりますが、中でも百舌鳥一族の技量は驚愕に値するものと心得ます。その証拠が、この場にいる私でございます。御前が今か今かと待ち侘びている知らせを、私はお知らせに参りました。御前、小城主水丞は手傷を負いましたが、自分が乗ると言い張っております。と聞いたら如何がなさいますかな」

菊右衛門は頼母の目がきらりと光るのを目の端に捉えながら、言葉を続けた。

「御前は、小城があの雌馬を乗りこなせないことをご存じではない。三春から来た小春という娘がいなければ、雌馬は小城の言うことを聞かぬのです。さらに言えば、その小春という娘も馬に騎乗して天下の街道を走ることはできないのです。三春では馬喰と言えど、町中で馬に乗ることは禁じられておりますゆえ。したがって、小城が乗る以上、勝敗は明らか」

菊右衛門は頼母が知りえぬ情報を克明に伝えた。その情報収集力の見事さに、頼母もこれまでの態度を改めた。

「はっ、は、はっ。流石は菊右衛門じゃ。わしの憂いを見抜いたばかりか、相手の動きまで調べてくるとは。わかった、今後はその方を重用するといたそう」

「かたじけのう存じます。されば私と妖の者達、さらには役に立つかどうかはわかりませぬが、伊賀者達までが、御前に一層の忠誠を誓います。そして御前が首尾よく早駆け競争に勝った暁には、我らが望みを一つだけ叶えていただくことをお願い申し上げます」

「ほう、願いか。それはどんなものかな」

「屋敷でございますが、買い取っていただく必要はありませぬ。御前は我らがすることを黙認していただくだけで良いのです。ですが、それも御前の思い通りに事が運んだ場合の話です」

七五三之介から、控次郎が早駆け競争に連れて行くことが出来なくなったと聞かされた時、百合絵は失望の色を隠せずにいた。だが、その理由を告げられるや、たちまち心を躍らせた。

なんと、控次郎が小城主水丞に代わって、雷神という雌馬に乗るという。

百合絵は興奮を抑えきれず、家の者にその話を伝えた。すると、母親の文絵ばかりか玄七までが一緒に行くと言い出した。

「控次郎は我が息子も同然。その息子の晴れ姿を見ないわけにはゆかぬ」

ところが、

「貴方、佐奈絵と七絵だけを残して行くおつもりですか。そうでなくても当家は怪しげな者達に狙われるやもしれぬのです。男手も無く、大事な孫にもしものことがあったなら何とします」

という文絵の一言で、玄七は見物を断念せざるを得なくなってしまった。それでも、控次郎が騎乗するという話に、片岡家は時ならぬ騒ぎとなった。

そしてもう一人、控次郎から百合絵の警護役を頼まれた高木の喜びようも半端ではなかった。

「先輩、不肖高木双八、このお役目に命を懸ける所存でおります。先輩が大事な七五三之介殿の義姉上であらせられる百合絵殿の警護を託された以上、私は先輩の為にこの命を捧げます」

「気持が悪いんだよ。おめえにそんなことを言われても。見てみろい、煮上がった蛸でさえ、気色悪さに小さくなっちまったじゃねえか」

「そんなことを言わずに、今日は私に奢《おご》らせてください。おい、女将。値の張らねえものを手当たり次第に持ってきてくれ。酒もじゃんじゃん三合ばかり持ってこい」

いつになく大盤振る舞いをする高木を見ながら、控次郎は自分を想ってくれる百合絵と、その百合絵を想う高木の双方に後ろめたさを感じていた。


空は見渡す限り晴れ渡っていて、雲一つない。

早駆け競争には絶好な日和《ひより》となった。

出発点となる川越道上板橋周辺は、寺社方によって早朝から通行が規制されていた。竹矢来で遮られた外は、一目見ようと集まった観客でごった返していたが、その中に、控次郎の晴れ姿を見守る百合絵と文絵、そして百合絵ばかりを見ている高木の姿があった。

竹矢来で仕切られた内側には、この日の早駆け競争の為に、前夜から場所取りをした大名・旗本が今や遅しと、競技が始まる時を待ち兼ねていた。

前回とは違い、発馬する時間は正午だ。冬の凍った道から馬の脚を守る為に、霜《しも》が溶ける刻限が選ばれていた。

控次郎の元に、小城主水丞と兼房が連れ立ってやってきた。

「控次郎、お前で負けたなら諦めもつく。倅が他の者に騎乗を依頼しなかったのも、お前がいればこそだ。小春の話では、お前が雷神に乗ってこの道を駆けるのは二度目だそうだが、折り合いは問題ないとのことだ。だがな、控次郎。くれぐれも下り坂はゆっくりと下るのだ。そして最後の上り坂で勝負を懸けろ。雷神はいわきの砂浜で鍛えたそうだ。今日のぬかるんだ道は、必ずや雷神に味方してくれよう」

兼房に続き、主水丞も声を掛けてきた。

「控次郎、わしは小春のお蔭で目が覚めた。その小春の為に雷神に乗れぬことは無念だが、雷神がお前を気に入っていることも知っている。頼むぞ、控次郎。小春の為に、なんとしても一つ星に勝ってくれ」

立会人が控次郎と八重樫の双方を呼び寄せた。

両者とも鉢巻きを締め、襷がけに野袴という出で立ちだが、これまでに幾度となく早駆けを経験している八重樫には余裕があった。

緊張の色を隠せない控次郎が雷神に跨るのを目の端に捉えると、すでに勝ちを意識した八重樫は自信満々、大名・旗本に向かって手を上げたばかりか、控次郎を見てせせら笑った。

周囲の者が見守る中、ついに発馬を告げる太鼓の音が鳴り響いた。

一斉に走りだす両馬。寒気を突いて鼻息が迸《ほとばし》る。

先に前に出たのは雷神だ。

その雷神が走るに任せ、控次郎は手綱に余裕を持たせたまま雷神の力を温存する。

一方の八重樫は、三間(約五・四メートル)ほど後ろからじっと控次郎の手綱捌《さば》きを窺う。

八重樫の表情が幾分真剣みを帯びてきた。控次郎の手綱を握る手が、微動だにしていないことに気づいたのだ。八重樫は控次郎に詰め寄った。

最初の上り坂が見えてきた。控次郎は腰を浮かせ、雷神の負担を軽くした。

対する八重樫も同様だ。両馬は馬体を合わせながら坂道を駆けのぼった。

ここで八重樫が、今一度控次郎の様子を見た。

自分と同様、長手綱で馬を御す控次郎に、八重樫も予断を許さぬと悟った。

八重樫が下り坂を利用して一気に前に出た。両者の差が十間(約十八メートル)と

開いたところで、沿道から見ていた観客の悲鳴ともつかぬ歓声が上がった。その中に、

「先生、頑張って」

と呼びかける声が混じった。乙松の声だ。控次郎が後を振り返ると、遥か後方で乙松らしき女が手を振っているのが見えた。

——辰の野郎に聞いたんだろうが、こんなところまでやってくることはねえのに

そう呟いたところで、控次郎の気持に少しばかり余裕が生まれた。前を行く一つ星の走りを見るゆとりが出来た。どことなく一つ星がぬかるんだ道に足を取られているようにも思える。控次郎は雷神に呼びかけた。

「雷神、雌馬だからって、遠慮することはねえやな。如水先生のところじゃあ、女の方が威張っているそうだぜ」

控次郎のやんわりとした語り掛けに、雷神の脚運びもどこか気持よさげだ。

目の前に最後の坂が見えてきた。

「行くぜ、雷神。おめえの好きな小春の為に、力を出し切れ」

控次郎がそう叫んだ途端、雷神は猛然と坂を駆け上がりだした。みるみる一つ星に追いつくと、坂を上り切ったところで、逆に五間の差をつけた。そうはさせじと、一

つ星が下り坂を利用して再び前に出る。

両馬が並んで最後の平坦な道に差し掛かった。到着地点の水戸屋敷前まではおよそ二町（約二百メートル）。ここで一つ星が前に出た。

両馬の差はなかなか縮まらない。八重樫の鞭が再三再四、一つ星を叩く中、控次郎は依然として雷神が走るに任せていた。

残り十間、ついに一つ星の脚が鈍った。下り坂を一気に駆け下りた付けが来た。

到着地点の水戸屋敷前を通過した時、雷神は一馬身ほど一つ星の前にいた。

勝負の行方を見守っていた大名・旗本が一斉に歓喜の声を上げる中、一橋家の陣営では、西尾頼母が怒りの声を上げていた。

十二

雷神が勝利したことで、この夜のおかめは大騒ぎとなった。

控次郎が勝利した祝いにと、親爺の政五郎がただ酒を振る舞ったこともあるが、常連客の誰もが店に押し寄せ、座る場所もない有様となった。

それほど政五郎夫婦にとって、控次郎の勝利は喜ばしい。

まだ政五郎が目明しであった頃、娘のお光が人さらいにかどわかされたことがあった。それを控次郎が日光街道沿いを捜し回り、人さらいをぶちのめした上でお光を連れ帰ってくれた。その日以来、おかめの夫婦は控次郎を恩人と崇《あが》めるようになっていたからだ。

店の中は控次郎の話でもちきりだ。剣術ばかりか馬術の才も優れ、おまけに柳橋の売れっ子芸者乙松が首ったけであることを肴にしては、常連達は大いにはしゃいでいた。

その最中、大工の留吉が立ち上がり、店内にいた客に賭け札を見せびらかした。

「皆様、この札が何であるかおわかりでござんしょうか」

おめでたい留吉は、六両にもなる賭け札を換金せずに、証拠としてそのまま持っていた。早速羨んだ客達が混ぜっ返す。

「留公、無理をしないでさっさと換えちまいな。札を持つ手が震えているじゃねえか」

「おめえの札を換金してくれるのは常陸屋だろう。俺が聞いた話では、常陸屋の本店は換金する客でごった返しているってことだぜ。悪いことは言わねえよ。常陸屋が潰れる前に、換えちまった方がいいぜ」

「へへえ、慌てる何とかは貰いが少ないってね。生憎明日は仕事が立て込んでいるんで、明後日にでも嬶と一緒に鰻を食いがてら、金に換えてくるつもりだよ。ざまあみやがれ」

やっかむ常連達に向かって、留吉は内心の動揺を抑え込み、余裕のあるところを見せた。だが、二日後、留吉が常陸屋へ換金に行くと、店の戸に張り紙がしてあった。そこには暫くの間、換金には応じられないという内容が書かれていた。

元々常陸屋は一代でのし上がった店だ。それも空前の鰻人気に便乗して商いを広げたものだ。したがって月の売り上げは大きくとも、蓄財となるとその限りではなかった。

それが前回の負けを取り返そうと、大名・旗本が掛け率の良い雷神側に金をつぎ込んだことで、常陸屋は三千両にも及ぶ金の支払いを余儀なくされてしまった。

店をすべて売り渡したところで、手持ちの資金は八百両にしかならない。

ついに常陸屋は破綻《はたん》の憂《う》き目を見ることとなったが、それは西尾頼母にしても同様であった。換金を求める大名・旗本達が騒ぎ出したことで寺社方が動き始めたのだ。

しかも賄賂を受け取った寺社奉行の重臣は所在もわからぬということだ。

頼母は手持ちの資金を擲《なげう》って、もう一つの胴元となる加納屋を通じ大名・旗本の換金に応じたが、それでも五百両ほどが不足した。

大名・旗本の要求は呑んだものの、小口となる庶民への換金はなされなかったのだ。

庶民からの訴えが相次ぎ、頼母は窮地に追い込まれた。

その上、頼母にさらなる破滅へと追い込む出来事が襲い掛かった。

早駆け競争に敗れた一つ星を、途中の街道沿いで見ていた三春の者達が盗まれた水神だと騒ぎ立てたのだ。その場は何とか収まったが、三春の者達は口々に奉行所に訴え出るとまくしたてた。

「御前にしては随分な手抜かりをなされたものですな。初めから我ら甲賀衆を使っておれば、このような事態は起こらなかったはずでございます」

商人への借財を思案していた頼母に、菊右衛門は言った。

「今更悔やんだところで、致し方あるまい。この上は商人達から金を借り上げるしかないが、それにしても困り果てたは、一つ星が盗難に遭ったと騒ぎ立てる者達よ。放っておけば、連中は町奉行所に訴えを起こすやもしれぬ」

流石の頼母も頭を抱えた。ところが、

「訴えは、訴えた者がいればこそ認められるものです。その者達がいなくなれば騒ぎも収まるはず」

菊右衛門はこともなげに言った。

「何、まさかその者達の口を封じるということか」

「手っ取り早いと思われませんかな。それに、今は五百両と言えども借財などするべきではありません。御前が再び力を発揮するための準備に充《あ》てることが肝要かと」

「菊右衛門、それが出来ると申すか」

「お任せを。我ら甲賀は、御前に忠誠を誓っておりますゆえ」

その夜、菊右衛門は深川にある菓子舗伊勢屋に、伊賀者組頭五名と甲賀妖の者達三名を呼び寄せた。蠟燭一つ灯さぬ部屋に、押し黙った八個の影が菊右衛門の出座を待っていた。漆黒の闇に包まれているにも拘わらず、しかも到着した順に着座したというのに、彼らは伊賀と甲賀を違えることなく座していた。

「集まったようだな」

低くかすれた声と共に、部屋の中央を菊右衛門が入ってくると、彼らは一斉に頭を下げて迎え入れた。かすかな物音さえ立てることなく上座に座った菊右衛門は、闇の中でも全員を見渡した後で、正確に鶍の居場所を突き止めると、常人には聴き取れぬ声音で言った。

「鶍、何故、あの者の存在を告げなかった。小城主水丞に代わって、あの者が騎乗したこと、知らぬとは言わせぬ。これまではお前の姦淫癖も、術を磨くための肥やしと見逃していたが、我らの計画に支障をきたした以上、お前の罪を問わねばならぬ。里に残してきた倅と娘、どちらかの命を絶つことで、けじめを付けよ」

「元締め、ならばいっそのこと、私の命をお取りくださりませ」

「黙れ、すべてはお前の七方出の術を惜しんだ末に決めたことだ。この期に及んで、まだわしに逆らうというのならば、お前の子供を二人とも殺すまで。さらには望月《もちづき》にいるお前の縁者達にも害が及ぶと心得よ」

菊右衛門は、御庭番の規律を正すため、真っ先に鶍をその標的とした。

冷酷極まりない鉄の掟《おきて》だ。

鶍は覚悟を決めると、無感情な声で、一言「息子を」と答えた。

瞬時のうちに、鶍は自身の後継とする娘の方を残したのであった。

「鶍、これですべてが許されたわけではない。お前には、あの浪人者の始末と、片岡という吟味方与力の一家を根絶やしにするという役目が残っておる」

それでも菊右衛門は手を抜かない。鶍に更なる指令を与えると、次に同じ妖の衆である才蔵と鼎蔵にも命令を下した。

「才蔵、鼎蔵。お前達は加納屋、常陸屋を見張り、賭札の換金を迫る者達を密かに葬った後、小城主水丞の屋敷にいる三春の者達を始末するのだ。伊賀者の報告によれば、加納屋、常陸屋とも換金を求める者達が朝から詰めかけているそうだ。わかったなら、これより直ちに向かえ」

鶍も含めた妖の三人が、それぞれの持ち場に向かったのを確認すると、菊右衛門は残った伊賀者組頭達に向かい、先程とは異なることを口にした。

「西尾頼母の命運はすでに尽きた。大殿様に於かれては、万が一奉行所に訴えを起こされるならば、西尾頼母の命を絶つも已む無しとの仰せだ。良いか、すべての罪過は頼母にある。それゆえお前達は、鶍があの浪人者と与力を消せぬ場合に備え、頼母の屋敷にて奴等を迎え撃つのだ。そして、禍根となる西尾頼母の命を断つ」

十三

昼間から降り出した雪が、踝《くるぶし》近くまで積もっていた。

相生《あいおい》町にある薬種問屋万年堂の主人長作が、仕事を終えて同業者との会合に出かけると、一様に使用人達は、それまでの張り詰めた雰囲気から解放され、やたら饒舌《じょうぜつ》になった。万年堂には、この時代には珍しく若い女中もいたことから、一旦羽目を外した使用人達の会話は留まることを知らず、中には女中達が知らない話題を殊更持ち出しては、彼女達の気を引こうとする者まで現れた。

「えっ、じゃあうちの店が狙われたって言うの」

女中の一人が素《す》っ頓狂《とんきょう》な声を上げた。常日頃男から関心を持たれることがないせいか、この女中は、ちょっとしたことでも大げさに反応する癖があった。

「そうなんだ。大きな声じゃあ言えないが、孫娘のお沙世ちゃんがかどわかされそうになったらしい。店の外で人の争う気配がして、それに気づいた旦那様が表に飛びだしたところで、お沙世ちゃんだと気づいたそうだ」

年かさの男が声を潜めて言った。

「厭だ、怖い。でも、どうしてわかったの」

「手代の源太《げんた》がな、厠《かわや》にいったところで、雨戸が開けっ放しになっていることに気づいたんだ。そこで外の様子を窺ったら、旦那様が血相を変えてお沙世ちゃんの名を呼んでいたんだってよ」

「ねえ、今、人の争う気配がしたって言ったわよねえ。だったら、誰と誰が争っていたのよ」

「源太の話では、一人は顔を頭巾で覆っていたが、もう一人の方は易者の姿をしていたって話だ。お前達も用心することったぜ」

「それって本当の話なの。だったらあたしお暇を貰おうかな。命あっての物種だもの。あたし達だって、いつ何時狙われないとも限らないよね」

別の女中が身震いをしながら言った。すると、男は訳知り顔で答えた。

「大丈夫だとは思うがな。以前にも同じようなことがあったけど、その時も狙われたのはお沙世ちゃんだった。旦那様があまりにもお沙世ちゃんを猫っ可愛がりをするんで、おそらく店に忍び入った者は金になると見たんだろう。だから、俺やお前達は狙われないさ」

「でもさあ、間違ってお沙世ちゃんの傍にでもいたら、あたし達だってどうなるかわからないじゃない。ねえお沙世ちゃんて、親はいないの」

「いるわよ。あたしが毎月三日の日に、父親がいる長屋に送って行くもの」

「だったら、そっちに行ってもらいたいよね。あたし達が厄災に巻き込まれるのは真っ平」

と使用人達はいつしか声を潜めるのを忘れて話に興じた。それを沙世に聴かれてしまった。

雪は止んだが、寒さは一段と厳しくなってきた。控次郎がおかめを後にした時には、積もった雪が凍り付き、足袋《たび》を履いていない素足が感覚を失うまでになった。

長屋の木戸を開け、真っ暗な路地に入った所で、控次郎は人の気配を感じた。

家の前に誰かが佇んでいる。控次郎が近づくと、その者ははっとしたようにこちらを見た。

沙世だ。

思わず控次郎が傍に駆け寄った。まさかこんな刻限に、沙世が長屋にやってくるとは思いもしない。それゆえ何かあったのかと、理由を尋ねようとしたのだが、沙世の顔を見た途端に、控次郎は出かかった言葉を失ってしまった。

沙世は怯えていた。控次郎の長屋を訪ねて来たというのに、小さな身体を震わせたまま、まるで悪いことをした子供のように、叱られるのを恐れていた。

控次郎が目の前に顔を寄せても、沙世はじっとその顔色を窺うばかりだ。

それでも、黒目勝ちの大きな目が、深い悲しみを湛えていることに気づくと、控次郎は、問いかけることを止め、沙世を抱きしめた。長いこと家の外に佇んでいた為、沙世の身体は氷のように冷たかった。その凍り付いた身体と悲しみを自分の中に吸い取るように、控次郎はより深く胸の中に沙世を抱き寄せた。

竈《かまど》にくべた薪《まき》がぱちぱちと音を立てて燃え始めた。

赤々と燃える火が、竈から少し離れた上り框《かまち》に腰かけている控次郎と沙世を朧《おぼろ》に映し出した。掛け布団代わりの掻い巻きに並んでくるまりながら、控次郎は揺れる炎を見詰めていた。

沙世は未だに口を利かない。

それが自分のせいであることを控次郎はわかっていた。沙世の身に何が起こったのかは知らないが、こんなふうに沙世の心を閉ざさせた要因は、すべて自分にある。控次郎はただ己を責めた。

幸せにしてやれなかった亡き妻への想いから、せめて娘だけは救ってやりたいと考えたことが、結果的に沙世を苦しめることとなった。今の控次郎に、凍り付いた沙世の心に働きかける言葉は何一つ見つからなかった。理由を尋ねるだけでも、沙世の心が粉々に砕けそうな気がする。それゆえ、控次郎は黙ったまま火を見つめるしかなかった。

沙世に変化が見られたのは、燃え盛っていた炎がようやく収まり、青白い炎をちろちろと覗かせた頃であった。身体を覆う掻い巻きの中にしまわれた手が、もぞもぞと動き出すのを控次郎は感じた。沙世は視界を閉ざす掻い巻きをほんの少しどけると、そこから顔を出して揺れ動く炎を見詰めた。

「綺麗」

沙世は小さな声で呟いた。

竈の火など、見たことがなかったため、思わず口にしてしまったのだが、いつもなら何かしら言葉を返してくれる控次郎が何も言わない。沙世は恐々控次郎の様子を窺った。その目に、炎に照らし出された控次郎の寂しげな横顔が映し出された。刹那、沙世の顔が大きく歪んだ。慌てて下を向いたものの、涙が激しく溢れ出て止まらなくなってしまった。そこへ、

「すまねえな」

万感込めた控次郎からの詫びの一言だ。

沙世は控次郎の胸に縋りつくと「わあわあ」と泣きじゃくった。

自分の為ではなかった。控次郎を苦しめてしまったことを悔やみ、沙世は泣いた。

控次郎の胸が涙で濡れそぼっても、沙世はその胸から離れられずにいた。自分を包み込む温もりによって、先程までのやり場のない寂しさが徐々に溶けてゆくのを感じながら。

翌日、長屋に姑のおもとが訪ねてきた。

おもとは、自分では控次郎の家に入ってこられず、女中に控次郎を家の外に呼び出させてから事の仔細を告げた。

「お沙世の置手紙を見てわかったんです。自分がいたのでは店に迷惑が掛かるって。控次郎さん、ごめんなさい。後で店の者達に問い質したら、心ないことを言ったと詫びていました。会合から戻った主人も貴方に合わせる顔がないと言っておりますので、沙世の気持が落ち着いたら、貴方から説得していただけないでしょうか」

その表情からは、可愛い孫を悲しませてしまったことを心から悔いている様子がありありと窺えた。だが、控次郎がその願いを聞き入れることはなかった。

「舅殿にお伝えください。沙世を苦しませたのは、使用人ではなく、すべてこの私のせいなのです。お袖を死なせてしまったことで、私は自分の傍においては沙世が不幸《いっく》になるのではと案じました。その願いを受けて舅殿や姑殿は、これまで沙世を慈しみ育《はぐく》んでくださった。ですが、今こうして沙世が私を頼ってきた以上、私はもう万年堂に帰すつもりはないのです。恩知らずな男だと思われるでしょうが、私は二度と沙世を手放すつもりはありません。舅殿には、本多控次郎、心より詫びていたと、お伝えください」

控次郎は言った。正直、一人娘を失った万年堂の老夫婦から、今また孫娘を引き離すことは胸が痛んだ。だが、如水の言葉が控次郎の背中を押していた。

十四

「おかめ」の常連で、控次郎と同じ長屋に住む大工の留吉が何者かによって殺害された。

沙世が家に来てからというもの、控次郎はすっかり「おかめ」にいかなくなっていたが、それでもおかめの常連達は、通夜に出向いた控次郎を見かけると、懐かしそうに挨拶をして行った。誰一人「どうしちゃったんですか」などと訊いてくる者はいなかった。おそらくはおかめの女将に言われたのだろう。常連達の顔からは、何か言いたげで、それでいて口にすることを躊躇《ためら》う様子がありありと窺えた。

控次郎が家に戻ると、沙世が戸口の前で塩をかけてくれた。こんな気遣いは、もう何年も忘れていたものだ。やはり待っている人がいる家は良い。久しぶりに、そんな気持を味わっていると、うっとうしくも定廻り同心の高木が顔を出した。

沙世が茶を差し出すと、高木は嬉しさを隠せないのか、早速控次郎に絡みついた。

「やっぱり娘がいるってえのは良いもんですねえ。以前はつららが下りたように寒々とした家が、今じゃあ人並みの温かさを感じさせますからねえ。沙世ちゃん、小父《おじ》さんはこれから先輩と碌でもない話をするけどいいかい」

高木が断りを入れると、沙世は気を利かして台所の方に身を寄せた。

そして七輪を取り出すと、炭を熾《おこ》す為、家の外に出て行った。

やがてぱたぱたと団扇《うちわ》で扇《あお》ぐ音が聞こえ出すと、高木は控次郎に向き直った。

「やはり血は争えませんな。七五三之介殿を叔父に持ったせいか沙世ちゃんは賢いですよ」

「確かに碌でもない話だったな。じゃあな」

控次郎は取り合おうとはせず、手で追い払う真似をした。すると、高木は今一度団扇の音を確認した後で用件を切り出した。

「そんなに拗《す》ねないでくださいよ。実は、留吉の死因がわかったんです」

「死因？　殊更そう言うってことは、通りすがりの犯行じゃねえってことか」

控次郎も沙世を意識してか、小声になった。同時に、高木も顔を寄せてきた。

「まずは殺された理由からお話ししますよ。と言っても証拠はないですから、あくまでも私の推測だと思って聞いてください」

高木の話によると、近頃の留吉は西仲町近くの居酒屋にちょくちょく顔を出していたそうだ。おかめの常連達に見栄を張った手前、おかめには行きづらくなり、そこで常陸屋が近くにあることから、嫌がらせを込めて西仲町を選んだのだが、酒に酔うと、常に大声で「奉行所に訴えてやる」と喚き散らすなど、その居酒屋では鼻つまみ者になっていたという。

「馬鹿な野郎ですよ。分不相応に二両もの金を出して賭け札を買ったっていうのに、さっさと金を受け取りに行きゃあこんな目に遭わずに済んだんだ。先輩、留吉の死因は毒だったんですよ」

「毒って、酒にでも混入されたのかい」

「いえ、検死にあたった医師が言うには、首筋に針のようなもので刺された跡があったと」

高木から聞かされた瞬間、控次郎ははたと思い当たった。先日自分を狙った女忍びが含み針を使ったことを思いだしたのだ。あの女とは限らないが、その一味ということも考えられる。

「先輩、その顔からすると、今度も下手人に心当たりがありそうですね。でしたら、今度は聞かせてもらわなくてはなりませんよ。殺されたのは留吉だけじゃないんですから。証拠が見つかるまで、なんて悠長なことは言っていられませんからね」

「他にもいたのかい」

「いたどころの騒ぎじゃありませんよ。殺され方は色々ですが、いずれも早駆け競争の賭け札を持っていた者ばかりです。もっとも、奉行所はその事実を公表していませんがね」

「何だと、何人もの人間が死んでいるのに、どうして公にしねえんだ」

「それが、証拠がないんです。胴元である常陸屋は首を括《くく》って死んじまったし、もう一軒の加納屋も破産同然だ。となると、どうなります。大名・旗本達に訊いて回るわけにはいきませんし、金が貰えねえと騒ぎ立てる町の者達は次々と殺されちまっているんです。そんな時に、『私が証言いたします』なんてえ者が現れるはずはありませんや」

「現れなかったら、捜し出すのがおめえ達奉行所役人の役目じゃねえのかい」

「そりゃあそうですよ。ですがね、未だお奉行からのお指図が出ていないんです。何せ今回のことは、殺害理由がはっきりしているにも拘わらず証言をする者がいない。その上、早駆け競争の賭けを寺社方や町方が黙認している。迂闊に藪《やぶ》をつついて、蛇が出てきたら大事ですからねえ」

「ふざけるねえ。だったら、おめえに教えたところで、どうにかなるって話じゃねえだろう」

「確かに町奉行所は動かないかもしれませんよ。ですが、先輩はやる気でしょう。だったら可愛い弟弟子の私に教えてくれてもいいでしょう。いつぞやも申し上げましたが、私は敬愛する先輩の為なら命を投げ出す覚悟でいるんですから」

相変わらず、冗談めいた口調で高木は言ったが、その目がいつになく真剣であることを控次郎は感じ取っていた。

十五

富士を横切るように幾筋もの雲がたなびいて行く。

釣り人は、これを辰巳《たつみ》からの風が吹く前触れであることを知っていた。辰巳からの風はうねりを伴う海風であり、船での釣りは無理だ。

いつもの癖で、屋敷から富士を眺めていた頼母は、自分に近づいてくる足音に振り返った。

「別所か」

「はっ」

頼母は別所が自分の元に寄って来たことで、てっきり何かを伝えに来たものと思い込んだ。だが、別所に口を開く様子はなかった。逆に、暫時おいてから頼母の方が口を利いた。

「別所、お前の在所は喜連川であったな。どのようなところだ」

「水は清く、人の心も澄んだところにございます」

「ほほう、耳の痛いことを申す。ならば、何故《なにゆえ》彼の地を離れたのじゃ」

「離れたくはございませんでした。ですが、親と家を失っては、彼の地には残れませんでした」

「その話は、初めて聞く。ならば、お前には戻る地がないということか」

「左様にございます」

「ふうむ」

頼母は暫く考えていたが、やがて意を決したかのように語り始めた。

「今朝方、一橋家から使いの者が参ったことを知っておろう。別所、その用向きというのはな、わしに暫くの間、出仕はまかりならぬという大殿様の意向を伝えに来たものなのだ」

「えっ」

「驚くことはない。一橋家附家老に任命された時から、覚悟はしていたことだ。だが、未だ罷免《ひめん》されたわけではない。わしは大殿様には、この危難を乗り切るだけの器量があるかを試されていると、そう受け止めている」

「申し訳ありません。そのような事態になっているなどとは、露些《つゆいささ》かも存じ上げませんでした」

「良い良い。それでお前はどうする。わしに見切りをつけて、この屋敷を去るか。このまま屋敷におっては、大罪人の片割れとなるやもしれぬぞ」

頼母は別所の出方を探った。というよりは、腹心である別所にまで去られるようならば、自分の器量もそれまで、という確認の思いがあった。果たして、別所が口にした言葉は、頼母を満足させるに十分なものであった。

「私は、何時如何なる時も、殿の御為に働くつもりでおります」

「そうか、ならば良い」

別所との会話で、一時は気持が安らいだかに見えた頼母だが、入れ違いに菊右衛門が庭内に入ってくると、忽《たちま》ち野心家としての本性を見せるようになった。

「その顔からすると、どうやらその方の思い通りに事が運んでいるようだな、菊右衛門」

「御意。とりあえず換金を迫る輩はいなくなりました。後は、馬を盗まれたと騒ぎ立てる者達の口を塞げば、ひとまず御前の憂いは取り除けるかと」

「それは重畳《ちょうじょう》。ならば、その方が望みである喜連川屋敷のことも好きにするが良い。後々問題が起きたとしても、その時はわしが力になろう」

なんとしても菊右衛門の助けが欲しい頼母は、そう言い切ってしまった。

まさか、菊右衛門がこのような申し出をするとは思いもしない。

「つきましては、御前。一つお願いがあるのでございますが」

「なんなりと申せ」

「御前の家来である別所格、あの者を始末したいのでございます」

「何、別所をか」

「あの者は、足利家の家臣であったとか。我らにとっては、極めて危険な人物にございます。御前とわれらの結束を揺るがしかねません」

菊右衛門の視線が、まるで胸の内を覗き込むかのように頼母に注がれた。

頼母は一瞬口籠り、その後で吐き捨てるように言った。

「好きにせい」


「ぶるるる」

夜のしじまに雷神の鼻音だけが響く中、小春は一人、馬房にいた。

明日は、江戸を離れねばならない。兼房が、一つ星こと水神のことは諦めて風神と雷神を三春に連れて帰るよう言ってくれたことで、明日の朝一番に三春へ帰ることになったからだ。

――帰りたくねえ
小春は割下水の向こうに思いを馳せた。ここからは路地の中程にある本多家は見ることが出来ない。それでも、小春は向かい側の通りを、控次郎が歩いてくるのではないかと目を凝らしていた。

煌々《こうこう》と照らし続ける月明りが、遥か遠くまで見渡すことを可能にしていた。だが、そのことが、却って控次郎のいないことを小春に教えることとなった。

気がつけば、知らぬ間に涙が頬を伝っていた。

もう二度と控次郎には会うことが出来ない。そう考えた途端、深い悲しみが小春を襲った。思わず、両手で顔を覆った時、小春は屋敷の中から自分を呼ぶ声を聞いた。


「小春、逃げるだあ」

屋敷の中では、血だらけとなった宗助が、小春に向かって叫んでいた。

その後ろには、血刀を振りかざした兼房の姿があった。

「父上、何をなされるのです。一体、どうなされたのです」

主水丞が諫《いさ》めるも、兼房は狂気の目を向けるばかりだ。

「おやめください。父上」

尚も斬りかかろうとする兼房に、ようやく主水丞が刀を抜き合わせた時、奥の襖が開けられ、そこから兼房と奥方の死体が投げ出された。

「父上、母上、これはなんとしたことだ」

主水丞の狼狽《うろた》える声に、襖の陰から嘲笑う声が聞こえ、次いで男が姿を現した。

黒装束に身を包んだ見知らぬ男は、血刀を握った兼房に「殺れ」とばかりに顎《あご》をしゃくった。

「お前達、逃げろ。小春を連れて逃げるんだ」

主水丞が二人の曲者に立ち向かいながら音爺と宗助に叫んだ。だが、すでに宗助は血だまりの中に伏していた。倒れた宗助を気遣いながらも、音爺は小春に危急を告げるべく、厩に向かって駆け出した。

背後で、主水丞の斬られる鈍い音が聞こえた。

「小春、逃げろ、雷神に乗って逃げるだあ」

危急を告げる音爺のけたたましい声に、小春は容易ならぬ事態を察知した。今は、自分の身を守ることよりも雷神を逃がさなくてはならない。

小春は雷神の口に轡《くつわ》を噛《か》ませると、馬房の出入り口に渡された横木を外した。あとは雷神の背に鞍を取り付けるだけだ。だが、小春はそれを断念した。足を引きずりながら、こちらに駆け寄ってくる音爺の背後には、悪鬼の形相《ぎようそう》をした兼房と黒装束の男が迫っていたからだ。一刻も早くこの場を逃れるには、裸馬のまま雷神に乗って逃げるしかない。小春は雷神の手綱を取ると、勢い良く馬房を飛び出した。

それは、まさに最後の力を振り絞った音爺が、小春を逃がすべく兼房の脚にしがみ付いた時であったが、同時に、黒装束の男が屋敷の塀に飛び移り、十方手裏剣を手にした時でもあった。

走り過ぎる小春の背中目がけ、二本の手裏剣が放たれた。

十六

小春の遺体は、翌日になって見つかった。

その知らせは、定廻り同心の高木によって控次郎にもたらされた。

高木は沙世に聞かれないよう、控次郎を家の外に呼び出してから告げた。

「おそらく、乗っている途中で息絶えたのでしょう。惨《むご》い真似をしやがる」

高木は怒りに声を震わせながら言った。

「宗助と音爺はどうなった。雷神は」

控次郎もまた、胸の奥から込み上げる怒りを抑え、高木に問いかけた。

「宗助は深手を負いましたが、まだ生きております。医者は助かるかもしれないと言っていましたが、今のところ五分五分といったところです。ですが、老人の方は、隣家の者が駆け付けた時には、すでにこと切れていたそうです」

「双八、誰の仕業かわからねえのか。そうだ、雷神は、雷神はどうなったんだ」

この問いかけにも、高木は苦渋の表情を浮かべながら答えた。

「そちらも先ほど知らせが入りました。小春の血を浴びた雷神は、全身血塗《ちまみ》れの身体で千住宿まで駆け抜けましたが、取り押さえようにも暴れるばかりで、ついには四方から矢を射かけられ、倒れ込んだそうです。道行く者の話では、燃えるように真っ赤な馬が、恐ろしい形相で街道を駆け抜けていったと」

控次郎は唇を嚙みしめ、痛ましそうに何度も何度も首を振った。

「双八、とてもじゃねえが、俺にはそんな知らせを宗助に伝えることは出来ねえ。勿論、小春と音爺は気の毒だが、一人生き残った宗助はどうなるんだ。あまりにも可哀想じゃねえか」

「そうです。私もそう思います。先輩、私は八丁堀の威信にかけて、絶対に下手人を捕えます。おそらく下手人は一人じゃありません。お旗本の小城様夫婦が殺害されたとみられる部屋の襖と、中間部屋の壁に飛び散った血の量が、それぞれ初太刀で斬られたことを物語っていました。主水丞様の傷は、ほとんどが刺し傷でしたから、これは血糊で斬れなくなったせいだ思われます」

「そうまでして、命を奪いやがったってことか。許せねえ、許せねえぜ、双八。三春の連中はなあ、俺が引き止めたばっかりに、命を落としたんだ」

「そんなふうに考えてはいけませんよ。政五郎の話では、あの者達は心底嬉しそうに先輩と飲んでいたそうじゃありませんか。早駆け競争に勝った時もそうです。手塩にかけて育てた馬が勝ったと言って、あんなに喜んでいたじゃないですか。悪いのは、罪もない人間を、しかも女年寄りまで平気で殺す奴等です」

高木は、自分を責める控次郎を気遣い、気持が静まるのを見届けてから控次郎の家を後にした。帰りがけに、今一度気になって振り返ると、控次郎が長屋の住人らしき易者と話し込んでいる姿が見て取れた。これならばと、高木はほっとした様子で、足早に帰って行った。

控次郎は沙世を連れて和泉《いずみ》橋を渡り、八丁堀の組屋敷へと向かった。

その間、控次郎は組屋敷に向かう理由を沙世には告げずにいたが、やがて沙世が通っていた山中算学塾がある、橘町の掘割に着いたところで足を止めた。

やはり、沙世には話しておくべきだと思い直したのだ。

「沙世、俺はなあ、これからおめえとずっと一緒に暮らすつもりだが、その前にやらなくちゃあならねえことがあるんだ」

「……」

「俺んところに帰ったばかりだというのに、心配させて済まねえな。だがなあ、そいつらを野放しにしておくと、世の中がだんだん悪くなっちまうんだ。だから、それが済むまで、おめえは七五三《しめ》の屋敷に行っちゃあもらえねえかい」

言い辛そうに話す控次郎の顔を、沙世は黙って見ていた。内心は悲しいはずだ。控次郎はいっそ沙世が喚《わめ》き散らしてくれれば、とさえ思った。詰《なじ》られることで、少しは罪の意識が薄れるかもしれないと考えたのだ。だが沙世の返事は、あくまでも控次郎を気遣うものであった。

「父上がなされようとすることは、悪い人達から罪のない人達を守ることなんでしょう。沙世も先日、悪い人達にかどわかされそうになりました。ですから七五三之介叔父様の屋敷で、沙世は父上が無事に戻られるのを待ちます」

「そうかい。済まねえな、必ず迎えに行くからな」

控次郎が今一度詫びの言葉を口にした途端、沙世の中でそれまで必死に耐えていたものが一気に弾け飛んだ。沙世は懸命に泣き顔を見せまいと、涙を湛えた大きな目を見開いて言った。

「父上、沙世にはもう帰る場所がないのです。約束ですよ」

七五三之介の屋敷の前には、定廻り同心の高木が待っていた。

昨夜のうちに、訪ねて来た辰蔵を通じ、控次郎が頼んでおいたものだ。

高木の顔を見た控次郎は、念の為、呼びかけた。

「大分待ったかい」

「少々といったところですかな」

符丁で互いを確認すると、控次郎は高木と沙世を連れて七五三之介の屋敷の門を潜った。控次郎は七五三之介に蛍丸が生きていたことを知らせると、自らの覚悟を告げた。

「おめえは与力だ。だからこいつは聞かなかったことにしてくれ。今宵、俺と与兵衛、そして蛍丸の三人で黒幕の屋敷に乗り込む。狙いはあくまでも妖の者達だ」

「兄上、私に知らぬ顔をしろということは、その屋敷が旗本屋敷ということですか」

「そこまでは言わねえよ。だがな、黒幕も奴等を匿《かくま》っていた以上、屋敷が襲われたところで、公には出来めえ。七五三《しめ》、万が一、俺にもしものことがあったなら、その時は沙世を頼みてえんだ」

「わかりました。沙世のことはお引き受けいたします。兄上のことですから、お止めしても無駄でしょう。ですが兄上、出来ることなら連中の一人でも捕えてください。その者の口から彼らの悪事を白状させれば、たとえ旗本といえども罪を問うことが出来ます。私は内々のうちに大目付の池田筑後守様から、事ある時には知らせるよう指示を受けております」

「そうかい。本音を言やあ、俺も黒幕ごと連中を一網打尽にしてやりてえと思っていたんだ。証言してくれる人間なら、心当たりがあるにはあるんだが……」

控次郎は、如水と同郷である別所格ならば証言すると見ていた。

十七

十三夜の月が煌々と辺りを照らす中、控次郎は両国橋へと向かった。

着物の裾を蹴り飛ばす足取りが、控次郎の内なる闘志を知らしめていた。

それでも目指す両国橋に差し掛かった時には、着物の端を摘み、帯に挟み込んだ。緩やかな曲線の橋を渡るには、着物の裾を挟み込まないと渡り辛いからだが、そんな仕草もこの男がすると、どこか粋に感じられた。

控次郎が両国橋を渡り終えたところで、それまで橋の袂に佇んでいた男が、控次郎の横に並んだ。

「蛍丸、目指す屋敷はどの辺りだい」

「さほど遠くはありませんが、敵は我々を待ち構えているようです。三日前から見張らせていた者からの知らせですから、確かだと思います。控次郎殿、覚えておられますか。七節《ななふし》という男を」

「覚えているぜ。おめえが風花堂の行者であった頃、おめえを警護していた男じゃねえか。確か、おめえの想い人の揚羽《あげは》という娘の兄貴だったな」

「何もそこまで覚えていなくても」

「いいじゃねえか。俺にゃあ揚羽さんの切れた髪を握りしめ、妹を偲《しの》んでいた七節って男が忘れねえのさ」

「そして、控次郎殿にも忘れられない方がおられる」

「そういうことだ。死に遅れた人間は、何かにつけ惚れた女を思い出してやらなきゃいけねえんだ。だから、蛍丸。死んじゃあいけねえぜ」

その言葉に、蛍丸が頷いたところで、もう一つの影が控次郎の左側に並んだ。

「何やら、死んではいかぬとか申されておりましたな」

年寄りにしては耳の達者な与兵衛が話に割り込んできた。久しぶりの立ち回りとあって、与兵衛は嬉しそうだ。

「おめえは、別にいいんじゃねえのか。随分と長《なげ》えこと生きて来たんだし」

与兵衛が相手だと、言いたい放題の控次郎だ。

三人は戦いの場に赴《おもむ》くべく、竪川沿いの道に入った。そこで、急に蛍丸が前に進み出た。歩様も摺り足になっていた。目指す屋敷が近いということか。控次郎の周囲を見回す眼にも、少しく険しさが増していった。

その頃、七五三之介の屋敷では、居間の中央に七絵を抱いた佐奈絵と沙世が座り、その三人を守るようにして文絵と玄七が脇を固めていた。

居間と台所を結ぶ中間点には高木が仁王立ちとなり、一人かいがいしく動き回る百合絵とともに、曲者の侵入に目を光らせていた。

その百合絵に沙世が尋ねた。

「百合絵様、簪《かんざし》を挿していないのですか」

気持寂しげな声だ。先程、沙世は母の形見の簪を百合絵に渡していた。母の顔を知らない沙世は、その面影を感じさせる百合絵に挿してくれることを願ったのだ。

「あら、どうしたのかしら」

と百合絵が髪に手をやり、探す仕草を始めた。真剣な表情で、彼方此方と探している。それを見た玄七が思わず叫んでしまった。

「台所ではないのか」と。

途端に、その場の空気が張り詰めた。玄七は無意識のうちに符丁を口にしていたのだ。当の百合絵は、探すことに気をとられているのか、符丁には気づいていない。

だが、こういったことに一番聡《さと》いのが百合絵だ。訝しく感じた佐奈絵が、今一度声を上げた。

「台所です、姉上」

だが、百合絵はそれにも気づかず、言われるがまま、台所の周りを探し始めている。全員の目が百合絵に注がれた。高木が百合絵に近づき、音もなく刀を鞘走らせる。

「お前は誰だ。百合絵殿が簪を挿し忘れるはずはあるまい」

「何をするのですか、私です。百合絵です」

必死で叫ぶ百合絵に、高木が刀を振り被った。だが、高木に百合絵は斬れない。よもやという思いと、惚れた弱みが高木を躊躇《ためら》わせた。

その間に、百合絵は自分の部屋に逃げ込んでしまった。

慌てて後を追った高木。だが、ここでも高木はいきなり襖を開けることに躊躇いを覚えた。女性《にょしょう》の部屋、しかも百合絵の部屋だ。ようやく駆け付けた玄七に急かされ、高木は襖を開けたが、そこには驚愕の光景が待っていた。

二人の百合絵が同じ着物を着て、どちらも高木に救いの目を向けていた。

しかも本物の百合絵は縄で縛られていたらしく、二人の傍には刃物で切られた縄が散らかっていた。

二人の百合絵は、どちらも自分が本物だと主張していた。違いは一方が簪を挿していることだが、それとても簪を挿し替えれば済むことだ。高木は迷った。

控次郎からそっくりに化けるとは聞かされていたが、目の前にいる百合絵は全く同じ顔をしていた。

――ええい
高木は覚悟を決めると、天井に届かん限りに刀を振り上げた。

そして二人を睨みつけると、双方に向かって叫んだ。

「黙っていないで、答えろ。どちらが本物の百合絵殿だ」

すると、悲鳴にも似た声で、左手にいた百合絵が答えた。

「高木様、私が百合絵です」

高木がもう一方の百合絵を睨みつけ、返答を迫る。すると、

「知らぬ」

右手にいた百合絵は、睨みつけられたことが不快なのか、そっぽを向きながら言った。

「知らぬだと。ならば貴様が偽者だ」

そう発した高木が、右にいる百合絵を斬るかと思いきや、左にいた百合絵を一気に斬り下げた。

「きゃあっ」

断末魔の悲鳴を上げ、斬られた百合絵はその場に倒れ込んだ。

すんでのところで死を免《まぬか》れたもう一人の百合絵も真っ青な顔になり、未だに生きた心地がしないようだ。その百合絵がゆっくりと身を起こし、足元に伏したもう一人の顔を見た。

「えっ」

百合絵が驚くのも無理はなかった。そこには百合絵とは全く違った顔の女が、目を剝《む》いた状態で突っ伏していた。

隣家の塀から、手ごろな木の枝が屋敷の外に向かって突き出していた。

蛍丸はその枝に軽々と飛びついたが、身の丈五尺三寸（約百六十センチ）の与兵衛にはとても無理だ。

控次郎は与兵衛の尻を押して、何とか塀の上に押し上げた。

自らは反動をつけて塀によじ登ると、先に屋敷の中に降り立った蛍丸と与兵衛の元に駆け寄った。真っ暗な庭には、人の気配がない。

「妙だな、蛍丸。斯くも簡単に屋敷に侵入できると思うかい」

「同感ですな。どうやら、敵は私の配下が屋敷を見張っていると知った上で、我らを屋敷内に引き入れたようです。となれば、敵には万全の備えがあると見なければなりませんな。控次郎殿、私の勘では池の向こう側にある築山《つきやま》辺りが怪しい気がいたします」

元風花堂の行者蛍丸は、築山付近に漂う邪気を霊力によって捉えていた。

「おめえの勘なら確かだ。与兵衛、塀沿いに池を回り込んで、築山から出てくる敵に備えてくれ」

控次郎が塀側を進む与兵衛に向かって言った。

頷いた与兵衛は、年寄りとは思えぬ軽やかな身のこなしで、池に向かって走りだした。ところが、池に到達するかどうかといった地点で、急に脚を押さえて倒れ込んだ。控次郎が駆け寄ると、与兵衛は草履に刺さった撒きびしを控次郎に見せて言った。

「殺気ならば感じ取ることも出来ますが、撒かれたひしはおいぼれには見えませぬ。控次郎様もお気をつけくださいい」

「なるほどな。年をとりゃあ、何かと不便なことが起きるもんだぜ。与兵衛、忍びは毒を塗ることがあるそうだ。舐めておきな」

与兵衛が「げっ」という顔でその真意を確かめるべく控次郎を見ると、当の控次郎は薄ら笑いを浮かべている。それで与兵衛も気づいた。こんな暗がりでは、連中だってひしを踏む可能性がある。ゆえに毒など塗っていないと。

控次郎は足を気にする与兵衛を置いて、蛍丸とともに池の畔へと歩み寄った。

二人は左右に分かれると、築山に向かって突進した。

敵にとっては、まさに願ってもない展開となった。相手が戦力を分散してくれた以上、築山に隠れた兵力を二つに分け、それぞれに充てることが出来る。それが、一方向からの攻撃であったなら、敵に相対する兵力だけが、敵と戦うことになるからだ。二つに分かれた敵は、それぞれが控次郎と蛍丸を輪の中に取り囲むと、じりじりと距離を詰めて来た。

それでも、蛍丸には余裕があった。

「よくもこれだけの伏勢が隠れていたものですな」

いつぞやの控次郎に倣《なら》って、人数を数えていた。

蛍丸が懐から二挺鎌を取り出した。多勢に対しては絶大な威力を発する二挺鎌だが、そんなことも知らず、功を焦って蛍丸の間合いに飛び込んでしまった敵は、一瞬で唸りを上げた二挺鎌の餌食《えじき》となった。

控次郎も負けてはいない。右方向にいた敵を次々と刀の峰で叩き伏せると、一気に左へと跳躍し、加速の付いた勢いそのままに敵を葬った。

その間も蛍丸の二挺鎌は猛威を振るう。蛍丸の指が女人の髪で編まれた紐の部分から鎌の柄へと持ち替える度に、大きな軌道を描いた鎌は、辺り一帯に血の雨を降らせた。

わずかに残った敵は、二挺鎌を恐れて鎌の間合いに入ろうとはしない。それどころかするすると後方へ退き始めると、だらしなくも姿を消してしまった。

とりあえず、敵の第一陣は去ったようだ。

控次郎は刀を鞘に納めると、脚を引きずりながらこちらに歩いてくる与兵衛を見た。

「何をやっていたんだ。それしきの怪我、舐めときゃあ治るって言ったじゃねえか。一人だけさぼりやがって」

何とも無礼千万な言い方だが、与兵衛は気にも留めない。

「ほほう、あの程度の相手に手を焼かれましたか。直心影流免許皆伝を授かったお方が」

嫌味には嫌味で返した。差し詰め、これもまた鹿島《かしま》新当流の妙技と言ったところか。

そんな二人のやりとりを、蛍丸は笑顔で聞いていたが、徐《おもむろ》に懐紙を取り出すと、血に塗れた鎌の刃と柄の部分を入念に拭き取った。

蛍丸は二つの鎌を重ね合わせると、鎌を結ぶ髪で編まれた紐で丁寧に括《くく》った。

以前の紐は恋仲であった揚羽という娘の髪で編まれたものだったが、その揚羽も今は亡く、その髪で編んだ紐も、戦闘で無残に断ち切られていた。それゆえ、蛍丸が大事そうに鎌を扱う仕草を見た控次郎には、この髪が蛍丸とは腹違いの妹楓のものではないかと思えてならなかった。七五三之介に想いを寄せ、失意のうちに去った娘を、控次郎は思い出していた。

　そんな矢先、与兵衛が異変を告げた。

「敵が現れたようでございますぞ。今度は三人。となれば少々手強いかと」

　新たなる敵の落ち着き払った様子から、与兵衛はそう警告した。

「心配はいらねえよ。こちらにも未だ働いてねえ奴がいるんだ」

　控次郎がまたしても憎まれ口を叩く。

「やれやれ。年寄りを労《いた》わる気持がまるでない」

　与兵衛が重い腰を上げて敵の前に進み出ると、中央にいた頭目と見られる男も、両脇にいる二人に檄《げき》を飛ばした。

「才蔵、鼎蔵。百舌鳥一族の名を揚げるのは今この時ぞ。御庭番とは名ばかりの伊賀者との違いをこのわしに見せてみよ」

　才蔵と鼎蔵が中央の男から離れ、ゆっくりと両側に移動して行った。二人は互いに与兵衛の斜め前方の位置まで進むと、そこで歩みを止めた。

　才蔵は右手に刀を握りしめ、鼎蔵は左手で刀を握る。反対側の手には、いずれも細身の手裏剣を所持していた。

流石《さすが》に控次郎も与兵衛一人に任せておくわけにはいかなくなった。相手は得体が知れない忍びだ。

「与兵衛、相手は若そうだぜ。一人では息が切れるんじゃねえかい。ここは俺が代わって相手をしようか」

「なんと言われる。私めを気遣うなど、十年早《はよ》うございます。三人まとめて与兵衛が仕留めて御覧に入れますから、控次郎様は高みの見物と洒落《しゃれ》込んでおられなされ」

与兵衛は聞かなかった。控次郎は動きの読めぬ忍びが相手ということで与兵衛を気遣ったのだが、それは与兵衛も同じであった。大恩ある元治の息子に、得体の知れぬ者の相手をさせるわけにはいかなかったのだ。

控次郎が見守る中、与兵衛は音もなく刀を鞘走らせると、左手で脇差を抜いた。しかも柄の握りが逆だ。「なるほど」と控次郎が頷く。

忍びに襲われた時、控次郎は鞘を抜いて手裏剣に備えたが、それだと防御は出来ても、攻撃面で劣る。それに対して与兵衛は、脇差を逆に握ることで手裏剣が顔面に及ぶのを防ぎやすくし、いざとなれば脇差を投げつけてやるという意思を相手に知らしめていたのだ。

「与兵衛、どうやら敵は同時に飛びかかってくるようだぜ。年寄り相手に二人がかり、しかも手裏剣まで握っているような腰抜け野郎だ。こんな腐り切った奴らに、まともに相手をする必要はねえ」

言うが早いか、控次郎は与兵衛の傍に駆け寄ると、両方向から挟み込んでくる敵に、与兵衛と背中を合わせる形で向き合った。

対する才蔵と鼎蔵は、控次郎の口の悪さに怒りを覚えながらも、攻撃の機会を見計らっていた。今が好機、

「うりゃー」

才蔵、鼎蔵二人の甲賀者は、相手の顔面目がけて手裏剣を投げつけると、投げた勢いのまま控次郎と与兵衛に斬りかかった。与兵衛は手裏剣を脇差で払いつつ鼎蔵の剣を受け止めた。だが、控次郎は才蔵の剣は受け止めたものの、手裏剣は顔をひねることで躱《かわ》した。

それゆえ才蔵の手裏剣は、頭一つ分背が低い与兵衛の髷《まげ》を掠《かす》めることとなった。

「すまねえ」

後になって気づいた控次郎が詫びを入れたが、与兵衛の機嫌は直らない。

「頼りない味方程怖いものはないわい」

控次郎に聞こえるよう呟くと、鼎蔵目がけて一気に斬り込んだ。

年寄りとは思えぬ豪快な太刀捌きだ。鼎蔵は大きく後方に跳躍することで、かろうじてそれを躱した。才蔵もまた控次郎に斬りたてられ後方へと退いた。

口ほどにもない。与兵衛と控次郎がそう感じた時だ。

「与兵衛殿、危ない。後ろだ」

蛍丸の声が響いた。その声に思わず与兵衛が振り返った。

そこに才蔵の突きが来た。慌てて躱したものの、与兵衛の利き腕は裂傷を負ってしまった。蛍丸が与兵衛に駆け寄り、首を振りながら声を掛けたのが自分ではないことを告げると、控次郎は声の主である頭目の男を睨みつけた。黒装束に黒頭巾、身形は他の二人と同様だが、頭巾の間から覗く眼の鋭さは、控次郎をして寒気を覚えさせるほどの凄みがあった。

「声色を真似るとは、随分と汚え《きたね》真似をするじゃねえか」

「ふん、刀ばかり握っている奴らと、剣で勝負しろとでも言いたいのか。忍びとはそういうものだ。どんな手を使っても、相手を倒せばよいのだ」

「なるほどな。それでおめえは汚えもの同士、手を組んだって事かい。一橋家の家老とな」

「ほう、御前のことも知っていたか。まあ良い、どのみち貴様達はここで死ぬのだ。

勝つことだけに徹した甲賀忍びがどれほど恐ろしいものか、思い知るが良い。才蔵、鼎蔵、亀甲の陣立てを執《と》る。こ奴らを一気に片付けるぞ」

頭目は自信満々、控次郎に向かって死の宣告を告げた。

直後に才蔵と鼎蔵が男の後方に下がる。まさに臨戦態勢が整ったかに見えたその時、控次郎が間合いを嫌った。

「やけに偉ぶった言い方をしてくれるじゃねえか。だがなあ、若い連中の名は聞いたが、未だおめえさんの名前は聞いていねえぜ。地獄へ送った相手の名前を知らねえまでは、念仏を唱えてやることもできねえじゃねえか」

「呆れるほど図太い奴だ。確かに地獄へ送り届けたわしの名を知らぬままでは、恨み言も言えまい。教えてやろう。わしは御庭番の総帥菊右衛門という。同時に、妖の四人衆の頭でもある。まずはお前からだ」

そう言い放つや、菊右衛門は両手を大きく広げ、控次郎に挑みかかった。

武器も持たずに、控次郎に摑みかかろうとした。

あまりにも無防備すぎる。訝しんだ控次郎が後方へ飛び下がると、それを見た蛍丸が刀を抜き、菊右衛門に斬りつけた。

「きーん」

金属のぶつかり合う音と共に、蛍丸の刀が弾き返された。

「何」

蛍丸が驚きの声を上げた途端、菊右衛門は標的を蛍丸に変えた。

そうはさせじと、横から控次郎が菊右衛門に突きを入れたが、その刀も菊右衛門に突き刺さることはなく、空《むな》しく跳ね返された。

「控次郎殿、この男は鎖帷子《かたびら》を身に着けている。それも尋常のものではない。とてつもなく頑丈で、しかも目の細かいものだ」

危険を察知した蛍丸が、注意を喚起する。それを見た菊右衛門がにやりと笑った。

気づいたところで、お前達に打つ手はあるまい。菊右衛門の笑いがそれを物語っていた。

「ならば頭じゃ」

いうが早いか、手負いの与兵衛が、菊右衛門に向かって必殺の面を繰り出した。だが、それもまた激しい金属音とともに弾け飛んだ。

打つ手がなかった。硬く、目の細かい鎖の鎧《よろい》によって守られた菊右衛門の身体に、刃は通用しなかった。

菊右衛門は、再び控次郎に向かって挑みかかった。だが、重い鎧を着けている為、その動きは鈍重だ。控次郎を捕まえるのは不可能と思われた。

突然、菊右衛門が前屈みになった。すると、その背中を蹴って才蔵と鼎蔵が同時に上空から控次郎に襲い掛かってきた。

寸分のずれもない息の合った打ち込みに、控次郎は二人の刀を受けることも出来ず、前方へと転がって逃げた。そこを、菊右衛門に捕えられてしまった。

菊右衛門は刀を握る控次郎の手を摑んで離さない。

「才蔵、鼎蔵、今だ、こ奴を斬れ」

菊右衛門が高らかに吠えた。

与兵衛が身体を張って二人に挑みかかる。何としても控次郎を救わんと、与兵衛は利き腕ではない左手に刀を持ち替えて応戦する。同時に、

「与兵衛殿、堪えてくだされ」

いつの間にか、菊右衛門の首に鎌をかけた蛍丸が、一方の鎌を引いて控次郎から菊右衛門を引き離そうとしていた。

控次郎も何とか逃れようと、脇差を抜いて菊右衛門の身体に斬りつける。

菊右衛門の着物から脇差で斬り裂かれた布の切れ端が飛び散った。破れ目からは、だらりとぶら下がった太い鎖が覗いていた。控次郎は気づいた。菊右衛門の鎧が、頭

から被っているだけのものだと。

蛍丸の強力《ごうりき》に、首を後ろに引かれた菊右衛門が手をわずかに緩めた瞬間、控次郎は菊右衛門の手をすり抜けて一旦退くと、再び前方に身体を回転させ、菊右衛門の股の間に飛び込んだ。菊右衛門の股間目がけ、下から力任せに刀を突き刺した。嫌な手応えが伝わってきた。

菊右衛門は声を発することも出来ず、その場に倒れ伏した。菊右衛門を失った才蔵と鼎蔵に戦う術は残っていなかった。才蔵は蛍丸の鎌に首を斬られ、鼎蔵は利き腕を使えぬ与兵衛に胴を抜かれた。

夥《おびただ》しい御用提灯が、屋敷の門を打ち破って中庭になだれ込んできた。

その中を陣羽織姿も厳《いか》めしい池田筑後守が、七五三之介からの連絡を受け、町奉行所与力を率いて屋敷の主西尾頼母に向かって呼ばわった。

「西尾頼母、その方、怪しげなる者達を使い、常陸屋、加納屋と組んで悪事を行った件、加納屋の証言によって明らかとなった。役儀によってその方の身柄を預かる」

その声を聞きつけた西尾頼母が、腹心の別所格と共に現れた。

頼母は、その事実はないと言い張ったが、池田筑後守はその言を撥ねつけた。

「常陸屋の口を封じたとて、もう一人の胴元加納屋が証言済みである。勘定奉行根岸肥前守の手によって、その方の罪状は明らかとなった」

そこへ、遅れて駆け付けた七五三之介が控次郎から事情を聴き、池田筑後守の家臣中田に証人の存在を告げた。

こうなっては西尾頼母に言い逃れる術は残っていなかった。

観念した西尾頼母は、大小を取り上げられ、筑後守の配下によって引き立てられた。

その頼母が、控次郎に気づいた。

「お主の顔は見覚えているぞ。大川でわしに泥鰌をくれた男だ。よもや釣り好きな人間に、足を掬《すく》われようとはな」

「俺もおめえさんを覚えているぜ。随分と自分勝手な釣り人だったとな」

すると、頼母は苦笑した後で、控次郎に尋ねた。

「一つだけ訊きたい。お主が鰻を釣った餌は、本当に泥鰌だったのか」

「悪かったな、あの時はおめえさんがあまりにも横柄だったもんで、答える気がしなかったんだ。鰻を釣り上げた餌は白魚さ。だが、生憎その餌は使っちまって、泥鰌しか残っていなかったのさ」

「ならばわしの腕が劣っていたわけではないのだな。そうか、白魚という手があったか」

すでに覚悟は決めていたらしく、西尾頼母はそんな言葉で締めくくった。

事件は解決した。だが、頼母が一橋家附家老であること、さらに頼母の屋敷で殺害された者達が公儀御庭番であることから、この事件が公になることはなかった。西尾頼母は切腹、別所格は断罪に処された。

詮議《せんぎ》に当たった北町奉行所は、別所格が、御庭番を私的な目的で使った上、常陸屋殺害に関わった事実を認めた為、別所が賭け比率を自ら考案したという自白も受け入れた。

別所の死は世間に知られることがないまま、闇に葬られた。

それから数日が経った頃。

平右衛門町にある蕎麦屋に、思い思いの蕎麦を食べる如水と乙松がいた。

如水はもり、乙松は鴨汁蕎麦だ。

先に食べ終わった乙松が浮かぬ顔をしたまま、箸を止めている如水に気づいた。

乙松が理由を訊くと、如水は別所が黙って喜連川に帰ってしまったことを気にしていた。

「だって、先生が格さんは帰ったと言ったんでしょう。だったら、そう思うしかないじゃないですか」

「それは、そうなんだけれどもねえ。私には格があまり良い人達と付き合っていなかったように思えて仕方がないんだよ」

「如水先生、うちの先生が帰ったと言ったんですから、その言葉通りに受け取ればいいじゃないですか。なにより、蕎麦が伸びちゃいますよ」

「確かにねえ。あれえ、姐さんは今、どさくさに紛れてうちの先生と言わなかったかい。畜生、どうにも癪《しゃく》だねえ。私を呼ぶ時には先生の前に余計なものを付けておきながら、向こうには『うちの』なんて洒落たものを付けている。見なさいよ。姐さんの言った通り、蕎麦がすっかり伸びてしまったじゃないか」

「もたもたしているからですよ。それよりも如水先生、本当にあれで良かったんですか。お沙世ちゃんが先生と一緒に暮らし始めたのはいいんですけどねえ。だけど、先生の周りには先生を慕っている人が多いんですよ。その人達との付き合いをすっかり断ち切ってしまったんで、近頃じゃあ、おかめに顔も出さないそうですよ」

「姐さんにしてみれば、とんだ迷惑だったねえ。すべては焼餅焼きの私が仕組んだことだからねえ」

「冗談を言っている場合ですか。お沙世ちゃんにしたってそうですよ。先生はああいう人ですから、これからも危ない目に遭わないとは限らないじゃないですか。万が一先生の身に何かが起こったら、お沙世ちゃんはどうするんです」

「まるで私が悪いみたいだ。でもねえ、お沙世に聞いたんだが、あんたの先生には随分としっかりした弟がついているみたいじゃないか。だったら私や姐さんが心配する前に、その弟が何かしら手を打ってくれると思うよ。それまでは姐さん、この干《ひ》からびた男で我慢するんだね」

「そこまで思い切った妥協が必要なのかしら」

「随分な言い方をするねえ。まあ、私は姐さんに恨まれるだけのことをしたんだから仕方がないが、子供は親と暮らすのが一番なんだ。お沙世が私のところに来て、『父上と一緒に暮らせることになりました』って言った時の嬉しそうな顔を、姐さんにも見せてやりたかったよ」

「そうなんですか。早く言ってくださいよ。だったら、私も素直に喜びますよ」

「羨ましいねえ、あの男が。そう言やあ、お沙世は昨日、うちに来なかったけれど、何か用事でもできたのかねえ」

「昨日は三春に帰る宗助とかいう人を見送りに行ったんですよ。お沙世ちゃんを連れてね。その人、何度も何度も先生にお礼を言っていましたよ。そうそう、風神とかいう馬も連れて」

「何だい。姐さんも行ったんじゃないか」

「そんなことありませんよ。私は弟から聞いたんですから」

「羨ましいねえ、あの男が」